安徽省哲学社会科学规划项目研究成果（项目批准号：AHSKY2022D192）

TUXIANG XUSHI SHIYU XIA DE GETELUDE SITAIYIN YANJIU

图像叙事视域下的
格特鲁德·斯泰因研究

顾发良◎著

安徽师范大学出版社
ANHUI NORMAL UNIVERSITY PRESS

·芜湖·

图书在版编目(CIP)数据

图像叙事视域下的格特鲁德·斯泰因研究 / 顾发良著 .— 芜湖：安徽师范大学出版社，2023.5

ISBN 978-7-5676-5666-6

Ⅰ.①图… Ⅱ.①顾… Ⅲ.①斯泰因(Stein,Gertrude 1874-1946)—文学研究 Ⅳ.①I712.065

中国国家版本馆CIP数据核字(2023)第072783号

图像叙事视域下的格特鲁德·斯泰因研究　　　　　　　　　　　顾发良◎著

责任编辑：胡志恒　　　　　　责任校对：吴　琼
装帧设计：王晴晴　汤彬彬　　责任印制：桑国磊
出版发行：安徽师范大学出版社
　　　　　芜湖市北京东路1号安徽师范大学赭山校区
网　　址：http://www.ahnupress.com/
发 行 部：0553-3883578　5910327　5910310(传真)
印　　刷：苏州市古得堡数码印刷有限公司
版　　次：2023年5月第1版
印　　次：2023年5月第1次印刷
规　　格：700 mm × 1000 mm　1/16
印　　张：15.5
字　　数：238千字
书　　号：ISBN 978-7-5676-5666-6
定　　价：48.00元

凡发现图书有质量问题，请与我社联系(联系电话：0553-5910315)

目　录

导　论

格特鲁德·斯泰因（Gertrude Stein，1874—1946）纪念雕像原作由乔·戴维森（Jo Davidson）于1922年在巴黎创作完成，现今仍坐落在纽约的布莱恩公园里。雕像中的斯泰因远眺着纽约公共图书馆，神色宁静而安详。

集偶像、沙龙女主人、现代艺术的赞助人和作家等多种身份于一身的斯泰因被尊称为"现代文学之母"，①也可能是20世纪最重要的实验型作家。她的创作绵延了半个世纪之久，留下的作品数量和种类众多，是20世纪美国文学史上最多产、最重要的作家之一。查询耶鲁大学的图书目录，其中涉及斯泰因的含有不同标题的作品就多达571个，而且斯泰因的创作体裁极其广泛，主要包括小说、诗歌、戏剧、散文、自传，也涵盖儿童作品、回忆录、讲演，甚至还有科学作品等。②

斯泰因曾告诉海明威"议论不是文学"；她还说过："如果你有受众，那就不是艺术。只要有人听得到，你说的话就不再纯粹了。"③在《美国人的形成》中，她宣称，"我为我自己和陌生人而写作"；④在其临终前写的回忆录《法国巴黎》中，她说："如果一个人的生活还没有被很好地书写

---

① Sandra M. Gilbert and Susan Gubar, The Norton Anthology of Literature by Women: The Tradition in English, Part Two. New York: W.W. Norton Company, 1985, p.1332.

② 露西·丹妮尔：《格特鲁德·斯坦因评传》，王虹、马竞松译，桂林：漓江出版社，2015年，第4页。

③ Gertrude Stein, Two (Gertrude Stein and Her Brother) and Other Early Portraits (1908-1912), vol.I of Yale Edition of the Unpublished Writings of Gertrude Stein. New Haven, CT, 1951, p. xvi.

④ Gertrude Stein, Selected Writings of Gertrude Stein. New York, 1972, p.246.

过，这个人就没有真正地生活过。"①她甚至将其名言"玫瑰是一枝玫瑰是一枝玫瑰是一枝玫瑰"（Rose is a rose is a rose is a rose）印在她的餐巾和瓷器上，并且作为文具的标志性装饰。

1934年，埃德蒙德·威尔逊（Edmund Wilson）关于斯泰因写道，尽管"她的影响总能在文学和艺术的源头上寻其踪迹……但这些在多大程度上归功于她，现代书籍的读者和现代绘画收藏家都还没有认识到"。②那么我们就循着威尔逊的思路，从文学与艺术的源头，来梳理斯泰因研究的学术史及研究动态。

第一节　斯泰因研究的学术史梳理及动态

因其特立独行的个性及其与众不同的生活方式，学界早期对斯泰因的关注未能涉及其作品本身，更谈不上研究其极具特色和创新特点的文学实验，所以研究成果大多表现为回忆录、传记等，斯泰因作为一名艺术品收藏家，她的私生活反倒成了人们津津乐道的话题。当时学界更多地关注斯泰因本人在巴黎特立独行的生活方式如同性恋，以及她对安德森和海明威等作家产生的影响，这使得早期对她的研究都是传记性的。威尔逊认为斯泰因是"文学名人"（1931）；盖洛普整理出版了《友谊之花：写给格特鲁德·斯泰因的信》（1953）；《纽约时报》将艾丽斯描写为"她终生的伴侣与秘书"（1984）。代表性的传记作品如斯皮格（Elizabeth Spigge）的《格特鲁德·斯泰因：她的生活和她的工作》（Gertrude Stein：Her Life and Her Work，1957）；莱思哈德的《斯泰因其人》；布里南（John Malcolm Brinnan）的《第三朵玫瑰：斯泰因和她的世界》（The Third Rose：Stein and Her World，1959）；霍夫曼（Frederick John Hoffman）的《格特鲁德·斯泰因》（Gertrude Stein，1961）。在国内，由中国文联出版社出版的张禹九的斯泰

---

① Gertrude Stein, Paris France. London, 1940, p.21.

② Edmund Wilson, The Shores of Light. New York, 1952, p.579.

因传记《空谷足音——格特鲁德·斯泰因传》（2002）以客观的笔触描绘了斯泰因不依常规、旧俗的特立独行风格，详细地介绍了斯泰因的生活经历和众多作品，语言优美，导读性强。

早在 1913 年，斯泰因的朋友梅布尔·道奇（Mabel Dodge）作了《沉思，或散文中的后印象主义》（"Speculations, or Post-Impressionism in Prose"）一文，开始为斯泰因的语言实验之作进行辩护。她认为："任何生命在诞生之初总是充满着痛苦，至于可爱就更谈不上。……迄今为止，大众还难以准确、完整地界定和描述毕加索的画作和斯泰因的作品，众所周知，它们都是最近才出现在绘画和文学领域里的新事物。但作为观众，我们至少能提出些许的建议，抑或在它们之间做个比较什么的，后面才保持静默。"[1]卡尔·范·韦赫滕（Carl Van Vechten）的《如何阅读格特鲁德·斯泰因》讨论了斯泰因文本中由于思维的作用而产生的简单性和重复性。[2]盖斯（William Gass）的《格特鲁德·斯泰因：逃离保护性的语言》（"Gertrude Stein: Her Escape from Protective Language", 1958）详细论证了斯泰因的创作风格，肯定了她所做的文学实验。芮德（B.L.Reid）的专著《减法的艺术》（The Art of Subtraction: A Dissenting Opinion of Gertrude Stein, 1958）则认为，斯泰因的作品过于抽象和简略，并对斯泰因文学实验的价值做出了否定的判断。总体而言，即使到了 20 世纪 50 年代和 60 年代，学术界对涉及斯泰因作品中内容和形式的研究还是屈指可数。盖斯和芮德则另辟蹊径，无疑打破了传统的斯泰因研究范式。

理查德·布里奇曼出版的《格特鲁德·斯泰因辨析》（1970）对斯泰因著作进行了全新的阐述，坚持认为斯泰因的语言实验是能够被阐明的，这成为其后众多斯泰因研究的基调。比较有影响力的德科文（Marianne DeKoven）的专著《另一种语言：格特鲁德·斯泰因的实验写作》（A Different

---

[1] Mabel Dodge. "Speculations, or Post-Impressionism in Prose", in Wagner-Martin, ed. Gertrude Stein: Three Lives, Boston: Bedfords/St. Martin's, 2000, pp. 374-375.

[2] Carl Van Vechten, "How to Read Gertrude Stein", Gertrude Stein Remembered, Lincoln: University of Nebraska, 1914, pp.20-26.

Language：Gertrude Stein's Experimeantal Writing，1983），总体上致力于探讨斯泰因与现代主义文学，尤其是其与后现代主义文学之间的关联。文中特别指出的是，斯泰因作品先锋语言中所隐含的性别乃至政治内涵，都与她超前的语言风格和形式实验存在着密切关系。鲍尔斯所著《他们如此看我：格特鲁德·斯泰因的元戏剧》一文使得斯泰因重新回归到其所应有的现代主义文学经典中的地位。文章极其认真而又不乏耐心地解读了斯泰因那令人费解的文本；同时通过对斯泰因生平的回顾，增强了解读的可信度。董衡巽的《一位早期现代派的语言实验——评葛屈露德·斯泰因》（1991）、胡全生的《美国文坛上的怪杰——试论斯泰因的创作意识、技巧和历程》（1991）、《一位早期现代派的语言实验——评葛屈露德·斯泰因》和申慧辉的《先锋派女性格·斯泰因》（1991）分别探讨了斯泰因的语言实验及其先锋创作意识。范革新的《海明威·斯泰因·塞尚——论海明威语言艺术风格的形成》（1997）陈述了海明威之所以能够学会在文学创作中运用绘画的散点透视技巧，并非源于他本人的自悟，而是得益于斯泰因的指导。苏煜的《后现代主义的先驱——斯泰因》（1999）和《斯泰因的文学语言特色》（2002）不仅认为斯泰因是现代主义的代表人物，更视她为后现代主义的先驱。汪涟的《两词玄机——斯泰因〈梅兰克莎〉解析》却以一种独特的视角解读了《三个女人》这部小说：作者以两个中心词 rugular 和 real 统领全文，其中 rugular 影射了主人公生活中的一种"重复"，而 real 表征了她思想中的一种"天性"，两者结合表达了作家对生活在社会底层的人们遭遇的一种同情，有力地鞭挞了当时的社会。[①]孙红艳的《文体学视阈下的格特鲁德·斯泰因语言艺术研究》（2014）中从前景化、思维风格以及变异等方面探讨了斯泰因的语言艺术。在《格特鲁德·斯泰因和华莱士·史蒂文斯》中，福特认为："通过颠覆传统语言的权威，斯泰因颠覆了普通语言中的特殊秩序体系，从而加强了自己的语言体系。"[②]

就文体风格而言，埃德蒙·威尔逊出版的《阿克瑟尔的城堡》（1931）

[①] 汪涟：《两词玄机——斯泰因〈梅兰克莎〉解析》，《外国文学评论》，2010年第3期，第179页。

[②] Sara J. Ford，Gertrude Stein and Wallace Stevens. New York and London：Routledge，2002，p.26.

一书是对斯泰因研究的重大突破，他将斯泰因与乔伊斯、普鲁斯特和艾略特相提并论，给予她足够的重视，并极富见地地指出，"她个性鲜明，极具原创性，无疑是一位卓越的作家"，同时他也不无遗憾地承认，"人们对她作品的阅读呈现出越来越少的趋势"。他尖锐地点明，斯泰因是一位难以读懂但从根本上讲非常重要的作家，她在《三个女人》中清晰而略显单调的句子显示了她对作品有机性的强有力的把控。[1]考利在《格特鲁德·斯泰因：作家还是文字科学家？》（1946）一文中总结性地评价了斯泰因的文学创作及其价值："她的创作风格处于纯状态下自身存在的价值不大，但它仿佛是一种具有催化功能的化学物质，一旦与其他东西混合在一起并迸发出一种强大的威力，极大地推动了现代主义运动的发展。"[2]在考利看来，斯泰因也确实在某种程度上推动了美国现代文学的整体发展。她以自身独特的创作风格启发了安德森、海明威等年轻一代作家，为别人做嫁衣，成就了他人的辉煌；但显然与她同处一个时代的其他现代主义作家，如艾略特或庞德，并不能相提并论。理查德·布里奇曼（Richard Bridgman）在《碎片》（Gertrude Stein in Pieces）中认为，斯泰因文体风格的一个重要特点是使用委婉语等替代手段来表达一些禁忌的主题。[3]帕洛芙（Marjorie Perloff）在其专著《不确定诗学：从兰波到凯奇》（The Poetics of Indeterminacy：Rimbaud to Cage，1981）中提出了要针对当下的现代主义进行一种深刻的反思的观点，认为斯泰因的诗歌尤其表现为一种随意和不确定性，文章是在细致地比较了其他六位美国现代诗人的诗歌之后得出了以上的结论。哈桑在《后现代转向中的后现代理论和文化》（1987）中认为，斯泰因在现代主义转向后现代主义之际扮演了一种十分重要的中间人的角色，对现代主义顺利地衔接为后现代主义做出了艰苦的努力，因而她"对

---

① Edmund Wilson, Axel's Castle：The Study of the Imaginative Literature of 1870-1930. New York：Charles Scribner's Sons, 1969, pp.252-253.

② Malcolm Cowley, "Gertrude Stein, Writer or Word Scientist?" in The New York Herald Tribune Weekly Book Review, 24 November 1946：1, p.5.

③ Richard Bridgman, Gertrude Stein in Pieces. New York：Oxford University Press, 1970, pp.35-70.

现代主义和后现代主义均有所贡献"。①吉盖斯（Franziska Gygax）在《格特鲁德·斯泰因的性别和文类》一书中认为，斯泰因作品呈现出一贯的复杂性和多样性，她生前进行了各种文类混杂的文本实验。根据其生卒时间当然可以把她归入现代主义作家的行列，但其文本实验和性别身份又带有典型的后现代主义叙事特征。②在《格特鲁德·斯泰因》一书中，贝蒂娜·L.纳普（Bettina L. Knapp）把斯泰因称为"女族长"，并指出她在写作和阅读方面开创了一种全新的方法，彻底背离了逻辑和因果推理以及思维过程。③台湾吕奇芬在论文《格特鲁德·斯泰因对圣徒传统的现代主义回应》中，从圣徒学和神秘主义的角度，认为圣徒传统的再现是格特鲁德·斯泰因作品中一个非常有趣的主题，并声称斯泰因不仅对克里斯蒂娜·桑特（Christina saint）感兴趣，而且在《梅兰克莎》中利用桑特的模型为人物刻画和叙事结构服务。④路易斯（Mitchell R. Lewis）的学位论文《物质主义：现代主义，主体性和语言》（ "Timely Materialisms：Modernism，Subjectivity and Language"，2001）认为现代主义作为一个历史阶段，与实证主义之间存在一定的联系，它表现为一种现代性，其实质是批判精神的一种启蒙。文本通过对乔伊斯、伍尔夫、斯泰因等人作品的分析，认为现代主义同时也是后现代主义的先声。珍妮特（Janet Boyd）的《斯泰因，后殖民主义者：英语语言，美国文学和地缘文化本真性》（Gertrude Stein，Postcolonialist：the English Language，American Literature，and Geocultural Authenticit，2003）主要分析了斯泰因的长篇小说《美国人的形成》中名词的使用及其流动特征，同时通过对比斯泰因诗歌中动词的运用情况，认为斯泰因的文学语言体现了一种多元的、富于变化的地缘文化特征。文章同时从后殖民的角度考察了这部令人费解的小说。关涛在《西方文坛的百年红玫瑰——论后现代主义文学之母格特鲁德·斯泰因》中认为斯泰因作品现代主义特

---

① Ihab Hassan and Sari Hassan, eds., The Postmodern Turn: Essays in Postmodern Theory and Culture. Ohio State University, 1987, p.29.

② Franziska Gygax, Gender and Genre in Gertrude Stein. Wesport: Greenwood Press, 1988, pp.1–100.

③ Bettina L. Knapp, Gertrude Stein. New York: Continuum, 1990, p. 8.

④ 吕奇芬：《斯泰因对圣徒书写的现代主义回应》，《中外文学》，1994年第3期，第73—98页。

征明显，同时其后现代特色也极其鲜明。文章涉及了斯泰因作品中的语言修辞、主题和不同的类型，在此基础上认为她是后现代主义文学的先驱。[①] 露西·丹妮尔（Lucy Daniel）的《格特鲁德·斯坦因评传》（Gertrude Stein，2015）从交往的角度对斯泰因的一生进行了较为详细的考察，其中不乏一些斯泰因生前的珍贵照片，具有传记性和学术性的双重特点。

　　斯泰因的性别意识和立场极具个人特点，她有时表露为一种女性的言行举止，但更多时候倾向于一种男性特征，这种鲜明的性属特征始终贯穿于其一生的生活与文学创作。德科文的《另一种语言：格特鲁德·斯泰因的实验写作》（1983）认为，斯泰因在其一生的创作中始终在尝试一种文学实验，她看似漫不经心，似乎在玩弄文字游戏，实则有其自身清晰的目标。她胸怀女性主义政治策略，运用其极具特色的个人书写颠覆了逻各斯中心主义，她的语言实验实质上是对父权制的一种抵制与反抗。[②] 珍妮丝（Janice L. Doane）的专著《沉默与叙述：格特鲁德·斯泰因的早期小说》（Silence and Narrative：The Early Novels of Gertrude Stein，1986）利用最近的女权主义批判理论，结合斯泰因的生活经历，认为斯泰因早期小说中的沉默并非一种简单情绪状态，而是代表了女性在父权制压迫下的失声。艾伦·贝里（Ellen E. Berry）的专著《扭曲的思想与散漫的文本：格特鲁德·斯泰因的后现代主义》（Curved Thought and Textual Wandering：Gertrude Stein's Postmodernism，1992）分别从女性主义和后现代主义两个角度解读了斯泰因的小说文本。古叶（Tram Nguyen）的学位论文《格特鲁德·斯泰因及其主体毁灭》（Gertrude Stein and the Destruction of the Subject，2008）总体解读了三个文本即《埃达》《美国的地理历史》《三个女人》。在解读《埃达》时，它从女性主义的角度切入，同时运用后结构主义的批评方法，认为斯泰因塑造埃达这一人物形象，其主要目的是要对抗传统文学作品中

---

　　① 关涛：《西方文坛的百年红玫瑰——论后现代主义文学之母格特鲁德·斯泰因》，《河南大学学报（社会科学版）》，2009年第1期，第101页。

　　② Marianne DeKoven，A Different Language：Gertrude Stein's Experimental Writing. Madson：University of Wisconsin Press，1983，pp.4-90.

遭受主流话语体系束缚的女性形象，达到对埃达的主体观照和一种女性话语体系的建构，从而走向一种解放和自我的获得感。外语教学与研究出版社出版的宋德伟的《父权符码之图绘与颠覆——论格特鲁德·斯泰因的文化政治》（2008）一书认为，小说中三位女性主人公所遭受的不公正待遇和命运皆因父权制所致，文章从父权制的角度批判了男权社会针对女性的种种压制与束缚，同时探讨了斯泰因创作中的文化政治问题。

进入20世纪80年代以来，酷儿理论研究取得了长足的进展。有些评论家认为，由于斯泰因的同性恋倾向及其她与艾丽斯长达近40年的单一配偶关系，使得斯泰因在写作中获得了一种特殊的视角和优势，即把女性身体和男性统治权力两者完美地结合在一起。查斯曼宣称："性别取向在斯泰因的文学创作中变得模糊不清。"①学者斯丁普森（Stimpson）在她的文章《思维，身体和格特鲁德·斯泰因》中讨论了斯泰因作为女同性恋的生活及其作品中的女同性恋主题。②卢迪克（Lisa Ruddick）的《阅读斯泰因：身体、文本和神秘的灵感》（Reading Stein：Body，Text，Gnosis，1990）探讨了斯泰因的作品如《梅兰克莎》《美国人的形成》《证讫》《软纽扣》中的心理和文化特点，并进一步地指出："现代派特质只是她的特征之一，她更多的是从一个异质男性的视角来打量和书写女性，是女性世界中的'男性密探'。"③瓦格纳·马丁在《格特鲁德·斯泰因：三个女人》（Gertrude Stein：Three Lives，2000）中把斯泰因的语言实验和酷儿理论联系起来，并这样总结道："在过去的20多年里，斯泰因就这样通过一种怪异的语言进行文学创作，并由此丰富了美国的文学语言，这样一位女性作家经常被视为后现代主义的先驱而供人研究。"④应该说，由于后现代文艺评论家们的肯定，斯泰因在去世多年以后得以在后现代主义文学中也占有了一

① Harriet Scott Chessman, The Public Is Invited to Dance：Representation, the Body, and Dialogue in Gertrude Stein. Stanford：Stanford University Press, 1989, pp.79-80.

② Catharine R. Stimpson, "The Mind, the Body and Gertrude Stein". Critical Inquiry. 1977, 3（3）：pp.489-505.

③ Lisa Ruddick, Reading Stein：Body, Text, Gnosis. New York：Cornell University, 1990, p.ix.

④ Wagner-Martin ed., Gertrude Stein：Three Lives. Boston：Bedfords/St. Martin's, 2000, p.257.

席之地。米尔斯（Jane E. Mills）在 2003 年第 10 期的《作者》（The Writers）杂志上发表文章《斯泰因像男人一样参战》（"Gertrude Stein Took the War like a Man"）认为，在家庭生活中，斯泰因扮演的是丈夫角色，而艾丽斯是妻子；在文学领域，斯泰因也将自己视作一个不断打拼的男人，在文学创作中开疆破土。

　　身份问题一直是斯泰因作品所要考察的重要问题之一。由于斯泰因特立独行的个性及其与众不同的生活方式，作品中她对人物身份的描述多呈现出一种矛盾心态，甚或是一种分裂状态。斯泰因作品中的身份问题一直是学者和评论家们关注的焦点之一，纷纷尝试运用各种理论甚至结构主义观点对其进行读解。芭芭拉（Barbara Will）的《斯泰因与犹太复国主义》（Gertrude Stein and Zionism，2005）表现出斯泰因对犹太人身份和犹太复国主义的一种持续的矛盾心理，无论其早期或者晚期作品均流露出这样的一种倾向。米特拉诺（Mitrano）的《格特鲁德·斯泰因：没有品质的女人》一书在文本、视觉和理论领域对斯泰因进行了综合描述，试图将斯泰因的作品与 20 世纪早期的现代性相融合，凸显其中日益增强的他者意识。[①]杰西卡（Jessica L. Alexander）的《"世界智慧"：斯泰因〈梅兰克莎〉中的差异与身份》（World Wisdom：Difference and Identity in Gertrude Stein'Melanctha，2008）认为斯泰因作品无论在审美抑或身份建构方面都呈现出一种新颖的模式和方法，带有鲜明的后现代心理特征。孙然颖的博士论文《女性叙述空间——格特鲁德·斯泰因〈三个女人〉的个案研究》分别从开放性叙述空间、圈限性叙述空间和第三叙述空间三方面探讨了《三个女人》中主要人物的身份建构这一主题，认为小说虽然自始至终在叙述女性角色，却影射了作家斯泰因同时作为男性和女性的双重身份，从而呈现出作家在人格上的一种完整的自我。

　　还有从其创作的文化背景方面对斯泰因进行评价的。霍华德·格林菲尔德（Howard Greenfeld）创作了《格特鲁德·斯泰因：一部传记》（Gertrude Stein：A Biography，1973），其中涉及到斯泰因的生平、写作和影响。

---

① G. F.Mitrano，Gertrude Stein：Woman Without Qualities. Alder：Ashgate Publishing Limited，2006，p.iv.

格林菲尔德讨论了知识分子特别是威廉·詹姆斯对斯泰因的影响：在詹姆斯的鼓励下，斯泰因发表了《三个女人》，一部有关心理实验的小说，涉及下层德国移民和半白人混血女孩。格林菲尔德认为，《三个女人》中人物的语言有些不合常规，常常表现为"一种口语化的语言和歌唱式的重复"。①罗蕾莱·基彭（Lorelee Kippen）调查了19世纪晚期斯泰因在哈佛大学进行的心理研究与她在约翰·霍普金斯医学院进行的大脑研究之间的联系。他认为文学学者应该认识到，斯泰因的心理研究直接或间接地影响了她的艺术洞察力。史蒂文·迈耶（Steven Meyer）从跨学科的角度对斯泰因进行了开创而细致的研究。在《不可抗拒的命令》（Irresistible Dictation，2001）中，迈耶研究了斯泰因的革命性实验以及伟大诗人、科学家、解剖学家和思想家对她的关键性影响，并得出这样的结论，即先前她所从事的科学训练和那些有预判力的先驱们影响斯泰因创作了富有激进特点的实验性作品。②伊曼纽拉·古特考斯基（Emanuela Gutkowski）的《格特鲁德·斯泰因和朱尔斯·拉福格：一种比较的方法》一文讨论了斯泰因和法国象征主义作家拉福格之间的异同。通过比较小说的主题和两位作者的观点，并考察讽刺和重复、绘画、写实主义和象征主义等修辞性言论，古特考斯基得出结论，在20世纪初，斯泰因完全受巴黎文化氛围的影响。③

回溯国内外学术界一个世纪以来对斯泰因的关注和评论，学界对斯泰因存在着一个从最初受排斥、被嘲弄的滑稽人物逐渐上升为一位受人尊敬的文学大师的认知轨迹。

（1）20世纪70年代之前，对斯泰因的研究以文献编纂和传记为主，少有评论，评论家甚至不知该如何准确地定位她在文学史中所处的位置。斯泰因的文学作品实验色彩极强，形式独特，艰深晦涩，很少能够拥有读

① Howard Greenfeld, Gertrude Stein: A Biography . New York: Crown, 1973, pp.20-140.

② Steven Meyer, Irresistible Dictation. Stanford, California: Stanford University Press, 2001, pp. 207-290.

③ E. Gutkowski. "Gertrude Stein and Jules Lanforgue: A Comparative Approach", European Jurnal of American Culture, 2003, (22): pp.125-138.

者，她成为"大部分文学史在迫不得已的情况下才会提到的人物"[①]。评论家芬顿（Charles A. Fenton）曾经这样概括70年代之前当时欧美评论界对斯泰因的研究情况："很少有哪一位评论家愿意去研究她在创作中的行为。"[②]

（2）20世纪70年代之后，国内外对于斯泰因的研究呈升温趋势，评论界纷纷运用女性主义、酷儿理论等新的批评话语探讨斯泰因的文学实践，确立了她在美国现代文学中的地位。如今，斯泰因不仅被尊称为"现代文学之母"，而且还与后现代主义文学联系起来。国内斯泰因研究大家申慧辉指出："阅读斯泰因，是感性而具体地认识现当代西方文艺的一条路径。"[③]迈克尔·莱文森在《现代主义》一书中认为，人们往往"忽略了斯泰因出色的创作力，忽略了她作品中无与伦比的多样性和原创性"[④]。

第二节　命题的提出及论证路径

一、命题的提出

通过梳理斯泰因研究的学术史和研究动态发现，由于斯泰因作品的先锋性和小众性，以上的研究成果虽涉及斯泰因文学创作中如语言实验、文体风格、女性主义、酷儿理论、文化身份等层面的探讨，但因研究的内容和方法较为单一，导致研究成果趋同；缺少哲学、心理学尤其是图像叙事等跨学科研究方法的介入，斯泰因文学创作独特的历史价值很难得到进一

---

① Bob Perelman, The Trouble of Genius: Reading Pound, Joyce, Stein, and Zukofsky. Berkeley: University of California Press, 1994, p.129.

② Charles A. Fenton, The Apprenticeship of Ernest Hemingway: The Early Years. New York: Farrar, Straus and Young, 1954.该句的中文转引自《艾丽斯自传》，第19页。

③ 申慧辉：《现代派女杰斯泰因》，《出版广角》，1997年第3期，第50页。

④ Michael Levenson, ed., Modernism. Cambridge University Press, 1999, reprinted by Shanghai Foreign Language Education Press, 2000, p. 186.

步的挖掘。

几乎所有关于20世纪现代艺术开端的艺术史都提到了斯泰因，对斯泰因的这方面评论往往与她对艺术家的资助有关。在现代主义的推进过程中，先锋派艺术、文学和音乐的发展超越了文化贵族的小圈子，吸引了大批观众。艺术资助曾经几乎是名门望族的专属特权，现如今，文明阶层不断涌现，并通过商业和贸易的往来聚集了大量财富，由此渴望在艺术资助中分得一杯羹。因此艺术市场变得更为活跃，其功能和地位显得比以前更加重要。活跃在这里的大多数无疑是经销商和画家等艺术家，但其中也不乏收藏家和评论家，有时甚至连博物馆馆长也参与其中，他们共同将艺术市场推向发展与繁荣，共同铸就艺术家的成长与声望；而且"艺术品的价格在市场上有时被抬得很高，除了给艺术家带来丰厚的收入外，还提高了整个社会的审美品位，同时艺术家的社会地位也得到极大的提高，象征意义极大"。[1]斯泰因与艺术家的相识并非偶然，伊丽莎白·斯普里格（Elizabeth Sprigge）在她为斯泰因所写的传记中指出："重要的是要记住，她在遇见他们之前就的确购买了他们的绘画。"[2]艺术史家们认为，斯泰因通过购买画家的作品或资助他们的方式来激励那些具有创新意识和革命精神的画家，这样的举动极具眼光。让·吉查德·梅里（Jean Guichard Meili）在探讨马蒂斯的第一批赞助人包括斯泰因家族时写道：

> 一小群收藏家极其热衷于马蒂斯的作品。这批目光冷峻、富有勇气的赞助人所扮演的批评角色必须受到重视。如同所有那些热爱真理的人，他们走在时代的前列，不仅体现在当下的品味，也包括不久将至的艺术发现：印象主义者，高更和塞尚，虽仍处于人们的诟病中，这些收藏家已经放眼于未来，在情况不明朗的情形下，考察着这一连串发现的意味。在大众仍需要花费三十到四十年来认可的情况下，这

---

① Francis Haskell, Patrons and Painters: A Study in the Relation between Italian Art and Society in the Age of the Baroque. London, 1963, p.17.

② Elizabeth Sprigge, Gertrude Stein: Her Life and Work. New York: Harper and Bros. Pub., 1967, p.59.

是一种极其难得的天赋，和一种极高的品格。①

斯泰因的传记作家之一珍妮特·霍布豪斯（Janet Hobhouse）恰当地提出了这样一个问题：斯泰因与这些艺术家的关系是否只是一种"结缘"（"gilt by association"）。② 正如本·里德在其《减法的艺术：格特鲁德·斯泰因异议》中所述那样：

> 格特鲁德·斯泰因与绘画之间的关系问题是一个棘手的问题。斯泰因小姐以"绘画"为题的讲座是她最令人感到毛骨悚然的空洞的写作。这里最基本的问题是，她是如何理解绘画作为一门艺术，以及在何种程度上绘画影响了她那具有创造性的作品？③

首要的问题是斯泰因对塞尚的作品和创作方法的理解程度。这个问题的部分答案可能要基于这样一个简单的事实：在公众发现塞尚之前，在里奥引导下的斯泰因就已经收集了他的作品。在塞尚的画作引起公众兴趣之前，她和里奥就在沃拉德（Vollard）的店里买下了这些画作，这是斯泰因一生中一直津津乐道的话题。后来形势的发展也证明斯泰因的选择极具未来视野，塞尚的作品越来越得到社会广泛的认可，在某种程度上它深刻地启迪和引领了现代主义潮流，其中最为重要的流派抽象主义和立体主义更是直接受益于塞尚。我们被告知，塞尚赢得了斯泰因一生的尊敬。这样，在文学批评中就涉及一种可能性，斯泰因与这些主要艺术家们过从甚密，她的写作也由此受到了影响。在G.M.P.和《艾丽斯·B.托克拉斯自传》中，斯泰因就曾把她的创造性工作与那些艺术家们的工作结合起来。

比如，塞尚将自然分解为球体、圆锥体和圆柱体，这种态度也是艺术

---

① Jean Guichard-Meili, etc., Henri Matisse: Catalogue raisonné de l'oeuvre gravé. Review by: Richard S. Field. The Print Collector's Newsletter. Vol. 16, No. 2 (May – June 1985), pp. 62-64.

② Janet Hobhouse, Everybody Who was Anybody. N.Y.: G.P. Putnam's Sons, 1975, p.167.

③ B. L. Reid, Art by Subtraction: A Dissenting Opinion of Gertrude Stein. Norman: Univ. of Oklahoma Press, 1958, pp.161-62.

史家认为的他画作中发生"扭曲"或"变形"的原因。塞尚通过对物体的变形使之产生扭曲，并导致各形式之间产生张力。例如，玻璃水瓶或水罐的形状不正确，朝着另一个物体凸出。这种扭曲清楚地表明，这不是一种模仿现实主义或再现的尝试。布林宁（Brinnin）总结了斯泰因作品中发生类似扭曲现象的原因：

> 虽然科学已经提供了《三个女人》设计背后的性格的行为主义概念，但她的意图现在是一个艺术家的意图，媒介的潜力暗示了艺术家的表现形式。在以塞尚为榜样的过程中，她与一位伟大的现代画家一起进行了创造性的努力，这位画家认为自然是可以根据他自己的感觉来重塑、扭曲或安排的东西。①

正是这种强调根据他们的观点重塑自然的观点，引发了20世纪的现代主义运动。正如布林宁所指出的那样，在斯泰因的早期作品中，她在科学感知和表达"大脑投射"（即她自己对物体的反应）的欲望之间左右为难。然而，斯泰因表达"她所看到的事物"开始出现在了《三个女人》中。布林宁将斯泰因对研究对象的仔细审查归功于她的科学训练，部分原因是这样的，但这也得益于塞尚的感召。

20世纪初现代艺术运动开端于审美，也就是说，它试图满足一定的审美目标。事实上，斯泰因与当时周围的美学发展息息相关，如温德汉姆·刘易斯（Wyndham Lewis）所说的那样，斯泰因"舒适地处在事物的中心"，并且"与当时所有主要活动相关联"。②当然，也有反对的声音。《变革》（Transition）杂志曾撰文《反对格特鲁德·斯泰因的证言》（"Testimony against Gertrude Stein"）。在此文中，该杂志的编辑和艺术家马蒂斯、萨尔蒙（Salmon）、布拉克和查拉（Tzara）抗议斯泰因在《艾丽斯·B.托克拉斯

---

① John Malcolm Brinnin, The Third Rose: Gertrude Stein and Her World. Boston: Little, Brown and Co., 1959, p.61.

② Wyndham Lewis, Time and Western Man, 1927; rpt. Boston: Beacon Press, 1957, p.114.

自传》中针对这些艺术家及其作品的评论，并坚持认为斯泰因"从未在意识形态上接近"过现代艺术运动。布拉克在此文中写道："斯泰因小姐完全不理解她身边发生的事情……很明显她从不十分了解法国，这对她来说一直是个障碍。但是她完全错误地理解了立体主义。她只简单地看到了立体主义中的个性。"①

卡恩维勒（Kahnweiler）则认为斯泰因是立体派画家，他写道：

> 立体主义者所知道的是，格特鲁德·斯泰因所知道的是，艺术作品不是对其他事物的模仿而是它本身的存在，同时也象征着其他事物。艺术作品要存在，就必须保持其统一性。立体派画家的斗争，就像格特鲁德·斯泰因的斗争那样，就是为了达到这个目的。她在《作为解释的作文》（"Composition as Explanation"）一文中讲得很清楚。标题本身就揭示了……"②

布里奇曼（Bridgman）认为斯泰因发现毕加索是她的灵感来源，他写道：

> 帕勃·毕加索将给格特鲁德·斯泰因带来审美上的刺激，尽管不是作为上级或竞争对手，而是作为一个朋友和平等的人。通过他，她可以与先锋派的活动保持联系，而不会被他的观点所左右。③

斯泰因在她所有的作品中都充满了对毕加索的爱和尊敬。尽管她以自我为中心，声称自己引领了20世纪的潮流，是一个天才，但她并没有声称自己参与了立体派的创建。关于立体主义，她只是反复地强调说"毕加索

---

① John Richardson, A Life of Picasso, vol. II. London, 1996, p.132.

② Daniel Kahnweiler, Introduction to Painted Lace and Other Pieces(1914–1937), 1955; rpt. Freeport, New York: Books for Libraries Press, 1969, p. xiii.

③ Richard Bridgman, Gertrude Stein in Pieces. New York: Oxford University Press, 1970, p.111.

创造了它"①。

在评估斯泰因和毕加索作为艺术家的关系时，两位斯泰因研究领域的权威人士指出，在其作品向抽象性发展方面，斯泰因可以说与毕加索并驾齐驱。布里奇曼写道："……随着绘画革新步伐的加快，格特鲁德·斯泰因对其文字画的写作方法进行了极大的修改。马蒂斯、毕加索和布拉克的作品彻底改变了她的写作风格。"②唐纳德·萨瑟兰（Donald Sutherland）则说，毕加索的画是斯泰因作品的"佐证而不是范本"③。

任何在艺术中进行类比的人都会引起批评界的愤怒。然而，当面对斯泰因作品中的"肖像""静物""风景"等诸如此类的图像因素时，人们几乎无法避免这样的类比，正如迈克尔·霍夫曼所指出的那样：

> 艺术之间的类比是解决关键困难的可靠途径之一。然而，当一个人面对格特鲁德·斯泰因写作中的"肖像""风景"和"静物"时，尝试这种类比是难以避免的。④

二、论证的路径

如果说莱辛在《拉奥孔》（1766）中所做的是划清造型艺术和文学之间的界限，那么不久之后的浪漫派则又重新跨越了界限，构思出种种总体艺术作品的观念，这些观念随后被理查德·瓦格纳经由先锋派艺术移置到了当代。自浪漫派以来文学一直梦寐以求，希望所有的书籍能够在持续的艺术谈话中共同产生影响。如果将文本的概念大大扩展，将它用于图像、电影或者音乐，还可以跨领域地谈论媒介间的互文，用来分析各种艺术形式

① Gertrude Stein, The Autobiography of Alice B. Toklas. New York, 1933, p.90.

② Richard Bridgman, Gertrude Stein in Pieces. New York : Oxford University Press, 1970, p.118.

③ Donald Sutherland, Gertrude Stein : A Biography of Her Work, 1951; rpt. Westport, Conn: Greenwood Press, 1971, p.71.

④ Michael Hoffman, The Development of Abstractionism in the Writings of Gertrude Stein. Philadelphia : University of Pennsylvania, 1965, p.161.

和媒介中对某一主题的处理。图像叙事，是指一种叙事方式，是形象得以出现的具体的、再现的客体。图像叙事研究各种媒体中视觉和语言再现，认为视觉和语言虽然分属不同的媒介，但它们之间并无明确的界限，有时甚至混合为一种媒体。基于此，图像叙事主要研究语图之间的图文互动或它们之间的一种互为再现，而文学与视觉艺术之间的关系是其中最为主要的语图关系。图像叙事广泛地存在于人类文化系统中，已成为当前文化的一种基本语言和表述方式；同时，图像叙事作为一种方法论，具有很强的实践性和跨学科性，已在美学史和文学史领域发展成为一种全新的研究方法和批评路径。

鲁道夫·阿恩海姆在《视觉思维：审美直觉心理学》（Visual Thinking，1969）中直接反对千年来知觉与思维的割裂，坚定地认定"视觉"就是一种"思维"（thinking）。[①]无疑，图像也是一种思维。维特根斯坦在《哲学研究》中抱怨说哲学的思维方式曾一度被"镜映的隐喻"所禁锢，并哀叹"我们哪儿也无法逃脱，图片总能捕获我们"。而欧文·潘诺夫斯基则告诉我们，从方法论的角度看，图像或者视觉主要象征着一种叙事性，它在历史上已被重复了多次，其转向并非仅仅发生于我们这个时代里。他力主建立的所谓的"谱像学"业已成为描述和研究视觉文化的起点和典范。一直以来，从哲学、美学甚或艺术理论的视角来观照图像乃是西方的一贯传统。比方说在哲学层面，柏拉图和亚里士多德早先都曾对图像予以关注，近代以来，胡塞尔和维特根斯坦也是如此。从美学层面来看，莱辛最具代表性。他在"图像诗"和"戏剧体诗"两者之间作了比较，认为前者模仿了造型艺术，而后者模仿了戏剧文学，结果是因为绘画或雕塑属于造型艺术之故，"图像诗"才是"最高级的诗"，因为它们"把人为的符号完全变为自然的符号"。另外，诸如福柯、拉康、利奥塔、巴特等著名学者也常常在各自的著述中谈及图像或图像与文字之间的关系。

20世纪以来，图像学理论开始登上历史舞台并逐渐成为一种潮流，它

---

① 鲁道夫·阿恩海姆：《视觉思维：审美直觉心理学》，滕守尧译，北京：中国社会科学出版社，1986年，第56页。

是瓦尔堡、潘诺夫斯基、米歇尔、伯克等人共同努力的结果。瓦尔堡率先提出了创建"可视的历史记忆库"的观点，认为可以将收集起来的视觉图像作为一种历史的研究方法和手段，从而开启了"图像学"之源。米歇尔在《图像学》等一系列著作里面，都暗伏了这样的内在设定：理论并不仅仅是语词和话语的专利，"图像理论"也是现实存在的。具体而言，图像本身也能够成为自我观照和理论反思的载体，尤其是对于"元图像"或者"关于绘画的图画"而言更是如此，对于图像的历史研究，伯克则指出："可以作为历史证据的东西多种多样，图像无疑是其中重要的一种，其重要性丝毫不亚于文本和口述证词。"①尼古拉·米尔佐夫则说：在当今西方社会，人们对于视觉及其效果极度迷恋，使得文化极具视觉性特征，其结果必然生成了后现代文化。②视觉文化最终造就了后现代的到来，这是一种历史的必然。安吉拉·默克罗比认为，后现代的原初冲动始于美术、建筑等造型艺术之中；而在当下社会，人们更多地关注流行音乐、电影和其他艺术中的表层因素，都可能引领了艺术与视觉文化领域中的后现代主义。③20世纪60年代，居伊·德波写就了《景观社会》此部惊世骇俗之作，在其序言中他这样提醒我们：颠覆原有的景观社会是此本书的最为强烈的意图，这一点是广大读者在阅读中最应牢记在心的。④

如果追根溯源起来，图像叙事实际上源于英文术语ekphrasis一词的中文翻译，一般译为"艺格敷词"。"视觉性"和"生动性"是"艺格敷词"最为代表性的两大特点，并以口语抑或文字为其手段，满足了以上条件的写作者基本上就能够让其无论是口头或者书面的文本达到一种图像般的艺术效果，从而最终"实现图画"。从词源上来看，ekphrasis源于古希腊语，实质上是一种写作的方法，更为文乎一点的说法，它指的是一种修辞手

① 彼得·伯克：《图像证史》，杨豫译，北京：北京大学出版社，2008年，第9页。

② 尼古拉·米尔佐夫：《什么是视觉文化》，载陶东风、金元浦、高丙中编《文化研究》（第三辑），天津：天津社会科学院出版社，2002年，第3页。

③ 安吉拉·默克罗比：《后现代主义与大众文化》，田晓菲译，北京：中央编译出版社，2001年，第4页。

④ 居伊·德波：《景观社会》，王昭凤译，第3版序言，南京：南京大学出版社，2006年，第3页。

法。当下，ekphrasis 无论是在美术史领域，文艺批评领域或者其他领域，都得到了广泛的应用。有关它的译法也很多，除普遍地译为艺格敷词之外，其他的诸如图像叙事、绘画诗、语图叙事，等等。众所周知，从叙事学的角度看，图像一般表征为"可见性"或"视觉性"，属于非线性的空间艺术，而语词属于线性的时间艺术，一般而言，语词只能用来讲述具有情节发展和时间进程的故事。可"艺格敷词"偏偏要反其道而行之，它试图以语词这一线性的讲述故事的媒介去摹写非线性的表征空间的图像艺术，带有明显的跨学科叙事特征。当我们试图描述某一幅画，或者就绘画泛泛而谈时，我们通常使用语言。在最主观的艺格敷词形式中，图像本身就会说话。当图像上升为自身的主体时，观者与所观图像之间的融合会受到限制。也正是基于以上原因，大量的带有以语词摹写或描述图像的"艺格敷词"自古希腊以来就经常性地出现在文学作品中，这样在比较艺术领域的所有问题中，对视觉艺术作品进行文学描述或评论的"艺格敷词"可能得到了最为彻底的研究。①

比如著名的修辞学家和文学家菲洛斯特拉托斯，其代表作即是以文字描述图像的《画记》。菲洛斯特拉托斯将语词当作画家手中的画笔，以词造型，结果是形成文字的一种固体感，其目的或许是为了唤醒读者心中的某种古老的记忆。其实"文学"才是菲洛斯特拉托斯真正的着眼点，图像抑或壁画只不过是他模仿时所用的题材，整个作品也都是围绕文学问题而非绘画问题进行讨论的。总之，"艺格敷词"是要在使用文字而不是画笔的前提下达到一种绘画般的效果，它竭力促使文字形成一种画面感。"艺格敷词"的实质乃是一种"语词绘画"，语词仍旧是创作者使用的工具和媒介，但作品因其强烈的画面效果总是会让读者产生一种临时的错觉，误以为自己在观赏一幅"画作"或"图像"。②可以断言的是，只有当一幅图

---

① 龙迪勇：《从图像到文学——西方古代的"艺格敷词"及其跨媒介叙事》，《社会科学研究》，2019年第2期，第164—176页。

② 龙迪勇：《从图像到文学——西方古代的"艺格敷词"及其跨媒介叙事》，《社会科学研究》，2019年第2期，第171页。

像的概念的、哲学的或普遍文化的背景被把握到以后，这幅图像才有可能被理解，而这些背景都是由语词表述构成的。

中国古代文化强调"言、象、意"，"言"指向一种语言，"象"和"意"则表示一种意象或形象。与此同时，因为可以作为一种书法艺术的方块汉字的缘故，中国古代历来就崇尚"诗画一律""书画同源"。可见图文关系在中国古代文化中得到了淋漓尽致的体现，两者始终处于一种相互融合、高度契合的状态。"文人画"则是中国古代文化"书画同源"中的集大成者，它将诗、书、画三者融为一体，体现出我国古代图文和谐的文化氛围。"文人画"的绘画类型极其独特，是我国由来已久的图文关系的最好体现。这里需要特别说明的是：所谓的"诗画关系""言、象、意""图书关系""名实关系"等在中国文化语境下，其内在的关联更加密不可分，呈现出更加复杂多变的态势，这也是汉字的特殊构型以及汉语思维和汉语文化的特殊性使然的结果。这都为我们进行文学与图像之间的理论批评，积累更加丰富的学术资源提供了便利。

国内对图像学的关注在进入新世纪后逐渐升温，并被进一步推进到了哲学、美学领域。赵宪章教授将文学与图像的关系研究称之为21世纪的新学问，称之为"文学图像论"。他认为，中国古代文学作品中时常配有插图，而到如今，人们也经常将这些古典文学作品搬上银幕，但无论是插图，还是影像改编，都不外乎是文学语象的一种外在表现。因而，从语言和图像的符号关系切入这一命题，文学图像论的首要目标就是要研究语言艺术是如何转化为图像艺术的，反之亦然，以及两者之间越来越紧密的逻辑关联。[①]例如，众所周知，鲁迅对版画艺术颇有偏好，在中国现代文学史上，鲁迅同时在文学界和美术界享有巨大声誉，称颂他为中国现代版画运动的精神领袖一点也不为过。在这样的背景下，鲁迅作品中的文学语象和版画图像之间就产生了一种自然、必然的联系，如：语词时而表征为黑白色调，笔法遒劲、刚硬，有一种力道之感；构图减省抽象，谋篇布局上呈现出相

---

① 赵宪章：《语图符号学研究大有可为——"文学图像论"及其符号学方法》，《中国社会科学报》，2015年10月8日第06版。

似性；意象的诡异老辣，在陌生化效果方面的异质同构；等等。鲁迅文学语象和版画图像之间的统觉共享为我们提供了解读其文学作品的一种另类途径，即一种语图批评方法，从而有利于拓宽文学批评的渠道。①

龙迪勇教授认为自古以来人类社会就存在着普遍的两种叙事方式，即文字叙事和图像叙事。两者不存在孰优孰劣的问题，只是人类历史在发展的不同阶段，其表现形式或者侧重点或许会略有不同。但无论如何有一点是肯定的，即不管在哪种阶段，文字叙事与图像叙事都表现出它们之间一种积极的互动与互文关系。在此基础上，龙迪勇教授将这种互文关系分为两种，即"顺势而为"和"逆势而上"。所谓"顺势而为"的情形指的是，在一般情况下，文字是人类再现生活和世界的首选媒介，因此文字叙事是人类社会最为重要的叙事方式。这样在很多情况下就会自然地出现在内容上图像叙事模仿文字叙事的情况，这也是最为普遍的一种情况，也符合人类社会的文化习俗和习惯。而所谓的"逆势而上"的情况是指时而也会出现文字叙事对图像叙事的模仿。这种情况不是很普遍，但随着图像转向与图文时代的到来，这种情形将会呈现出一种上升的态势。尤其是现代主义运动以来，由于视觉艺术的极大发展，为了革新传统文学单一的叙事模式，许多天才的作家励精图治，力求从图像叙事中找寻到革新文学的另类表述方式。这里要强调的是，因为图像叙事在造型方面的天然的优势地位，所以文字叙事对图像叙事的逆向模仿大都发生在形式层面。②作家观赏图像的历史，贯穿着充满希望的期待，尤其是期待着能够从图像艺术中学到一些东西来改善自己的表达方式。

斯泰因正是这样的一位对文学文本的创作结构和形式进行创新实验的天才作家。她是心理学家威廉·詹姆斯最为得意的门生，与毕加索等现代派画家又过从甚密，所以学界对斯泰因文学创作的考察往往会与以上领域

---

① 赵宪章、黄春黎：《文学与图像——赵宪章教授访谈录》，《语文教学与研究》，2012年第4期，第6—9页。

② 龙迪勇：《图像与文字的符号特性及其在叙事活动中的相互模仿》，《叙事丛刊》（第四辑），2012年，第48—69页。

相结合，比如考察她文本中的自动化书写、文字的立体感等方面。沃克认为，受到毕加索等现代派画家创作手法的影响，斯泰因在其创作手法上也出现了一种创新与变革，这在其早期作品中已初现端倪。安德烈·吉鲁（Vincent Andre Giround）的专著《毕加索与格特鲁德·斯泰因》（Picasso and Gertrude Stein，2007）对斯泰因与毕加索之间过从甚密的交往进行了详细的考察，其中涉及毕加索特意为斯泰因创作的斯泰因画像。在此基础上，他认为斯泰因的文学创作与毕加索的绘画之间存在着一种天然的联系，而正是在毕加索创作斯泰因画像之际，斯泰因感受到了创作《三个女人》的灵感，其中的《梅兰克莎》更是她在做模特过程中直接构思的结果。舒笑梅在《像驾驭画笔那样驾驭文字：评斯泰因的〈毕加索〉》（2002）、《表现可视世界的内在结构——斯泰因在〈软纽扣〉中的字词实验》（2007）和《把戏剧变成风景——斯泰因的戏剧观及表现手段》（2007）中对斯泰因如何把绘画的美学原则和创作技巧引入文学创作稍加涉及。其专著《从"人的心灵"到杰作——格特鲁德·斯泰因的创作思想和实验艺术研究》则从美学思想的转折、语言文字的实验以及文本类型的创新等方面探讨了斯泰因的创作思想和文学实验。[1]

同时，认识到斯泰因与立体主义视觉艺术的密切关系，有助于阐明她作品中有关语言和艺术表现的论点。正如大卫·洛奇（David Lodge）所暗示的那样，《软纽扣》中的某些部分看起来就像"超现实主义般的抒情诗或达达主义中的词汇堆砌"，斯泰因通过图像的自由联想，迫使读者"看到"并以新的、不同的方式理解事物；[2]纳普（Knapp）评论了《软纽扣》中斯泰因所创作的文字画："出于需要，她创造了自己的语言系统，自己的句法、语法和语言。"[3]萨拉·J.福特（Sara J. Ford）在《语言就像一面遮光的玻璃》（Language as a Blind Glass）一文中指出，一些研究关注的是斯

---

① 舒笑梅：《从"人的心灵"到"杰作"——格特鲁德·斯泰因的创作思想和实验艺术研究》，北京：中国传媒大学出版社，2010年，第33—34页。

② Earl E. Fitz, Rediscovering the New World. Iowa：University of Iowa Press，1991，pp.137-176.

③ Ibid.，p.145.

泰因与朋友兼同事巴勃罗·毕加索的立体主义在风格上的相似性，将她作品的不同阶段与毕加索绘画的不同阶段进行了衔接。在由雪莉·纽曼（Shirley Neuman）和 Ira B.纳达尔（Ira B. Nadel）编辑的《格特鲁德·斯泰因和文学的形成》（Gertrude Stein and the Making of Literature）一书中，斯蒂芬·斯考比（Stephen Scobie）就《软纽扣》写了《多样性的魅力：立体主义和格特鲁德·斯泰因的隐喻和转喻》（The Allure of Multiplicity：Metaphor and Metonymy in Cubism and Gertrude Stein）一文，以审视隐喻和转喻与立体派绘画以及斯泰因作为"一位立体主义作家"之间的关联。

米尔佐夫秉承了海德格尔的思想，认为在图文时代，人类理应考察图像，以期获得对图像的一种真切的认知，那就是视觉文化在本质上倾向于一种视觉化或图像化的现代性生存。而在这种倾向性中，"视觉不是要取代语言，语言反倒因其视觉化变得更具有节奏感和有效，这样更易于为人所理解"。①关于叙事，斯泰因有其自身的考量：

> 我经常不明白我是如何逐渐理解了我欲理解的关于叙事的一切。叙事对我而言是一个问题。最近以来，我很为此而忧虑，以致目前还不能就这个问题写下感想或者发表见解，原因就在于我还为此而忧虑，忧虑怎么知道它是什么，何以如此，以及来自何方，如何而来，还有它将来又如何保持目前的样态。②

作为 20 世纪初现代主义绘画的推手，格特鲁德·斯泰因的文学创作同样具有划时代意义。现代主义背景下的艺术与文学创作呈现出前所未有的交融状态，图像叙事方法成了斯泰因文学实验的核心推动力量，其作品中"肖像""静物""风景"等诸如此类的图像因素随处可见。图像叙事既是解读看似艰涩难懂的斯泰因作品的重要方法，同时也是剖析现代、后现代主义文学创作动因的一条值得借鉴的路径。本书在分析詹姆斯的"意识

---

① Nicholas Mirzoeff，ed.，The Visual Cultural Reader，London：Routledge，1998，p.7.

② Gertrude Stein，Lectures in America. Boston，1985，p.232.

流"对斯泰因启示的背景下，探讨图像叙事方法与斯泰因的创作路径之间的深刻联系，特别是塞尚、毕加索的现代主义绘画创作手法在斯泰因作品生成过程中所发挥的核心作用。本书是基于探索一种跨学科批评方法，有重要的理论和实践价值；研究成果将为斯泰因艰涩文本的阅读和接受提供一种崭新的诠释途径，更深刻地揭示出斯泰因作品的特质，这种特质正是成就现代主义文学风格转变的关键性因素。

第三节　命题的理论依据与内容框架

一、命题的理论依据

美国著名评论家埃德蒙·威尔逊（Edmund Wilson）在评论斯泰因时这样写道：

> 我们对斯泰因的作品望而却步，因为她滔滔不绝的长文催人入睡，大量拟声词所做成的咒文以及看来愚不可及的数字表列，都令我们越来越不想读到她。然而想到她早期的作品，我们仍然觉得她是当代文学中的一位重要人物——我们把她当成壮丽的金字塔式女神，就如雕塑家乔·戴维森（Jo Davidson）为她所造的塑像一样，永远在那里平静地回顾人类存在的发展，调教人间各种心理的表现，像一个权威的人类感情分析机器，分析出我们永远不能读懂的数据。而每当我们拿起她的作品时，即使不能理解，我们也不难看出其中文学上的个性与独树一帜的原创风格。[①]

威尔逊所说的斯泰因的"原创风格"指的是什么呢？她的文学创作动

---

① 埃德蒙·威尔逊：《阿克瑟尔的城堡：1870年至1930年的想象文学研究》，黄念欣译，南京：江苏教育出版社，2006年，第179页。

机又是什么？《反对格特鲁德·斯泰因的证言》（"Testimony against Gertrude Stein"）从来没有问过斯泰因的文学动机可能是什么；相反，这本书愤怒地斥责她为"临床上的自大狂"，"少女般的贪婪"，"巴努姆式的宣传"，"粗俗的精神"以及"精神上的堕落"；称她的作品过于困难、幼稚，也许更糟的是，是一场骗局。

马蒂斯曾为世人对其创造性天赋的极度怀疑所困扰。"我被传统惯例的某些元素困住了"，他在给同为画家的朋友埃尔·博纳尔的信中写道，"它让我不能自如地在绘画中表达自己"。①斯泰因曾将马蒂斯的画作与自己被误解的作品进行了明显的对比，针对马蒂斯著名的，当然当时是声名狼藉的《戴帽子的女人》（"La Femme au Chapeau"）这幅画作，她这样写道：

> 画的是个长脸盘的女人手拿一把扇子。色彩和人体解剖都非常奇特。……人们在画前哄然大笑，伸手去抓。格特鲁德·斯泰因不明白这是为什么，她觉得这画非常地自然。……这使她心烦也使她生气，只因她不明白是何缘由也因为她认为这幅画没啥不好，正像后来她不明白人们何以嘲笑她的作品人们也被她的作品所激怒一样，因为她认为她的作品写得非常清楚非常自然。②

除选择一种风格之外，斯泰因还能做什么呢？如同乔治亚·约翰斯顿所解释的那样，在世纪转折之际，斯泰因正寻求与过去决裂。③她在《作为解释的作文》一文中这样写道："除了那个所见到的事物和它又创作出一篇作文（composition）之外，一代与一代之间并无变化。"④通过上下文我们知道，斯泰因这里的"作文"（composition），正如她在其他理论作品

---

① Henri Matisse to Pierre Bonnard, in Elizabeth Cowling et at., Matisse/Picasso（MOMA,2003）,p.292.

② 格特鲁德·斯泰因:《艾丽斯自传》,张禹九译.北京:作家出版社,1997年,第61—62页.

③ Georgia Johnston. "Reading Anna Backwards: Gertrude Stein Writing Modernism Out of the Nineteenth Century", Studies in the Literary Imagination 25.2（1992）:pp.31-37.

④ Gertrude Stein. "Composition as Explanation", from Gertrude Stein: Writings 1903-1932. New York: The Library of America,1998,p.520.

或演讲中所反复强调的一样，指的是一种"形式"。格斯特尔·马克（Gerstle Mack）说，塞尚在构图上的目标，"主要不是他眼中自然的再现，而是审美有机体的构成"[①]。塞尚的画作总是给人以一种色彩感，他以色造型，所以色彩是塞尚绘画形式中不可或缺的一个基本元素。缺少了色彩，塞尚的绘画可能什么也不是，所以他画中的色彩一直保持在一种极高的水准。比如，《拉撒路》中所使用的手法表明了某些戏剧化的色彩观念对我们这位艺术家的影响：试图通过那些不间断的巨大色块的震惊效果——对我们几乎拥有某种直接的生理效应——来传达他想要达到的某种悲剧情感；《宴会》则显示出塞尚对色彩感的异乎寻常的原创性与敏锐性，深刻的色彩科学扮演着举足轻重的造型角色。

罗杰·弗莱（Roger Fry）说："在塞尚那里，色彩感已经不是可有可无的一种绘画元素，而是他那形式绘画的一个有机的组成部分。"[②]以色造型，形色一也，这种绘画手法是塞尚的独创，从而也引领了现代派绘画。在《雕塑艺术》一书中，里德极其强调"平面性"这一现代绘画中的核心观念，并认为"平面性"源于两种渠道，一是非洲雕塑，而另一个就是塞尚的绘画。在此基础上，里德承认塞尚乃现代艺术之父，其绘画中的平面性意味着一种"形式"，那是在光线之下呈现出的一种具有现代性的形式感。这一发现意义重大，它突破了传统透视绘画的桎梏，在大自然中找寻到了一种绘画的结构。里德进一步地认为，塞尚将画家的知觉和知性融入自然的本质结构中，其意图是要在自身混乱的知觉中，通过创造一种与自然秩序相对应的艺术秩序，从而规整了自己内心的那种混乱感，并表现于画面上……[③]可贵的是，不管描画的对象是大自然还是物体，不管这一描画的对象是多么的朦胧，塞尚总能在其背后找寻到一种本质的结构，并通过色彩的变化赋形于画作中，并体现出现实与精神之间的一种密切的联系。

---

① Gerstle Mack，Paul Cezanne. London：Jonathan Cape Ltd.，p.310.

② Roger Fry. "Plastic Color"，in Transformation，London：Chatto & Windus，1926；rpt. New York：Books for Libraries Press，1968，p.218.

③ 赫伯特·里德：《现代艺术哲学》，朱伯雄、曹剑译，天津：百花文艺出版社，1999年，第18—20页。

塞尚说过 "大自然的形状总是归结为呈现球体、圆锥体和圆柱体的效果"
这句名言，对此弗莱是这样诠释的：

　　塞尚总是思考如何以球体、圆锥体和圆柱体这样简单的几何形状来感
受自然，并不断地通过它们来一点一点地修正自己的视觉感受。不知塞尚
本人对自己这一发现持怎样的一种态度？他是否认为自己从大自然中发现
了某种类似于自然规律的东西，并运用它规整自己的绘画。不管如何，作
为当时还名不见经传的后印象派画家，为了使自己的绘画手法有别于前人
的创作，塞尚勇于尝试探索大自然的无限多样性，并最终发现球体、圆锥
体和圆柱体可以指涉任何大自然和物体的形状，并且易于操作，这是一种
伟大的创举。[①]

　　高文从整体的角度考察了塞尚的艺术，认为："表达的手段问题是他晚
年持续的关切所在。他关于绘画的最终观念是认为绘画乃一种合理的可理
解性的艺术……他视艺术手段 '只不过是让公众感受到我们的自我感受的
手段罢了'。"[②]卡尔称塞尚为 "现代主义的原型"[③]，他运用球体、圆锥
体、圆柱体等几何形体塑造自然，以个人一系列创作风格的改变从而极大
地改变了前人的创作风格，这都为现代艺术即将发生的根本性变化奠定了
基础。塞尚艺术中的平面化、几何形体处理直接开启立体派、抽象派，最
终引向极简艺术。可以这样说，塞尚的价值已经成为现代主义意识形态得
以确立的一个功能性成分。同样，对于斯泰因来说，形式（composition）
意味着 "把所有的部分组合成一个整体"。[④]一种达到这种完整性的作品，
作为一种审美的有机体，它是独立的，不涉及任何其他东西，被称为 "自
主的艺术作品"。

　　① Roger Fry, Cezanne: A Study of His Development. New York, 1960, pp.52-53.

　　② Lawrence Gowing. "The Logic of Organized Sensations", in Michael Doran ed., Conversations with Ce-
zanne, p.212.

　　③ 弗莱德里克·R.卡尔：《现代与现代主义：艺术家的主权 1885—1925》，陈永国、傅景川译，长春：
吉林教育出版社，1995 年，第 241 页。

　　④ Gertrude Stein, How Writing is Written: Vol. II of the Previously Uncollected Writings of Gertrude
Stein, ed. Robert B. Haas. Los Angeles: Black Sparrow Press, 1974, p. 152.

在尼采看来，美学构成了我们最基本的和最外层的视野："没有美学，人类的生存简直无法想象……我们创造了世界，美学却是我们赖以生存的根本。"①尼采是想表明，作为地球上最有智慧的灵长类，人类具有建构一切的能力和手段，艺术家也通过直觉、图像等手段建构了一个虚拟的世界。人们虽然建构了世界，无论是现实的还是虚拟的，但审美却是我们整个生活的现实。而关于审美，维特根斯坦在《哲学研究》中有一段名言："并非产生某种共通于一切我们称之为审美的东西，我是在说，这些现象无一处相通可使我们使用同一语词来指全体，相反它们以许多不同的方式联系在一起。正因为这一关系，或者因为这些关系，我们将它们悉尽称作'审美'。"②显然，斯泰因美学的主要原则似乎来自于她对塞尚作品及其目标的认识，她对这种形式或结构的强调可以合理地归因于塞尚的灵感。③对于斯泰因来说，"表达自己所见的东西"成为了她美学的主要信条。她注意到，相机记录下的是每个人看到的东西，所以艺术家的工作就是按照他看到的东西来进行描绘。这种表达方式来自塞尚，Ozenfant解释道：

> 当印象派画家在传达他们从外部获得的感觉时，塞尚在大自然中看到了表达自己内心世界的方式；截然不同的东西。因此塞尚从自然中选择了最能表达塞尚的东西。④

弗莱也表达了同样的观点："他（指塞尚）首先是要为自己激动的内心找到表达方式，然后……他试图通过人物的选择和暗示来表达自己，就像

① 沃尔夫冈·韦尔施：《重构美学》，陆扬、张岩冰译，上海：上海译文出版社，2006年，第44页。

② 同上，第14页。

③ Robert Bartlett ed., A Primer for the Gradual Understanding of Gertrude Stein. Los Angeles, CA, 1971, p.13.

④ Frances Bradshaw Blanshard, Retreat from Likeness in the Theory of Painting. 2nd ed. 1945, rpt. New York：Columbia U. Press, 1949, p.93.

通过对他们的形式的塑造来表达一样。"①弗莱认为，"真正的形象艺术"总是建立在一种形式的基础之上，而形式可以表征为多样的方式，比如一种关系。"形式"或"图像"时常可以成为文学与绘画的连接点，因为某种形式或图像的存在总能唤起我们在文学或绘画中的共同的"审美情感"。

斯泰因试图通过穷尽语言来表达自己所见的东西，莱昂·卡茨（Leon Katz）如此解释斯泰因针对塞尚所作的评价：

> 他（指塞尚）的方法侧重于强调色彩，简化形式，并将说明性置于纯粹的构图之下。在格特鲁德看来，塞尚的"塞尚夫人画像"（"Portrait of Mme.Cezanne"）体现了一种完全革命性的构图感，其"现实主义"超越了所表现对象的现实性。在她看来，塞尚将构图本身视为现实的本质，即"实体"；这种方法是20世纪作家义不容辞应追求的最终结果。②

特别是在其成熟期的静物画中，我们最能诠释出塞尚绘画中关于形式的内涵以及他那巧妙的构图原则。在塞尚的静物画中，对象自然地从形式中溢出，似乎还带有色彩的芬芳。其中没有针对任何观念的指涉，也没有任何诗意性的暗示，一切都是那么的纯粹与自然，只有画家那深沉的情感和独特的思想在画板上汩汩地流淌。赫伯特·里德说立体主义是建立在对塞尚的误读之上的，他似乎认为，塞尚的"平面的形式构成和简化"（formal composition and simplification of planes）是立体派的全部灵感来源。③但他同时也指出："正是由于他对感知体验的严格纯洁性的坚持，塞尚才使

---

① Roger Fry, Cezanne: A Study of His Development, 1927; rpt. New York: Noonday Press (Farrar, Strauss, and Giroux), 1960, p.9.

② Leon Katz. "Matisse, Picasso and Gertrude Stein," Four Americans in Paris: The Collections of Gertrude Stein and Her Family, New York: The Museum of Modern Art, 1970, p.52.

③ T. E. Hulme, Further Speculation. Ed. Sam Hynes. Minneapolis: University of Minnesota Press, 1955, p.84.

艺术在某种程度上恢复了其原初的公正性。"①塞尚一直在努力地表达他所看到的事物，这启发了斯泰因和立体派。

"有趣的是，我唯一从不厌倦的事情就是观看绘画。这样做没有任何的理由，但出于某种原因，任何由绘画复制的东西，我甚至可以肯定地说，任何由油画在平面上复制的东西都会吸引我的注意力。"②

"这就是那幅画框中的油画，它自成一体。它就在那里，看起来就像人、物体或风景。此外，它不能完全只存在于画框中，它必须拥有自己的生命。然而，它不能移动，也不能模仿移动，却也不能静止不动。它必须在其画框中，也必须不只是在其画框中。现代绘画已经做出了很大的努力来脱离画框。"③

1913 年，梅布尔·道奇（Mabel Dodge）在《艺术与装饰》（Arts and Decoration）中写道："在巴黎一间挂满雷诺阿、马蒂斯和毕加索作品的大画室里，格特鲁德·斯泰因用文字作画，就像毕加索用颜料作画一样。"④这是人们首次公开将斯泰因与视觉艺术联系起来。从那时起，她的实验作品就经常与立体主义联系起来加以讨论。在《艾丽斯·B.托克拉斯自传》中，斯泰因将毕加索以她为原型的立体主义肖像作为她的主要的视觉形象。尽管有说服力的论据表明，立体主义"对她的胆识而不是技术的刺激是至关重要的"，但斯泰因作为"立体主义"作家的声誉仍然存在。⑤

事实情况是，乔伊斯、艾略特、斯泰因及其他们同一时代的许多作家都深受视觉艺术的影响，当然他们同时也深受文学本身的影响，而具体地比较这两种影响将是非常有意义的一件事情。比如，我们应注意到普鲁斯特对现代艺术发展的吸收，这至少表现在对立体主义的形式的运用上。立

---

① Herbert Read, The Philosophy of Modern Art. London: Faber and Faber Ltd., 1952, p.24.

② Gertrude Stein, Pictures in Lectures in America, from Gertrude Stein: Writings 1932-1946. New York: The Library of America, 1998, p.224.

③ Ibid., p.242.

④ Mabel Dodge. "Speculation, or Post-Impressionism in Prose", Arts and Decoration, 3 (1913), p.172.

⑤ Marianne DeKoven. "Gertrude Stein and the Modernist Canon", Gertrude Stein and the Making of Literature, edited by Shirley Neuman and Ira B. Nadel, Macmillan, 1988, p.82.

体主义尤其是一种流动的形式，它把司空见惯的形状改造成结构形式，即对熟悉形状的解构。在《追忆似水年华》最后一卷的后半部分，我们看到，在有关时间的反映和对衰落的意象及镜像的强调中，年代和衰老造成了人自身的改变。这使我们回想起毕加索对人体面部的改造，甚至关系到他后来著名的图案拼贴。小说中布洛克重整了自己的面容，主要是围绕他的鼻子进行的，以致显得变了模样，就像毕加索在绘画中将鼻子错置，使其既在面部之上又在面部之外一样。色彩曾经是现代派画家进行自述的一种形式，这当然是对野兽派、后印象主义者和表现主义者而言。但是，随着作为基本目标的色彩被摈弃，形式本身便成了现代派画家内心世界的明示。再以卡夫卡的《城堡》为例，在写作这部小说时，作家已完善了把意识流与内封闭场景相结合的技巧，从而使这部小说与绘画和音乐中的新形式毫无二致。在这方面，《城堡》与斯泰因的《三个女人》、伯格的《沃扎克》、布勒东的超现实主义诗歌、艾略特的《荒原》、乔伊斯的《尤利西斯》和现代主义的其他代表作是并驾齐驱的。

　　这里要补充说明的一点是，斯泰因的文学创作还极有可能受到中国传统文化的间接影响。在中国，文学与图像的关系自古就非常密切，而书法本身就具有象形性，关于这一点上文已有较为详细的交代。斯泰因与对中国文学颇为了解的庞德和洛威尔（Amy Lowell）有过交往，收藏东方绘画，还经常宴请一些爱好东方文学的人。斯泰因曾在《艾丽斯自传》中特别提到一位名叫格林（Andrew Green）的人，他酷爱东方的文物，曾去过中国。此人记性特好，比如，格特鲁德·斯泰因非常喜爱中国诗词，连同它们的英文译文，还有弥尔顿的《失乐园》什么的，他都能倒背如流。①1905 年，斯泰因开列了一系列已经阅读和打算阅读的书目，其中包括一些由吉尔斯（Herbert Giles）翻译的中国文学作品。②1934 年斯泰因访美期间结识了对中国历史文化颇为精通的美国剧作家魏尔伦，魏尔伦曾随担任驻华领事的父

---

① 格特鲁德·斯泰因：《艾丽斯自传》，张禹九译，北京：作家出版社，1997 年，第 76—77 页。

② Brenda Wineapple, Sister Brother: Gertrude and Leo Stein. Baltimore: The Johns Hopkins University Press, 1996, p.224.

亲在中国度过青少年时期，而斯泰因后期创作的重要理论著作《美国地理史或人类本性与人类心智的关系》（The Geographical History of America or the Relationship of Human Nature to the Human Mind，1936）就是斯泰因在与魏尔伦的不断切磋和讨论之下完成的。

总的来说，真正意义上的视觉美学是从现代时期开始被建构起来的。在现代时期，对视觉美学的勘查，首先就是从"形式"（form）入手的。这意味着，现代视觉美学里最早独立出来的美学形态，就是"视觉形式学"。在20世纪的第一个十年间，一种"形式主义理论"（theory of formalism）就开始出场，在20年代该美学思潮盛极一时，克莱夫·贝尔（Clive Bell）和罗杰·弗莱（Roger Fry）都已成为国际性的知名美学大家，他们由于一道为"后印象派"辩护而名噪一时；而此时贝奈戴托·克罗齐（Benedetto Croce）的"直觉说"和瓦西里·康定斯基（Wassily Kandinsky）关于"形式抽象"之视觉创作的美学主张也异峰突起。质言之，在现代视觉美学的第一波浪潮里，被推举出来的首先就是——"形式"。这种20世纪早期形态的美学，既继承了康德以来欧洲古典美学对形式的一贯关注，也在前现代迈向"现代主义"的艺术激变时刻，在阐释艺术新潮的同时，开拓出自己的一片理论天空。

比如，贝尔的《艺术》是一部里程碑式的著作，也的确是形式主义美学的奠基石，促成了著名的"有意味的形式"（significant form）——假说理论的出现，它是形式主义者阐释后印象派绘画得出的结论。贝尔主要关注诸如塞尚这样具有美学意义的后印象派画家，他对塞尚这些艺术家的评论，已经成为西方艺术批评史上的经典之作。按照贝尔的经典评论："塞尚是发现'形式'这块新大陆的哥伦布。……他站在正确的一方，当然是印象派的一方。……塞尚创造了形式，获得了一种对形式意味感的表现，那是他生存的唯一目的。塞尚就是这样的一位艺术家，他是如此的完美和典型，可以与任何诗人、音乐家或专业画家对偶。"①像其他画家一样，色彩和线条也是塞尚不同时期作品中的两大基本元素，但它们总能以某种独特的方

---

① Clive Bell, Art. London: Chatto & Windus, 1949, pp.207-212.

式勾勒出一定的形式，从而唤起观者的审美情感。总之，塞尚及其后的艺术实践，为贝尔的美学提供了最具创造力的启示和最有力的佐证，反过来说，贝尔的形式主义美学正是对塞尚为代表的艺术倾向的理论总结和辩护。

受塞尚、毕加索等的直接影响，斯泰因试图创作出一种文本，以示与当下的现实主义文学的区别。她力图采用一种新的形式，也可以说成是一种公式，并通过一种不尊重的方式来赋予其活力。现代主义反对任何固定的形式，它不是在有意制造混乱，而是重建新的可能性。依附于过去，艺术不可能进步，而对形式的重新发现对任何想要从事不一样工作的人而言都是极其重要的。斯泰因和毕加索一样清楚这一点，尽管她不像毕加索那样能想出新的解决办法，但她完全理解这个问题，这本身就使她成为一个重要的作家。在《艾丽斯·B.托克拉斯自传》中，斯泰因没有忠实地记述她在巴黎的岁月，她是在破坏文学中的陈词滥调。斯泰因那些可读性较差的作品更具实验性，或许比她的其他作品更能改变当时文学的现状。斯泰因超越了任何其他主要的早期现代英语作家，她仍然是最不被人阅读的20世纪文学巨匠，主要是因为她的激进作品无法以正常的方式阅读，"形式"实验的成功导致了对她作品的普遍误读。语言是一种形式，不是一种实体，[①]这就是索绪尔对其基本见解的总结。如同索绪尔，在其一生的文学创作中，斯泰因所做的文学语言实验拥有自身的结构和框架，是一种秘而不宣的语言，她在形式（能指）与意义（所指）之间所做的区分，其本身就堪称现代主义的一次壮举。

二、内容框架

上文已有交代，斯泰因是20世纪美国文学史上最为多产的作家之一，文学成就斐然，留下了数量和种类众多的作品；她也是20世纪最重要的实验型作家，有着非凡的个人魅力，对20世纪文艺的各个领域均产生了不同程度的影响。本书研究思路与框架大体如下：

"导论"包括斯泰因研究的学术史梳理及动态、问题的提出及论证路

---

① 费尔迪南·德·索绪尔：《普通语言学教程》，高名凯译，北京：商务印书馆，1980年，第169页。

径、选题的理论基础及内容框架。在梳理代表性学术观点的基础上，凸显选题所采用的图像叙事跨学科批评研究方法的独特性和重要性。

第一章"斯泰因的交往及其文学创作渊源"，"现代主义"运动对斯泰因的文学创作产生了"背景式"的启示，詹姆斯的"意识流"观念，特别是塞尚的"形体平面化"、毕加索的"拆解与拼装"等现代主义绘画手法对斯泰因创作的影响则最为直接。

第二章"斯泰因语言的'肖像'与'静物'写生"，主要以斯泰因的文字画和诗集《软纽扣》为论述对象。有关"肖像"写生的讨论主要着眼于斯泰因的四篇文字肖像，并探讨其语言的图像特征；《软纽扣》被定性为深受毕加索等现代主义画家的影响而创作的作品，学界对它一直存在着解读上的困难，文章将着重讨论其语言的"静物"写生特征。

第三章"斯泰因文体的形式因素与空间表达"，以小说《三个女人》和戏剧《三幕剧中的四圣人》为文本展开论述。斯泰因在《三个女人》中创造性地将塞尚的现代主义绘画创作方式转化为文学图像叙事方法，形成了一种极具个人特色的"形式"文体学；在《三幕剧中的四圣人》中，斯泰因有意识地剔除了叙事类文学作品中的第一要素情节，消解了其中的戏剧冲突和悬念，将传统意义上的戏剧文本变成了可以从容欣赏的"风景"画。

第四章"斯泰因文学创作与现代派绘画关系"，重新定义语言与意识之间的关系是斯泰因文学实验所孜孜以求的目标。斯泰因的创作文本可以界定为"肖像""风景"和"静物"三类，总体是一种"形式"上的实验，在"形体平面化""拆解与拼装"两方面与现代主义绘画相辅相成、相映成趣。

第五章"斯泰因对'斯泰因之后'文学生态的影响"，斯泰因的图像叙事方法与结构主义所倡导的原则与方法有着内在的同构性，对包括"迷惘的一代""垮掉的一代"等在内的现代主义、后现代主义文学流派产生了深远的影响。

"结语"认为，图像叙事方法是斯泰因极具创新价值的文学写作活动的内在推动力量，斯泰因的创作方法与审美反映契合了当时欧洲知识分子的思想。

第一章　斯泰因的交往及其文学创作渊源

如今尽人皆知，20世纪西方文学得以成形，斯泰因产生过"先驱性"的影响，起过极其重要的作用。如威廉·卡洛斯·威廉所言，经过斯泰因"重新安排的每个句子都具有其自身的特质，但联在一起却并不承担科学、哲学以及各种法则与规则的乱七八糟的虚构事物在过去加在它们身上的责任。……她将写作置于一个平面上，写作在此平面上可以不受阻挠地处理自己的事，完全没有科学、哲学的负担"。①维柯阐述过这样的一种观点，人类过去的知识大多以文本的形式得以保存，只有将它们置于当时的语境中，并且站在创作者的立场上，这些知识才能被恰当地理解。维柯以当时的创作者的观念来考察《荷马史诗》，驳倒了历代解释者。斯泰因的文学创作也与她生活的时代息息相关，打上了深刻的时代的烙印。由此，斯泰因的文本值得我们——作为她的读者——付出同样的努力，进入她的语言，以便理解她为什么特意以那种方式写作，并以它创作出来的方式去理解它。

第一节　"现代主义"运动对斯泰因的启示

马兹·汤姆森在《国际经典中的焦点转换》中认为，索福克勒斯、柏拉图、但丁、莎士比亚、歌德等都曾属于历史上某些重要的文学运动先

---

① 卡尔·凡·维奇坦：《一首斯泰因歌》，见《格特鲁德·斯泰因作品选》，纽约，1972年，第X、XI页。

驱，并对过去产生了持久影响。①从文学史的角度看，如何评价众多美国作家如斯泰因的跨大西洋特别是同巴黎紧密联系的事实？20世纪20年代，美国在文学上是备受压迫的，作家们旅居巴黎是为了积累自身缺乏的文学资源。斯泰因曾属于20世纪20年代西方极其重要的"现代主义"运动，作为一个美国知识界流亡到巴黎的女人这一事实，很显然对于理解她的颠覆性意志，甚至她的审美的形式都起到相当重要的作用。斯泰因对建立美国现代民族文学做出了巨大的贡献，并通过先锋艺术的发明表达了对美国民族文学发展的持久关注，以及她用文学再现美国历史和美国人民的强烈兴趣，这就是当时的世界文学结构。

按照一般理解，所谓的现代主义，其实质上是指始于19世纪末在西方出现的一种文艺思潮运动。在这场运动中，许多艺术家和作家背离了理性的传统思维，在艺术创作手法和表现途径上鼎故革新、推陈出新，发展出一系列多层次的具体的表现手法。现代主义经历了一个从发展、繁荣到衰落的过程，其流派众多，结构相对松散，整体上是一场具有世界影响力的文艺运动。从艺术发展的角度来说，现代主义文艺以其特有的、令人眼花缭乱的各种实验，提供了足资借鉴的正反两方面的经验。在小说、戏剧、绘画、建筑、雕刻和作曲等领域群星璀璨，共同引领现代文艺之思潮。在绘画领域，我们看到新的几何形状和新的平面感，色彩的革新和重新组合，以及动力主义中的线、形、块，这样画面得以被新颖地安排和利用。具体到音乐创作，无论是新音调的变移及其组合，还是一种和谐连续乐调的出现，都给听众带来了一种新奇感。在歌剧方面，新语言的作用结果之一是动力视觉经验的形成，这无疑得益于瓦格纳的影响。而在文学领域，随着语言上的变革和新语言的出现，新的叙事手法也应运而生，这在诗歌和小说方面表现得尤为突出，新语言在某种程度上说就是语言革新的同义语。无论是通过哪种途径：是通过新语言、色彩、视觉效果、格调和声音序列，还是彼此之间的分解抑或重新组合，凡是渴望跻身于现代主义的

---

① 大卫·达姆罗什、陈永国、尹星主编：《新方向：比较文学与世界文学读本》，北京：北京大学出版社，2010年，第269—270页。

人，具备革新艺术语言的能力似乎是必须遵循的一条共同的路线。

"四只猫咖啡馆"是19世纪90年代现代主义的发祥地，现代主义首先表现为一个受到巴黎蒙马特区"世纪末颓废风潮"画家影响的绘画运动。"四只猫咖啡馆"从1897年开业到1903年停业，因为1903年7月许多现代派画家去了巴黎。毕加索设计了两只铁皮猫挂在门外，一面漆成灰色，另一面漆成黑色，巧妙地被解释为"四只猫"。圣地亚哥·鲁伊西诺最早的广告上这样写道：

> 这是梦幻破灭的人们的一个好去处；这是一个想要有个家的人的充满温馨的角落；这是一座寻求灵魂启迪的人们的博物馆；这是一个喜爱蝴蝶影子和一串葡萄精华的人们的歇脚之处；这是一个喜爱北方的人们的哥特式啤酒屋和一座喜爱南方的人们的安达卢西亚式庭院；这是一个治愈本世纪痼疾的地方；给弯腰进入房门的人友谊与和谐的地方。[①]

1919年，战后意大利形而上学画派的公认代言人乔治·德·基里科以其一贯大气的口吻说道："我们这个时代的欧洲，承载着无穷文明的巨大能量和许多精神发展重要阶段的成熟，于是产生出一种在某些方面类似神话的躁动的艺术。这种艺术的出现归功于一些生来心如明镜、敏感犀利之人的努力。"[②]就当时而言，如果想见识当代艺术，就必须去巴黎。毕加索时常到巴黎的"瞻仰之旅"也印证了这一点。尼采这位坚定的欧洲人，在他的自传《瞧，这个人》中下了这样一条定论："巴黎是艺术家在欧洲唯一的归属地。"[③]巴黎永远是世界艺术之都，它几百年的历史印证了这一点。虽然在18世纪，19世纪乃至20世纪之初，历经两三百年，从起初的

---

① Marilyn McCully, Els Quatre Gats: Art in Barcelona around 1900. Princeton, NJ, 1978, p.18.

② Giorgio de Chirico, Valori Plastici (April–May 1919), in Metaphysical Art, ed. Carlo Carra et. al. (1971), p.91.

③ 彼得·盖伊：《现代主义——从波德莱尔到贝克特之后》，骆守怡、杜冬译，南京：译林出版社，2017年，第18页。

伦敦到后来的纽约，一直在经济上处于世界的中心地位，但巴黎却不容置疑地一直占据着西方文学艺术的头把交椅，其文化霸权地位一直难以撼动。如果说有人可以称得上为现代主义运动中异教徒之首的话，那个人一定是尼采。他为他所生存的时代营造了一种现代主义氛围，在这方面其贡献无人能及，而无数个这样的氛围最终导致了现代主义运动的爆发。所有的现代主义者无疑存在着一些共性的特征，他们以颠覆传统为乐，喜欢标新立异，不走寻常之路；他们勇于实验和尝试，追求达到一种令人惊喜甚至震惊的效果，等等。这一切给人们提供了观察社会和生活的全新视角，尤其表现在文艺界，传统的评价体系和批评方法被彻底地改变。总的来说，现代主义风格就是思想、情感和观点的一种氛围。

因而我们看到，在巴黎，毕加索的一幅画——任何一幅画，如《亚威农少女》，或对着所有经典沉思着的弗洛伊德那张阴沉忧郁、胡子齐整的脸，等等，都给我们要如何界定现代主义提供了可靠的证据。画家转而开始去探寻自己内心的本性，拒绝"自然"这一古老艺术的惯用手法。到现在为止，我们所谈到的所有这些现代主义自画像中没有一张笑脸，他们大都神情凝重。画家们的作品与其说源于愉悦，不如说源于痛苦。在现代主义画家展现内心世界的所有方式中，清楚明晰的自画像最能够拉近它们与观众之间的距离，它们是画家伟大的内心自白的一部分。他们的时代责任感要求他们在仔细观察外在世界的同时，更要以一种坦率甚至痛苦的诚实态度对自己的内心世界进行更为深入的探究。波德莱尔在回顾1859年的巴黎沙龙时，他用直白的语言写道："树木、山峦、河流和房屋的集合，即我们所说的风景，无疑是美丽的。那么这种美是如何实现的呢？观者对风景倾注了一种思想和情感，通过观者，尤其是经由观者的审美，风景的美才得以实现。"①可以说，一件艺术品只有在观赏者与之配合时才是完整的。斯泰因这样列举了美国人对巴黎的债务："在巴黎，美洲的语言获得了诗意和表现力的确切价值。文学批评正是产生在巴黎，它能理解艺术和

---

① 彼得·盖伊：《现代主义——从波德莱尔到贝克特之后》，骆守怡、杜冬译，南京：译林出版社，2017年，第33—34页。

美国流行音乐、格里菲斯（Griffith）的电影技巧、新英格兰的内部装潢以及最初一些美国机器的草图、那瓦齐奥（Navajio）的沙画、芝加哥后院以及'西部'风景。"①

　　20世纪之初的几十年对于现代主义的发展来说是至关重要的，这一阶段的艺术发展绝非风平浪静：引人注目而极度躁动的文体实验遭到了第一次世界大战的破坏，那是一场决定了现代社会发展的灾难。与军事斗争导致的灾难相比，激发所有艺术发展的文化战争并非那样扣人心弦，但也足以让人惊叹：表现主义诗歌、抽象派绘画、高深莫测的乐曲、没有情节的小说，凡此种种，对人们的鉴赏力进行了一场革命。与此同时，甚至在此之前，尽管存在各种各样的物质困难，人们对表演艺术——音乐、戏剧、芭蕾——普遍抱有热情。杰出的俄罗斯现代芭蕾舞团组建者佳吉列夫跟他的舞蹈设计师们说过的"给我惊喜"是一个非常贴切的现代主义口号。上文已有交代，从现代艺术的角度来看，巴黎是一个极其重要的中心。在现代主义时期，主要的艺术家都聚集在这里，世界其他地方都在关注巴黎的最新艺术发展。伟大的印象派画家莫奈将其画室移出室外，在户外完成了《印象·日出》这幅开拓性画作。就像其标题已经道明的那样，这幅画只是对大自然的一种印象，画风显得轻松而随意，不带有任何的说教功能，也不讲述任何故事。其实在画家成功地捕捉到转瞬即逝的一刹那，并将它描绘在画布上时，莫奈已经开启了一种新式绘画的成功典型范例，并将给整个西方绘画带来深刻的变革，影响深远。因为事实就是：印象主义绘画反映的是内心对世界的感受，是努力以一种客观的方式在作品中表达主观的感受。莫奈在给同为印象派的画友雷德里克·巴齐耶的信中，他反问道："在这里作画，使我能更好地亲近自然……我画出对自然的思考与表达，它不会与任何人的表达雷同，而且身处自然使我能在一种更好的状态中进行创作。"②1876年，埃德蒙·杜兰蒂（那个曾经要烧毁卢浮宫的作家）称印象派为"新式绘画"，既是一种画风又不仅仅是一种画风：它是

---

① 帕斯卡尔·卡萨诺瓦：《文学世界共和国》，罗国祥等译，北京：北京大学出版社，2015年，第30页。

② Kermit Swiler Champa. "Monet to Frederic Bazille", Studies in Early Impressionism, 1973, p.23.

一种看世界的新方式。①对印象派画家的最高赞美是塞尚对莫奈的评价："莫奈只是一只眼睛，但我的上帝，那是怎样的眼睛啊！"②现代主义运动的伟大先驱在19世纪下半叶所掀起的印象派运动，是对资产阶级道德和学术标准的冒犯，预示着现代主义绘画的不妥协姿态即将到来。

印象主义是后来的现代主义当之无愧的先驱。当你置身于由光与影以及色彩所组成的印象主义画作中时，感到传统的绘画方式和表现手法已发生了很大的改变。而且画家观看对象的方式也被彻底地扭转，他们已不再满足于自然所提供的画面，而是带有自身的一种思考和感悟，那是一种具有现代性的考察对象的方式，表面上只是在提炼一种印象，其实它是在否定现实主义观看事物的方式，同时孕育了主观性与自我。印象派当然实现了突破。正如西塞尔（Cynthia）和哈利生·怀特（Harrison White）在大约30年前所暗示的，印象派并没有照搬学院的美学规范来创造艺术。如果他们只是那样做的话，那么很可能在19世纪70年代他们仍旧名不见经传。印象派的成功是建立在一个更非同寻常、更复杂的成就的基础之上。印象派创造了一种新的美学形式，并由此开启了印象派运动；同时，印象派能够将自身很好地与当时的艺术市场和商业体系融为一体，为后继的现代主义运动奠定了基础，而这场运动将支配整个20世纪的艺术发展。

印象主义不仅在光、破碎的色彩、通过并置而重新创造基本色彩的问题上成为现代主义的先驱之一，而且在大多数有关题材和普通内容的无常变幻、透视角度、反英雄主义和瓦解高尚生活方面亦如此，其中许多特征都可用来描写梦和无意识。莫奈与波德莱尔、马拉美或者兰波相似，我们在他们身上看到了对现实主义摒弃的端倪。比如，他们运用词语不再是为了再现事物，而是表现自身对事物的心理感受。当然我们都知道，莫奈并不是最后的一位现实主义者。一个必然结果是，与印象主义有关的画家们或后来隶属于印象主义文学的作家们，如詹姆斯、康拉德、克兰、福德

---

① 彼得·盖伊：《现代主义——从波德莱尔到贝克特之后》，骆守怡、杜冬译，南京：译林出版社，2017年，第39页。

② Phoebe Poole, Impressionism. London: Thames and Hudson, 1991, p.61.

等，都找到了把社会和政治陈述变成艺术之抽象表现的途径。就是说，随着自然主义的被破坏、现实主义的被否定，一切心理机能都获得了解放。到20世纪20年代，年事已高的莫奈在迅速成名的毕加索和马蒂斯面前已经黯然失色。两代人同台竞技反映了现代艺术市场的成熟和20世纪艺术家与经销商的日趋老练。尽管经营者兼前卫艺术家的基本模式是由印象派创造的，但后来受益的却是下一个世纪的艺术家。到20世纪初，沃拉尔德不仅成为印象派油画的经销商，而且也成为后印象派中塞尚和高更的主要代理人。身为画商的沃拉尔德起到了一个关键的中间人作用，他经常游走于印象派、后印象派和20世纪新一代艺术家之间，极大地推动了现代艺术市场的发展。

立体主义在绘画领域起到了类似的作用，毕加索和布拉克是其中的佼佼者。在绘画过程中，他们把现实整体打碎成置于平面上的一片片几何形状，显得零碎但又各自自成一体。这样观赏者在观画时要凭借自身的想象，再造碎片为整体，而不仅仅止步于碎片。于是乎，伟大的主题就被压制了。英雄时代业已消逝，人类的历史也失却了联系，你必须从现在的历史开始。立体主义无历史地发展，这就是说，立体主义割断了自身与以前的噪声和声音的联系，而去发展自己的那种声音，即让过去缄口。英雄主义绘画已过渡到印象主义，尔后在塞尚和梵·高的作品中几乎全部消失，最后，在立体主义和抽象主义绘画中，在沉默的最高发展阶段被彻底根除了。表现主义似乎代表着一个更广阔的表现范围，尤其是其强烈的色彩，但其主题却是这种沉默的一部分。比如蒙克的表现主义特征非常接近阿波利奈尔所说的"俄耳浦斯立体主义"，结构并非衍生于所见之物而源生于艺术家的心灵。

在1905年巴黎的"秋季沙龙"上，亨利·马蒂斯、莫里斯·弗拉芒克、安德烈·德兰等艺术家们带来了他们的最新画作，画面上任由混乱色彩的堆积而导致了图像的变异，这引来了评论家们的公然抨击；观众竟把"野兽派"即Les Fauves这样一个冷冰冰的称谓赋予了这群艺术家，一个评论家甚至说"这种幼稚的游戏，就连一个小孩子家用圣诞节收到的彩色颜料也能画得出来"。①现代艺术的第一次重要展览是1910年在格拉夫顿画廊举办的"马奈与后印象派"画展，这是由罗杰·弗莱（Roger Fry）组织的两场"后印象主义"展览中的第一场，他由此发明了"后印象主义"（Post-Impressionism）一词。除马奈外，画展主要集中在高更、梵·高和塞尚，以及一些最近的野兽派或新印象派风格作品。第一次后印象派画展的惊人影响标志着现代主义运动的开始。"后"并非"之后"那么简单，而有"思辨"（critique）的含义。画家是第一个探索现代主义运动成为可能的人，因此绘画成为主要的艺术形式。1921年伦敦雷切斯特画廊举办了毕加索画展。这次画展使英国文艺评论家克莱夫·贝尔完全改变了他对毕加索的看法。之前他曾说毕加索的作品不能给他激情，现在他认为毕加索确实是现代文艺运动的领袖。无论人们会对毕加索的成就持有怎样的看法，但不容置疑的是，在20世纪的头五十年，他迅速地成为他那个时代最著名的艺术家和成功的典范——同评论家、馆长，还有经销商和收藏家一道——这种成功是其他艺术家一直试图赶超的。帕特里克·奥布莱恩在他的毕加索传记中记叙事实上贝尔曾经这样宣称：

> 我知道两个人绝对和确定无疑的才华横溢。其中一个就是毕加索……我很荣幸与很多具有聪颖才智的人成为朋友。梅纳德·凯恩斯（Maynard Keynes）是我所遇到的最睿智的人。其他人还有罗杰·弗莱（Roger Fry）、利顿·斯特雷奇（Lytton Strachey）、雷蒙德·莫蒂默（Raymond Mortimer）和让·科克托。但没有一个人能施展出我要描述的法术。非常睿智的人和不太聪颖的人之间的区别，用我和罗杰举例，是聪颖的程度而不是种类……然而弗吉尼亚·伍尔夫和毕加索属于另外一种人。他们是人类社会已经灭绝了的族类。他们思维的方式与我们不同。我们完全不知道他们到达彼岸的途径是什么。②

---

① Werner Hofmann, Turning Points in Twentieth-Century Art 1890-1917, trans. Charles Kessler, 1969, p.18.

② Patrick O'Brian, Pablo Ruiz Picasso. New York, 1976, p.383.

艺术家们总是在琢磨这样的一个问题，怎样才能促使眼下的媒介释放出另外一种媒介的功用呢？虽然其他艺术领域也出现了类似的躁动，但是作曲家、剧作家和舞蹈家都不像画家那样，能如此迅速地找到新的定位。最杰出的美国金属焊接雕刻家大卫·史密斯不容置疑地谈道："从世纪之交开始，画家不论从数量上还是从观念上都占据了美学的前沿阵地。"[1]三年后他在密西西比大学的一次讲座上重申了自己的判断："立体主义把雕塑从独块巨石的庞大形式中解放出来，就像印象主义把绘画从明暗对比法中解放出来一样。"[2]美国艺术史学家威廉·R.瓦伦丁说，或许最出色地实现了现代主义事业的自然主义形式的雕塑家亨利·摩尔"比任何雕塑家都更为透彻地表达了我们想与原始的沙漠、山川和丛林这些自然力量更为亲近的一种深切渴望，我们渴望远离尘器，远离受智力而非情感控制的人造生活"。[3]康斯坦丁·布朗库西最著名的单件雕塑作品《空中之鸟》用"鸟"来命名这件抽象微妙又极其美观的作品，意在引导观众将它看成鸟的翅膀。这样，一旦雕塑家摒弃了模仿的理念，他的地位就像《圣经》中给动物命名的亚当一样，变得至高无上。未来主义艺术家翁贝托·波丘尼的雕塑作品《一个瓶子的空间延展》将瓶子的外形分解开来，其碎片组合成一个复杂的整体——但它还是一个瓶子。在这幅作品中，与其他意大利未来主义者一样，波丘尼强调瓶子的一种"动态"感，这是一种必不可少的现代艺术表现元素。

马拉美洞见到这种分离性，称之为"皮蒂克斯"（Ptyx）。对这位诗人来说，"皮蒂克斯"一词内涵丰富，因为它"毫无意义"。它预示了达达主义的拼贴艺术和任意性，以及达达主义所蕴藏的潜在性和可能性的无意义。而达达主义本身就是迷惘的一种表现，也代表着一种革新。最著名的原始达达派包括乔治·德·基里科以及比之激进得多的马塞尔·杜尚等重

---

① David Smith, in a symposium on "The New Sculpture"(1952), quoted in David Smith, ed. Garrett Mc-Coy(1973), p.82.

② David Smith, "The Artist and Nature"(1955), quoted in David Smith, ed. Garrett McCoy(1973), p.119.

③ Valentiner quoted in Andrew Causey, Sculpture Since 1945, 1998, p.27.

要艺术家。杜尚仅凭一己之力，就以各种实例展现出一个反艺术者可以抹杀艺术的尺度。善于创新的西班牙画家弗朗西斯·毕卡比亚就坚称："达达主义者不论是通过严肃、深奥、混乱还是恶心，都必须打破新事物、永恒之物、毁灭性的谬论、对原则的热衷及其表现形式。艺术必须毫无美感可言，没有必要也不可能证明其合理性。"①

现代主义运动正是现代派文学和先锋派艺术之母。马拉美将其整个生命献身于诗学语言的实验之中，力图赋予人类文字一种更为纯净的意义。虽然这是一个几乎不可能实现的目标，他却义无反顾地追求，他才是一位真正的文学圣者。在他的笔下，诗歌的原有规则被一律弃之不用，遣词的标准往往基于节奏和韵律，句子则被拆解，仅仅根据其印刷的效果而加以重新排列；他的作品往往不能为常人所理解，有时魔幻如音符，在一个深层的水准上进入人类的意识。他这样写道："那些帕纳塞斯诗人把事物本身放在我们面前，结果他们欠缺神秘；他们剥夺了心智相信自己在进行创造时的甜美悦乐。把一件事物指名道出，就会夺去诗歌的四分之三的享受，因为这享受是来自逐点逐点的猜想：去暗示它，去召唤它——这就是想象的魔力。"②阿波利奈尔则只是想让读者领略迄今还深不可测的美丽与深刻："我们不是你的敌人。/我们只想向你展示广阔而陌生的世界/在那里，神秘之花为那些愿意将它采摘的人绽放。"③

而艾略特很早就别出心裁地将电影的创作形式运用到自身的文学创作中，其长诗《普鲁夫洛克情歌》（The love Song of J. Alfred Prufrock）不只是运用电影形式，而且运用了卓别林的电影主题。除运用电影媒介之外，在创作中艾略特还擅长使用爵士乐，两者相互交融的效果在他的《荒原》和《斯威尼·阿加尼斯特》（Sweeney Agonistes）两首诗中已是登峰造极。1910年至1930年期间，乔伊斯、艾略特、庞德、刘易斯、劳伦斯、叶芝、伍尔

---

① Francis Picabia, in Hans Richter. Dada: Art and Anti-Art（1965），p.76.

② 埃德蒙·威尔逊：《阿克瑟尔的城堡：1870年至1930年的想象文学研究》，黄念欣译，南京：江苏教育出版社，2006年，第15页。

③ 彼得·盖伊：《现代主义——从波德莱尔到贝克特之后》，骆守怡、杜冬译，南京：译林出版社，2017年，第16页。

夫和福特发表了他们的大部分最佳作品。尽管它们之间存在着诸多明显差异，但用哲学家维特根斯坦的话来说，有可能在他们的作品中看到一些诸如"家族的相似性"。他们都以严肃认真的态度和奉献精神对待写作，其中一些人倾向于拒绝当下世界和日常的社会价值观，并采取保守的，甚至是直接的反动的政治态度，对遥远的历史时期中的原始和无意识思想感兴趣。如果说他们在文化态度方面以一种特殊的方式对待传统主义，在文学形式上则着眼于创新，熟悉的模式被拒绝了。作家们关注的是神话和象征，意义层次上的并置，以及过去和现在、现实叙事和神话典故之间的相互渗透。

现代主义对于艺术创造者和文学创作者双方而言都是一种心理上的解放。当弗吉尼亚·伍尔夫写下"人类的性格在1910年12月左右发生了变化"这句话时，她已经意识到了这一点。[1]她又谈到，可惜的是，最负盛名的英国小说家H.G.韦尔斯、约翰·高尔斯华绥以及阿诺德·贝内特这些被她称为"爱德华七世时代的人"都没能认识到这个剧变，更谈不上成为其中的一员了。伍尔夫亦称这三人为唯物主义三人组，并认为已受到西蒙斯批判的唯物主义只是对人物太过狭隘和粗浅的描画，因而不能创造永久性的文学作品。我们都知道，在阅读传统小说时，读者一般追求的是故事情节，这样会给他们带来直接的愉悦感；至于叙述故事的人反倒被忽略，这样小说的写作技巧也往往被弃之一旁，它们也不是作家关注的重点，但反传统小说家所做的恰恰相反。1891年，托马斯·哈代在严厉批评现代主义者的同时，"发现事物更优秀品质的眼睛和倾听'静谧哀伤的人性音乐'的耳朵"，他借用华兹华斯的诗句写道，"不是光靠外部感官获得的，比如摄影技术。眼睛和耳朵所不能洞悉的，只能为内心感知所理解，这种内心感知来自对生活的所有表现形式的共鸣性的欣赏力。具备这项天赋的人所刻画出的人性，要比在技术和外在观察手段上较强但是缺乏此共鸣的人精彩得多。"[2]他坚信有些内心深处的东西是小说家们一直忽略的。1899年，

---

[1] Virginia Woolf, Collected Essays, vol. I. New York: Harcourt Brace and World, 1967, p.320.

[2] Thomas Hardy, "The Science of Fiction", New Review(April 1891), p.318.

英国诗人兼批评家阿瑟·西蒙斯在其富有前瞻性的文章《象征主义文学运动》中指出，正是通过象征，"事物的灵魂才得以明晰；不堪重负的文学最终将会获得自由和它真正的语言"①。现代主义者对于当代小说的探索，竭力寻找穿透迷雾直达人物内心深处的表达方式，从而使小说变得扑朔迷离、引人入胜。

简言之，现代主义小说不再关注是否具有一种完整的结构，不再按时间的线性发展来讲述故事，也不再注意语言表述的含蓄与否，这些曾经都是判定文学作品好与坏的公认的标准，转而关注人的内心世界，现代主义作品主要反映的是作者，这都令人震撼。不经意间引领了新式小说发展潮流的爱德华·杜雅尔丹强调，现代主义小说是主观性的实践，其目的在于通过实验性的技巧进行更深入的挖掘，从而越来越多地成为意识的小说，甚至时常超越意识。他1887年出版的短篇小说《月桂树折》对现代主义文学做出了卓著的贡献。小说几乎没有什么情节，仅由一些人物的普通对白构成。这是纯意识流释放出的自由联想的条理较为清楚的形式，其中的联系常常是声音以及突现记忆片段的相似。内心独白是将心理学与自然科学并举的重要一步，这种写作手法让很多读者感到不悦，却恰恰就是现代主义小说要达到的效果。现代主义小说家与19世纪的现实主义者一样对真理热情而执着，不过他们对现实的定义增加了新的维度。乔伊斯小说具备了最颠覆传统的现代主义的所有特征：丰富多变的思路，博大精深的隐喻，游刃有余的外语表达，变幻莫测的想象，以及打破根深蒂固写作规范的决心。《尤利西斯》中，意识流存在于所有章节中，并在最后一章莫莉·布卢姆的内心独白部分达到顶峰，这一章堪称现代文学史上最负盛名的内心独白。

以上列举了现代主义艺术家的反传统之举：对情节的淡化，对处理具体情境的方式的颠覆，最重要的是对内心世界的强烈关注。小说家和诗人都是现实主义者；只是被他们重新定义的现实主要存在于思想和感情之中，这是传统作家没有重视或者无法捕捉与表达的层面。因此在现代主义

---

① Arthur Symons. "Introduction", The Symbolist Movement in Literature(1899), p.10.

小说和诗歌中，不再有所谓处于情节中故事的发展，也不再有开端、高潮、结尾等的起承转合，仅剩下拼贴的语句，无厘头的插入语，以及高深莫测的外来词。伍尔夫的《到灯塔去》、乔伊斯的《尤利西斯》、蒙克的《呐喊》、塞尚的系列绘画作品《圣维克多山》、贝克特的《等待戈多》、艾略特的《荒原》、韦尔斯的《公民凯恩》等，这些最为出色的现代主义作品，给读者带来了无穷乐趣。

这里尤其要强调的是，现代主义作家经常将他们的文学实验与视觉艺术进行类比。这些巴黎式的创新被引进到英国和美国从而以利于这些国家现代文学形式的发展。因此，尽管文学与视觉艺术的关系是多样和复杂的，但如果缺乏现代视觉艺术的基本知识，是不可能完全理解文学现代主义的发展的。甚至除了上面这些明显的来源和影响、灵感与合作等问题外，有一个更为重要的问题：文学有时确实试图实现一种绘画的效果，或成为文字画，或试图获得一种视觉艺术的效果，从而使读者产生一种视觉化。的确，许多读者注意到文学与艺术特别是文学与视觉艺术即绘画、雕塑和建筑之间的这种古老的平行关系在20世纪的新的相关性。

视觉艺术的文学意蕴是巨大的。斯泰因有意识地把自己的文学实验比作现代绘画，她的小说《三个女人》（Three Lives）是对塞尚的一幅肖像画《坐在椅子上的塞尚夫人》的回应，而她自己的文学"肖像画"是模仿毕加索、布拉克和格里斯的。从艾略特的《荒原》到史蒂文斯的《蓝吉他人》（the Man with the Blue Guitar），现代视觉艺术中的一些技巧，如碎片化、多角度透视和并置，都是标准现代主义曲目的一部分。深受现代艺术影响的最重要的文学人物是美国人埃兹拉·庞德，他于1908年定居伦敦，以后一度成为世界文坛上举足轻重的人物。庞德梦想成为诗歌复兴的先锋，到1913年，他的意象主义运动在这方面取得了一定的进展，但他的文学努力显然被他对视觉艺术的偏好所掩盖。庞德与艺术家的接触，以及他对视觉艺术类比的思考，影响着他的诗歌和诗歌理论，加之他在文坛上的巨大影响，促使现代艺术融入了现代英语文学的发展中。史蒂文斯、威廉姆斯和穆尔的诗歌在很大程度上因其在纽约视觉艺术中的卓越地位而独具特色。这些诗人都写有高度视觉化的诗歌，视觉的行为或品质往往是诗歌的中心。穆尔的细微观察总是显示出画家的眼睛，当她在20世纪20年代（1925—1929）代理主编《日晷》（The Dial）时，确保其中视觉成分和文学成分的对等。威廉姆斯与纽约画家之间保持着一种友好关系，他的诗作里不时流露出现代绘画的印迹，诗意也更浓烈。在纽约前卫派中盛行的诗歌和绘画的密切关系集中体现在E.E.卡明斯身上，他拒绝在这两种艺术形式中做出选择，始终认为自己是"诗人和画家"。温迪·斯坦纳则把立体派称为"我们这个时代绘画和文学的主流"，这当然没错。

由是观之，古代的文学与视觉艺术绘画、雕塑、建筑之间的平行性在20世纪确实具有了新的相关性。是画家首先使现代主义运动成为可能，绘画最终成为具有引领潮流的艺术形式。现代主义作家常常将文学语言实验与视觉艺术并驾齐驱，视觉艺术对文学产生着最深刻、最直接的影响。近现代以来，是绘画而非文学常常成为引领潮流的艺术形式，文学仅是紧随而已。因而，要弄清楚文学上现代主义发展，没有一些起码的现代艺术的常识，是不可能的。借用绘画技法拓宽文学创作的途径和手段已成为现代派作家的重要创作方法之一。众所周知，现代主义文学和现代派绘画在生成过程中存在着共同的时代背景，即现代主义运动的大背景。文学与艺术间的互文与互渗是再正常不过的，加上彼此审美诉求的共通，使得从一开始现代主义文学就深受现代派绘画的影响。20世纪初，许多后来在现代艺术运动中发挥了举足轻重作用的欧美青年艺术家汇聚巴黎，他们是一群精神上的漂泊者，对新艺术充满着渴望。他们热烈地讨论着诸如塞尚等现代派画家的作品，受其激发和吸引，力求在各自的领域里鼎故革新，而斯泰因就是其中最为引人瞩目的一位。事实上，研究斯泰因，必须首先研究现代立体派绘画。

20世纪比19世纪更为辉煌，这点毋庸置疑。从科学角度说，与19世纪相比，20世纪的叙事中少了很多合理性。当然，合理性从来不能成就辉煌。在《什么是英国文学》一文中，斯泰因对19世纪经典现实主义文学的表现形式提出了批评，深刻反思了西方以摹仿现实世界为旨归的传统的美学原则，并在此基础上总结和概括了英国文学五百多年来的发展历程。不过，"到了 19 世纪末，现实主义就成为强弩之末……1893 年常常被看做它的终点……"[1]在斯泰因看来，客观如实地描写社会和生活，或关注事件外表的行为，诸如此类的现实主义写作技巧确实可以做到记录的逼真、不偏不倚，乃至客观公正。但这些描绘手法无法达到揭示生活本质的目的，只不过停留在现实的经验层面罢了。她在《什么是英国文学》中把这种表现方式轻蔑地称为"只能表现日常生活的一种写作模式"。[2]

有鉴于此，斯泰因认为作家再也不能满足于摹仿生活的表象，不能一味地因循守旧，而应立刻抛弃现实主义的以描摹具象为创作目标的创作模式和美学原则。历史已进入到新的时代，作家应摆脱传统的束缚，在具体的文学创作中把握时代的脉搏，使文学能够反映时代的心声，探究世界的内在本质。在其后期演讲中她反复强调：进入 20 世纪以来，新生事物层出不穷，具象描摹已不再是作家们的创作原则，是现实主义该"腾出空间"的时候了。[3]在对世界本质的探索和挖掘过程中，斯泰因极具革新精神：穷其一生变革语言的表述方式，探索绘画与文学创作之间的互通互融，以追寻文学表达存在的本质。她本人在哈佛大学曾从事心理学和医学专业的学习和研究，而且与众多画家朋友过从甚密，这都加深了她对文学的领悟和理解，有助于她在文学实验中另辟蹊径。通过强调"所画之物和画它的行为之间的关系"，斯泰因认为：

　　然而我本人并不这样认为。我认为这一困扰来自于这样一个事实，一幅油画是因为油画中所呈现的物体才存在的，而且坚定地认为它不应该是这个样子，油画这样想，看着油画的人也这样想。在每个人的心中的确都有一个困扰，一个关于与所画的对象相关的油画的存在的

---

[1] George Becker. "Introduction: Modernism as a Literary Movement", George J. Becker, ed., Documents of Modern Literary Realism, Princeton University Press, 1963, pp. 7–9.

[2] Gertrude Stein, Gertrude Stein: Writings 1932–1946. New York: The Library of America, 1998, p. 217.

[3] Gertrude Stein, The Geographical History of America, or the Relation of Human Nature to the Human Mind. New York: Random House, 1936, p.6.

困扰。……我不知道我是否给你一个油画的概念。即使它的确有些混乱，我仍然希望我做到了。但是关于油画的概念，混乱是不可避免的。①

　　如果说斯泰因的巴黎新生活中有一个事件具有真正的转折性意义，那必定是1905年秋季沙龙展览会的开幕式——在那里她第一次看到了一群画家，在这次展览后，他们以"野兽派"而闻名于世。马蒂斯的《戴帽子的女人》（Femme au Chapeau）亮相于秋季沙龙的展览。这个戴着巨大帽子的女士的肖像，夸张的绿色、红色和紫色的绘画是如此激进、如此令人震惊，对有些人来说是如此荒唐，致使《戴帽子的女人》成为现代主义运动的强有力象征。她认为人们对马蒂斯画作无知、野蛮的态度与她自己的作品所受到的冷遇之间有着某种关联，这就使她愈发坚定地与这位大师站在一起，尤为重要的是，与标新立异的现代派站在一起。终其一生，斯泰因都在思考20世纪的破坏性能量，以及它杀死19世纪的必要性。可见，当未来主义、漩涡主义、达达主义和现代主义的许多其他主义即将诞生之际，斯泰因就生活在这些人群中。这是一个自我主义及宣言的时代，在这个环境中，斯泰因最终感到她也能作出她自己的自我神话的伟大艺术宣言。

　　上文已有交代，斯泰因的小说《三个女人》是对塞尚的一幅肖像画的回应。《三个女人》于1909年由名不见经传的小出版社出版，起初没引起什么注意，但辗转传阅后却声名鹊起。《三个女人》的标题页印有拉弗格的引文，在当时看来是一部写实主义的作品，在威尔逊看来，那却是一种新式的写实主义。他认为，《三个女人》中可见出作者与人物之间密切的代入关系，斯泰因的风格与任何作家都不相似，能抓住女主人公思想的节奏与语气；同时也发现当中的历史与一般写实主义小说有重大的差异：斯泰因女士的兴趣不在于主题的社会性或典型性，而是要把三个女主人公当做三种基本女性的原型来看待。在斯泰因清楚明白但又有点单调重复的简单句子中，可以见出她对人性的精妙掌握，这两者互相矛盾而又不能

① Gertrude Stein, Lectures in America. Boston, 1985, pp.84—87.

分解。①

　　在对现代主义重新思考时，巴特认为："最伟大的现代作品会尽可能长地延续，像是某种奇妙的平衡，在文学的门槛上徘徊，它在这种期待的状态下获得生活的广度，并通过这一阶段得到扩展，但还不会破坏符号的秩序。"②由于斯泰因一直站在"现代主义"运动的风口浪尖，加之她与先锋派画家们又过从甚密，逐渐形成了自身特有的实验语言风格。

　　她把文字作为纯粹暗示性的工具，在这一点上较诸任何一位象征主义者都过之而无不及——她做得那么彻底，以至于她甚至不再暗示了。……然而想到她的早期作品，我们仍然觉得她是当代文学中的一位重要人物。……而每当我们拿起她的作品时，即使不能理解，我们也不难看出其中文学上的个性与独树一帜的原创风格。③

第二节　斯泰因与科学、心理学的关系

　　自19世纪末以来，柏格森、威廉·詹姆斯、弗洛伊德、荣格以及其他许多哲学家和心理学家对时间、对人的意识及潜意识的研究极大地改变了人们对现实的看法。现实不再是外部的社会现实，它还包括人的内心世界。一个人的心灵活动、内心世界就是他最本质最重要的现实。从思想的溯源性上看，柏格森的思想可以上溯到启蒙时期，比如卢梭的思想对他产生了很大的影响；接下来浪漫主义时期的反理性主义也使他受益匪浅；柏格森曾对康德的批判哲学、黑格尔的历史哲学、孔德的实证主义乃至斯宾塞的机械进化论思想提出过批评和反对的意见。所有这些哲学主张都曾在18、19世纪的欧洲流行一时。在认识论方法上，他否定概念分析的抽象

　　① 埃德蒙·威尔逊：《阿克瑟尔的城堡：1870年至1930年的想象文学研究》，黄念欣译，南京：江苏教育出版社，2006年，第169—170页。

　　② Roland Barthes, Writing Degree Zero. New York, 1968, p.39.

　　③ 埃德蒙·威尔逊：《阿克瑟尔的城堡：1870年至1930年的想象文学研究》，黄念欣译，南京：江苏教育出版社，2006年，第173—179页。

性，认为它只会导致实在的歪曲；推崇直觉而贬低理智，因为世界的本质唯有依靠直觉才能得以体验。他提出人们越是进入意识深处，"空间时间"的概念就越不适用；只有直觉才能认识绵延，艺术只是对绵延更为直接的观看。由此他写道：

> 在隐藏个人情感的传统表情之下，他们能够看到情感的原始形态。它们诱使我们自己也做出同样的努力，让我们看到它们告诉我们的东西，或者更确切地说，暗示那些言语不能表达的东西……有些艺术来自外部……另一方面，像音乐这样的艺术是发自内心的。通过节奏，它打破了我们意识生活的正常流动。这就好像通过增加内部的流量，它突破了表面的外壳，从而使我们认识到我们意识生活的内在元素的真正本质。它是通过节奏来做到这一点的，它的作用有点像用来带来催眠状态的手段。节奏和小节使我们的注意力在定点之间来回摆动，从而暂停了我们正常的感觉流动，从而以如此强大的力量抓住我们，即使是最微弱的悲伤模仿也会对我们产生巨大的影响。事实上，它增加了我们的敏感度。①

随着存在主义和现象学在20世纪20年代的兴起，特别是语言哲学和逻辑实证主义逐渐走上历史舞台，柏格森的哲学影响才逐渐衰退。然而，他所主张的反决定论的自由意志说曾在20世纪初风行一时，包括萨特的自由选择理论，怀海特的过程哲学等都受到他的直接影响，而且这种影响还远超出了哲学的范畴。文学家当中接受他的思想的有法国小说家普鲁斯特和英国戏剧家萧伯纳等人。

作为作家的斯泰因也受到柏格森有关时间哲学的影响，她在哈佛大学的导师美国实用主义哲学家詹姆斯曾对柏格森的哲学思想赞颂备至。柏格森对艺术的定义是一种对精确性的强烈渴望，他将艺术引起观众的审美情

---

① T.E. Hulme, Speculations: Essays on Humanism and the Philosophy of Art, ed. Herbert Read. London: Routledge and Kegan Paul, 1965, pp.155-156.

感定义为直接交流所产生的兴奋。他说，重要的当然不是视觉表现的事实，而是与现实的实际接触。斯泰因对艺术的定义及其艺术的目的在本质上与柏格森是相同的。柏格森还评论过艺术家向观众展示知识的种种方式，他对节奏的评论让我们想起了斯泰因写作中类似于梦游般的节奏。柏格森还说，普通语言传达不了事物的个性和新鲜感。斯泰因接受了这一挑战，试图通过使用普通的语言，用简单的词语在变化的模式中传达这种清新的印象。柏格森关于时空和新的第四维度的思想无疑对现代艺术产生了巨大的影响，并在多重场合得以充分地讨论。值得注意的是，斯泰因也使用了他关于持续时间的概念。

斯泰因还是"意识流"一词的首创者、哈佛心理学教授詹姆斯的高足，对人的心理及意识作过专门的科学研究，自信对"意识流"有更为精到的认识。由詹姆斯在心理学领域中首次提出的"意识流"的概念，日后成为了作家乔伊斯与伍尔夫的代名词，同时也对斯泰因的写作风格造成了深刻的影响。实际上，不少评论家也指出，人的意识是转瞬即逝的，不可能像乔伊斯笔下人物的思想那样呈现一种连贯句式和完整思维，乔伊斯的意识流更像是人物的内心独白。此外，意识的连贯虽以不间断为特点，但通常并不完整。斯泰因的创作就是以这种认识为出发点的。她在表现人物意识的流动时，有意地突出这种流动的不间断性以及各个思绪之间的逻辑性关系，明显地有别于乔伊斯。同时，斯泰因在如何运用写作来表现人的心理意识这一问题上认为，作家在创作过程中要力求捕捉人的瞬间意识，这样才能把握住表现人的心理时间的时机。那么具体如何做才能获得成功呢？她玩起了词语的游戏，比如抛弃传统的语法规则，让语词以一种崭新的面目出现等，从而创造了一种全新的语言体系。

首先，她试图摒弃除句号之外的所有标点符号，以保证语流及思维的连续性。其次，斯泰因在描写人物时尽量借助人物给她造成的感觉或与这种感觉相通的事件，使读者通过感觉去体会人物的特点。因此，在她的作品中，动词一般不以原形的形式出现，而是变化为动名词或者现在分词，比如在她的《毕加索》文字画像中，这种用法就很普遍。至于她的鸿篇巨著《美国人的形成》，斯泰因表达了这样的观点："我创造了一种'持续的现在时'，有时几近一千页，这可从来没有过。"①她把此书作为她文体研究的成果。这本书篇幅长得惊人，但也极其有趣，从中诞生了所有的现代写作形式。斯泰因这样做的目的除有使字词富于变化的考量外，其实也在做一种哲学思考：动名词或现在分词的使用象征人生一种不间断的流动。

斯泰因小说中人物的心灵活动以及他们对生活的感受都通过动名词、现在分词的反复使用被恰如其分地反映出来。再如，斯泰因在《美国讲演录》中曾试图以"持续现在时"解释她在创作中所做出的尝试，认为艺术是存在于"绝对现实的现在"之中的。"持续的现在时"的最大特点是，运用非线性的叙事手法，标点基本被弃之不用，语句甚至段落出现大量的重复，等等。她在作品《地理与戏剧》（1922）中写下的句子"玫瑰就是玫瑰就是玫瑰就是玫瑰"（Rose is a rose is a rose is a rose）或许可以代表斯泰因的写作风格。斯泰因的这种时间观与詹姆斯的《心理学原理》中所描述的人的心理经验以及柏格森的"绵延的时间"是一脉相承的。因此，在许多西方文学百科全书里，斯泰因一般都会与乔伊斯、沃尔夫、普鲁斯特等意识流派作家相提并论。

斯泰因的"持续的现在时"其实反映了她的现实观。她认为时间是由一系列不间断的瞬间构成的，每一个瞬间之间的环节都同等重要，只有作家创作时所获得的瞬间意识或理解，才是现实。斯泰因的"绵延的现在"很像她的导师詹姆斯所说的"意识流"。在《心理学原理》一书中，詹姆斯把"意识流"描绘成自身不断延续的知觉流。斯泰因则不断地运用进行时态，以表现存在的进行形式；她相信作品是一种自发的思维活动，而不是某一预先思索好的东西。在进行文学创作时，她任凭自己的思绪自然地流露到笔端，对自己写过的东西很少修改或删节。笔实际上只不过是她的思想的复印机，将脑子里的无形之物变成纸上的能让人阅读的有形之物。她创作《三个女人》的第二部《梅兰克莎》时，就是一面坐在一张破椅上

---

① 格特鲁德·斯泰因：《作为解释的作文》，王义国译，引自《软纽扣——斯泰因文集·随笔卷》，北京：作家出版社，1997年，第118页。

由毕加索给她画像，一面在头脑里进行创作，用她自己的话说，是一边做模特儿，一边"思维、造句"。她认为只有这样的作品才是准确、真实的作品，只有这样的创作方式才能捕捉到局限于自发顿悟的现实，亦即作家创作时的意识状态。《三个女人》的行文并没有摹仿所描绘人物的真实言语，相反，它借助于重复，动词-ing形式等手法，投射出人物的心灵活动及对生活的感受。

1893年，当斯泰因进入哈佛大学心理学实验室时，心理学还是一门新学科，自身还处于襁褓阶段。但在这个新世界中，那些旧法则已不再适用，人们开始用心理学来对世界进行分类，来把握世界的体系。斯泰因研究专家瓦格纳·马丁曾经指出："心理学和哲学才是斯泰因在哈佛所研读的专业，后来又转到霍普金斯大学，并在那里的医学院学了四年。所以当一名作家并不是年轻的斯泰因进入大学时一开始的打算，这一点值得在此提出来。"①对人类普遍的思维习惯及心理特征的兴趣正是斯泰因在大学求学阶段才逐渐养成的，这种兴趣为她日后在文学创作中探究人存在的本质打下了良好基础，她性格中养成的科学偏好对她的文学作品有直接的影响。在实验心理学、神经心理学和动物学方面，及之后在约翰·霍普金斯大学进行的大脑绘图方面，斯泰因作为一个创作型的作家，与她那个时代的科学建立了一种独特关系。由于现代心理学的发展，特别是"意识流"的概念进入人们的视野以后，艺术家和作家们已不再关注外部的世界，而把描绘的重点放在人的心理感受和内在体验上。内心世界的奥秘、人物的内心及其心理活动等才是现代艺术家们所感兴趣的东西，也是他们与传统的现实主义艺术家明显区别或截然相反的方面。旧的艺术传统再也无法给现代主义艺术家们提供切合他们探索现实所需的艺术语言，传统手法也无法表达他们对生活的理解，无法精确地描绘他们眼中的现实，所以他们总是在孜孜不倦地探索新的表现手法和实验新的形式，以求最准确地表现出他们眼中的"真实"。在斯泰因看来，要想揭示出人的普遍的性格特点，只有深入到客体的内部，并抛开对事物表象的描摹。在《〈美国人的形

---

① Wagner-Martin ed., Gertrude Stein: Three Lives. Boston: Bedfords/St., 2000, p. vii.

成〉的逐渐形成》这篇演讲中，斯泰因说："小说中人物的性格类型很快使我产生了浓厚的兴趣，它们才属于人物'基本本性'的范畴，至于人物在小说中做出何种反应，并不是我所关注的东西。"①这也可能是她在哈佛时的一个意外收获，当时她正在从事人的"从属性格"方面的实验。

斯泰因后来劝告年轻作家说，"创作是在纸和笔之间发生的"，而不是在写作以前做有计划的思考。她从未否认她的作品和所谓的无意识写作在表面上的相似性，她所否认的是她自身内部存在着自动因素。在她做实验所写的一个主题中，斯泰因将无意识写作的生理感受描述为一种折磨：一个女孩儿被绑在一种写作的机器上，她的手指被监禁在钢铁的机器上，她的胳膊固定地插入一个大玻璃管中……奇异的幻想开始向她涌现，她感到沉默的笔在写啊写，永无休止。她的记录在那里，她无法逃脱……她被监禁的悲惨境遇。②

还是在詹姆斯的门下做学生时，斯泰因就练习了"自动写作"。她研究的自动性（或无意识）写作是她做的一个特别项目，以五十名女人和四十一名男人作为抽样检查，让他（她）们在仪器前进入劳累、注意力分散的状态，然后要他（她）们写下他（她）们想写的事，以显示他（她）们的无意识状态。期间，她完成了两篇实验报告，第一篇是《正常的原动无意识行为》，刊登在《哈佛心理学评论》第3卷第5期（1898年9月5日）上；另一篇是《培植的原动无意识行为》。日后发展为《三个女人》和《美国人的形成》中的那种写作方法在第一篇实验报告中已见端倪。比如，在这些实验报告中，写出的语句显现了明显的重复趋势，这在日后成为标志性的"斯泰因"策略，其中有些看起来是她后来风格的预演。

在《美国人的形成》中，有时斯泰因把性格设想为一个活动和变异中的实体：

不是……泥土类的物质而是泥状的，不是尘土不是灰尘，而是混

---

① Gertrude Stein, Gertrude Stein: Writings 1932-1946. New York: The Library of America, 1998, p.271.
② 露西·丹妮尔：《格特鲁德·斯泰因评传》，王虹、马竞松译，桂林：漓江出版社，2015年，第32页。

合在一起的物质，它可能是黏滑的、胶凝状的、胶质的、不透明的东西，它可能是白色的，也可能是色彩鲜明的，清澈的和热烈的。①

斯泰因在哈佛医学院的第一年，神经键的概念被介绍到世界，她也得以在卢埃里斯·F.巴克尔（Lewellys F. Barker）的《神经系统和神经元成分》（1899）中发表文章。在这篇文章中有一段关于大脑解剖图的描述：

核差不多是圆锥体形状的……大脑后连合……表现为后前位束，中间是实体，背侧再划分为前部的部分和后部的部分，而心室以中空的金字塔形式扩张，直接落在核上。②

这里可以与她在《美国人的形成》中描述人的性格时所使用的图解法比较一下：

大量的坚固物质在表面非常活跃，而且在接近中心的各处也很活跃……在中心坚固的物质分离点……而关于最后一点，我还不完全确定。③

在后来的年月里，巴克尔经常怀疑，他"试图交给她复杂的骨髓延髓结构，这与她后来让整个世界困惑的怪异文学形式是否有某种关系"。④答案当然是肯定的。

与其他超现实主义者一样，布勒东强调指出，自动化是人们赖以记录人的无意识的一种"机制"，它比任何一种自觉的创造都更能揭示人的内

---

① 格特鲁德·斯泰因：《美国人的形成》，蒲隆、王义国译，引自《软纽扣——斯泰因文集·随笔卷》，北京：作家出版社，1997年，第349页。

② Lewellys F.Barker, The Nervous System and Its Constituent Neurones. New York, 1899, p.725-726.

③ 格特鲁德·斯泰因：《美国人的形成》，蒲隆、王义国译，引自《软纽扣——斯泰因文集·随笔卷》，北京：作家出版社，1997年，第375页。

④ Lewellys F. Barker, Times and Doctors. New York, 1942, p.60.

心。在仔细地研究了斯泰因的科学事业与创作的关系后，斯蒂芬·迈耶也认为，斯泰因不仅将科学概念吸收到她的写作中，不仅以科学精神探索写作，也不仅将科学用作比喻，还将她的创作本身变成了一种实验科学。[①]斯泰因以实验式表现手法写作，曾给年轻的先锋派文学家们以巨大影响。

就在斯泰因通过各种语言实验思考语言的内在质以及语言和外在世界的联系等问题时，瑞士著名语言学家索绪尔也在进行着一项艰苦卓绝的工作。1916年，其研究成果以《普通语言学教程》的专著形式出版。其中索绪尔提出了一个与"历时语言学"相对、极具革命性和影响力的"共时语言学"概念，认为只能把语言看作一个共时的系统，其内部的所有要素和规则对使用这种语言的人同时存在。语言是一种形式，不是一种实体，语言研究的不是词语与事物之间的联系，而是声音与思想之间的联系。因此，"语言符号连结的不是事物和名称，而是概念和音响形象"，[②]音响这里指的是一种声音，但它不是我们通常所说的纯粹的物质或物理的声音，而是声音的一种心理印迹或声音表象。进一步地，索绪尔提出了极其重要的能指和所指这一对概念，前者指的是概念，而后者是指音响形象，但为了表达的整体性起见，他建议仍然留用符号这个词。符号是任意性的，因而能指和所指之间的联系也是任意的，而语言是靠能指与能指之间产生的差异来生成意义的。总之，语言符号与世界之间不存在一一对应的关系，它们之间的关系是约定俗成的、任意的。

我们可以在斯泰因的语言实验中发现类似的现象，比如，她总是努力地摆脱能指与所指之间约定俗成的关系的束缚，尤其关注对作为能指的音响形象的探索和使用，因为声音形象才是属于语符本身的物质特性。这样，每一个词都与意义产生了分离，被成功地割断了其与外部现实之间联系的纽带，结果是，只留下"声音悦耳的创作"。《软纽扣》中，斯泰因所从事的语词实验与同时代人索绪尔的语言学理论有着异曲同工之处，比如

---

① Steven Meyer, Irresistible Dictation: Gertrude Stein and the Correlations of Writing and Science. Stanford: CA, 2001, p. xvii.

② 费尔迪南·德·索绪尔：《普通语言学教程》纪念版，高名凯译，北京：商务印书馆，2017年，第94页。

对事物的外在特征的描绘不再与特定的语汇一一对应，从碎片化、陌生化、拼贴等写作手法的运用可以看出，作家所侧重的是语言与外在世界的关系；运用直觉感知直达审美对象内部，从而有助于审美主体对概念所指的精准把握。

大凡了解现代西方思潮的人都知道，现代人文学科的革命皆始于对传统哲学观念的批判质疑，而这种质疑的前提是：传统是凭借不稳定的语言系统建立起来的靠不住的"观念物"。正如西方学者指出"不是上帝造出了词，而是词造出了上帝"那样，并非只是生活创造语言，语言对生活也具有巨大的无形的塑造力。斯泰因有一句名言，常为后人引用，连拒绝承认自己与斯泰因有任何师承关系的海明威也拿它开过玩笑。这句话是："一朵玫瑰是一朵玫瑰是一朵玫瑰是一朵玫瑰。"[1]它强调，玫瑰花本是一个独立存在物，它有形、有味、有色，即使不附加任何形容词在它前头，它同样可以给人如此众多的所指联想。然而在文字中，它又只是一个简单之至的特定能指。这种矛盾关系暗示出作为表意符号的语言与丰富现实之间的差异，或者说，语言作为"观念物"（idea-thing）与声觉联想（sound-sense），作为抽象与具象的对应，其间存在着一种不等转换过程，用斯泰因的话说，语言即是那种导致"肉灵互变"的东西（but flesh which became spirit）。斯泰因是要证明语言是一种独立的存在，应回到它原有的"自在状态"。她的创作实践确实显示了她的先见之明：现代语言学带给文学艺术乃至哲学等领域的冲击不正是她早早预见了的吗？从这个意义上说，斯泰因的语言实验与其说是语言文学的，不如说是语言哲学的更恰当。她的创作活动实际上表现了现代语言对传统语言的反叛。从表面上看，斯泰因的文学创作确有不复客观反映现实之嫌，然而从更深的层次上看，它又带有对资产阶级的传统文化发出根本性质疑的姿态，正是这种哲学意义赋予斯泰因的思想以持久的生命力和广泛的影响力。

1934年，斯泰因与艾丽斯乘船回到美国。在芝加哥，她对自己那句玫

---

[1] Renate Stendhal ed., Gertrude Stein: In Words and Pictures. Algonquin Books of Chapel Hill, 1994, p.8.

瑰诗行作出了著名的解释：

> 我留意到你们都知道这行诗：你们拿这行诗寻开心，但是你们是
> 知道的。你们听着！我不是傻子，我知道平常我们不会随便说"是个
> ……是个……是个……"。没错，我不是傻子，但是我认为在这行诗
> 里，玫瑰花在英语诗歌里百年不遇地红了一回。①

第三节　斯泰因与现代主义绘画的关系

在注意到"欧文热爱佛兰德斯（Flemish）画家，他的许多散文诗通过
回忆他对这些艺术家的熟悉程度后可以更好地得以理解"，威廉姆斯
（Stanley T. Williams）评论说，这些荷兰油画"在对欧文艺术的影响方面从
未得到过充分的评价"。②斯泰因很早就收藏现代派绘画作品，尤其非常熟
悉立体派和后印象派艺术，加之当时的现代主义运动的大背景，并将自己
造就成为一位造诣颇深的现代艺术批评家。众所周知，自从斯泰因离开哈
佛以及她的导师著名心理学家詹姆斯来到巴黎之后，从一开始就独具慧眼
地收藏了塞尚的画作，尤其对他的静物画情有独钟；一生与毕加索过从甚
密，并和他一道推动立体派绘画的形成和发展。她将对心理学和绘画的了
解融入自己具体的文学创作之中，形成了斯泰因式的文学立体主义。③

1904 年，斯泰因和她的哥哥利奥看到了第一幅塞尚作品后便开始购
买。是毕加索的画商沃拉尔和萨戈介绍毕加索认识斯泰因兄妹的。帕特里
克·奥布莱恩（Patrick O'Brian）对沃拉尔和他的画廊的描述生动有趣：

---

① Gertrude Stein, Four in America. New Haven, CT, 1947, p.vi.

② Stanley T. Williams, Washington Irving: Selected Prose. New York: Rinehart, 1950, p.44.

③ Marianne Dekoren, "Gertrude Stein and Modern Painting: Beyond Literary Cubism". Contemporary Literature, Vol. 22, No. 1 (Winter, 1981), pp. 81–95.

它看上去不像是个画廊……画板面向着墙，房间的一角散乱地堆放着大大小小的画。屋子正中站着一个忧郁的黑脸大汉。这还是沃拉尔高兴时的样子。当他真不高兴的时候，他会把巨大的身躯贴在冲着街道的玻璃门上，双手支撑在门框的左右上角，阴沉着脸看着街上。没有人敢进来。[1]

而舞蹈家伊莎多拉的兄弟雷蒙德·邓肯（Raymond Duncan）有些流言蜚语似的如此形容这对兄妹：

这两个来自奥地利的移民先是收集日用铜器，卖出之后再收藏东西以高价卖出。购买收藏迎合人们喜好的物品是犹太民族推销天才的品质……实际上，艺术品成了银行家的证券。[2]

不久，马蒂斯、毕加索、高更、莫奈、雷诺阿，还有瓦洛东、勃纳尔的作品令他们的房子四壁生辉。这些画都没有装裱，它们在墙壁上争抢着空隙，本意并非造就一座艺术馆，却因为利奥的敏锐洞察力，构成了世界上第一座现代艺术博物馆。到1906年，任何人想要看到最好、最耸人听闻的现代艺术，都要前往花园街参观。在《艾丽斯自传》中，斯泰因借艾丽斯之口表达了艾丽斯第一次参观斯泰因家的画室时所看到的图景：

四面墙上，一直到天花板，都是画。……有两幅高更的。几幅芒甘的，有瓦洛东画的大幅裸体画，……还有一幅图鲁兹-洛特里克的画。有一幅瓦洛东为格特鲁德·斯泰因画的画像……有一幅莫里斯·德尼的画，一幅杜米埃的小画，塞尚的水彩画多幅，……毕加索的五花八门时期的画作很多，马蒂斯的画有两排，有一幅塞尚的巨幅女人

---

[1] Patrick O'Brian, Pablo Ruiz Picasso. New York, 1976, p.97.

[2] Brenda Wineapple, Sister Brother: Gertrude and Leo Stein. New York, 1996, p.243-244.

画以及塞尚的某些小幅画。①

而斯泰因给艾丽斯留下的第一印象是：

> 托斯卡纳阳光下的一尊金像，浓艳的棕色的头发闪着金光。她身穿深棕色灯芯绒衣服，戴一枚很大的珊瑚色圆胸针。她说话时，她话很少，她笑时，她笑得挺多，我觉得声音是从这胸针发出来的。不像任何人的声音——深沉、淳厚、柔软得像位杰出女低音歌唱家的声音。她个子很大身体很重，手小，头的形状美而独特。②

斯泰因家的沙龙不是设在适合聚会规模的大客厅里，而是在一个中等大小、舒适的起居间。海明威说："就像在最棒的博物馆里一间最好的房间，只不过这里有个大壁炉，温暖舒适。"③当然，在参观花园街的观赏者中不乏反对之声。1908年，美国画家玛丽·卡萨特看完画室后厌恶地掉头就走，留下的话是："我这辈子从来没在一个地方见过这么多糟糕的画；没见过这么多让人讨厌的人聚在一起；我想马上回家。"④显然，她以为在巴黎的沙龙会应该更高雅。斯泰因以颠覆传统为乐，反而觉得这种反应挺有意思。她家墙上的画让很多人感到震惊，有些人特地来嘲讽这些画。艺术史家们普遍认为，斯泰因通过购买画家的作品或资助他们的方式来激励那些具有创新意识和革命精神的画家，这样的举动极具眼光。让·吉查德·梅里（Jean Guichard-Meili）在探讨马蒂斯的第一批赞助人包括斯泰因家族时写道：

> 一小群收藏家极其热衷于马蒂斯的作品。这批目光冷峻、富有勇

---

① 格特鲁德·斯泰因：《艾丽斯自传》，张禹九译，北京：作家出版社，1997年，第29—31页。

② 张禹九：《空谷足音——格特鲁德·斯泰因传》，北京：中国文联出版社，2002年，第74页。

③ 露西·丹妮尔：《格特鲁德·斯泰因评传》，王虹、马竞松译，桂林：漓江出版社，2015年，第148页。

④ Frederick A. Sweet, Miss Mary Cassatt: Impressionist from Pennsylvania. Norman, OK, 1966, p.196.

气的赞助人所扮演的批评角色必须受到重视。如同所有那些热爱真理的人，他们走在时代的前列，不仅体现在当下的品味，也包括不久将至的艺术发现：印象主义者，高更和塞尚，虽仍处于人们的诟病中，这些收藏家已经放眼于未来，在情况不明朗的情形下，考察着这一连串发现的意味。在大众仍需要花费三十到四十年来认可的情况下，这是一种极其难得的天赋，和一种极高的品格。[1]

一般认为立体派的迅速发展时期处于1907—1914年，其革命意义在于打破了自文艺复兴以来欧洲绘画的两个主要特点，即古典的人体规范与单点透视的空间幻觉，创造了一种新的表示三维关系的体系。立体派创作的动机基本上是现实主义的，但这种现实是知觉的现实，而不是视觉的现实。画家寻求真实不仅仅要借助于所见的，而且更要借助于所知觉的。事实上，我们不可能同时从三个维面来观察一个物体。因此，在我们的观察中必然有遗漏，我们要做的就是补上这遗漏，而知觉给了我们填补的方法，因为知觉可使我们全面地意识这一物体。立体派画家作画时通常是从几个视角去再现物体，或上或下，或左或右，以求全面地描绘真实。

立体派画家认为，自己主观的感受应该直接反映在作品中，并试图通过这种方式寻求事物的本质或真正的艺术。不论是毕加索的立体主义还是塞尚的苹果，其学术意义都在此。在19世纪，画家们在画画时总是习惯性地要在前面坐有一个模特，到了20世纪之后，却又发现有了模特在眼前他们反而作不了画。在毕加索从事立体派绘画的初创阶段，特别是从1904年到1908年这段时间，他从来就没有过模特。其中最值得大家称道，也是毕加索本人后来引以为豪的例子就是，他是在斯泰因没有给他做模特的情形下完成了她的画像。这是因为毕加索不再画他看到的事物，而是画他想要表达的事物。简单来说，绘画对他而言是表达自我内心的一种语言。这种观看方式的改变，对世界认知的改变，也是20世纪文学与艺术共有的命

---

[1] Jean Guichard-Meili, etc., Henri Matisse: Catalogue raisonné de l'oeuvre gravé. Review by: Richard S. Field. The Print Collector's Newsletter. Vol. 16, No. 2 (May - June 1985), pp. 62-64.

题。按照斯泰因的说法是："时代的不同真的没有带来什么改变，除了我们能用眼睛看到的那些，是眼睛看到的那些东西创造了这个时代，也就是说从一个时代到另一个时代人们没有什么改变，只不过他们观看与被观看的方式改变了。"[①]作为立体派绘画艺术的代表，塞尚和毕加索对客观世界的普遍的内在结构进行了深刻、有益的探索，其表现手法给了斯泰因极大的启发。可以看出，斯泰因非常认同这种方式，并将这种艺术领域的尝试延伸到她的文学创作中。在花园街，斯泰因将她因自身的怪异而产生的焦虑转化成了对她的可敬形象的重组。这不只是外表上的转化：她抛弃了过去所热衷的事物，爱上了利奥的新兴趣，追踪着一切可能使她成为伟大作家的影响因素。

具体而言，"现代绘画之父"塞尚的绘画从某种程度上表现出与现代主义文学的一种亲缘关系。塞尚被卡尔称为"现代主义的原型"，他用球体、圆柱体、圆锥体等几何形状形塑了自然。在经过一系列改革的基础上，塞尚的个人绘画创作风格也发生了极大的改变，他为后来的画家树立了榜样，并预示了现代艺术的根本性变化。里德则认为："在现代主义的整个发展史上，没有哪位艺术家像塞尚那样重要。"[②]总的来说，在塞尚的眼中，自然不再是我们一般人眼中的自然或大自然，而是在他的内心按几何形状被重新架构、安排的自然。这样的方法可以以此类推到其他任何物体上，再现不再适用，表现与抽象才是新的技巧和手段，目的是要创造一个与自然秩序相平行的艺术秩序，这就是现代主义的原型。塞尚绘出的这个特殊景致是非常宝贵的，因为它绘制了语言在一个艺术家的心灵中经历的整个运动路线，直到最后超越可见的事物而进入自然的结构为止。他融会了物理学的新发现，同时又拒不接受科学的客观性，而偏爱比较模糊的构型。

塞尚认为："希腊艺术把人作为完善的标准，具有一种纯粹的属于人的

---

① 格特鲁德·斯泰因：《论毕加索》，王咪译，南京：东南大学出版社，2016年，第33页。

② 罗杰·弗莱：《塞尚及其画风的发展》，沈语冰译，南宁：广西美术出版社，2016年，第203页。

美的概念，把无限的宇宙作为理想则是新画家想要达到的艺术境界。"[①]自然虽然为塞尚创作的对象，他却不再以摹仿自然为旨归，1905年塞尚在给伯纳尔的信中提到："摹仿自然作画不是去复制一个对象，而是去再现对它的感觉。"[②]对立体主义画家如毕加索而言，"立体主义是一种内在秩序，这一点至关重要。外观不再是至高无上的了"。[③]艺术评论家雷纳尔认为：艺术"是一种创作，更是一种创造，它总带有人的印记，从此不再是为了布置和描摹自然"。[④]这要得益于立体主义的出现，线条和色彩依然是绘画的主要手段，但它们不是去再现所画之物，而是运用本身达到造型的目的。以色造型，以线造型，形色一也，绘画真正摆脱了摹仿的窠臼。

塞尚始终秉持"艺术乃与自然平行之和谐"。一战期间贾柯梅蒂在瑞士曾对塞尚做过深入的研究，他得出的结论是："他简直就是一个科学家，虽然桌子上的苹果总是在一种逃避的状态中，但他总是竭尽所能地大体上接近于它们……他要解放那一切固有的观念。"[⑤]根据里德的理解，塞尚是要把知觉和结构相融合，以提供解决问题之道，其意图"是要创造一种艺术秩序即'形式'，一来以与自然秩序互为观照，二来是为了规整自己混乱的感觉。因为自然总是拥有一种秩序感，以及自身的生命和逻辑，渐渐地，艺术秩序也会与其相得益彰"。[⑥]

在1934年美国之行的六场讲座之一《图画》（Pictures）中，斯泰因让塞尚成为她职业写作生涯中最初的缪斯女神：

然后慢慢地通过所有这些和看很多图画，我慢慢地接触到塞尚，

---

① 赫谢尔·B.奇普：《艺术家通信——塞尚、凡·高、高更通信录》，吕澎译，北京：中国人民大学出版社，2003年，第24页。

② 同上，第24页。

③ 弗莱德里克·R.卡尔：《现代与现代主义：艺术家的主权1885—1925》，陈永国、傅景川译，长春：吉林教育出版社，1995年，第491页。

④ 赫伯特·里德：《现代艺术哲学》，朱伯雄、曹剑译，天津：百花文艺出版社，1999年，第152页。

⑤ James Lord，Giacometti. New York，1985，p.229.

⑥ 罗杰·弗莱：《塞尚及其画风的发展》，沈语冰译，南宁：广西美术出版社，2016年，第219页。

你也一样，至少我是这样的……苹果看起来像苹果，椅子看起来像椅子，与一切无关，因为如果它们看起来不像苹果、椅子或景观或人，它们也是苹果、椅子、景观和人。它们完全是这些东西，它们不是一幅油画，这就是塞尚油画的样子，它们是一幅油画。它们完全是一幅油画，无论它们是否完成，它们都在那里。完成或未完成它们总是看起来像油画的精髓，因为一切都在那里，真的在那里……这让我如释重负，我开始写作。①

斯泰因收藏并研究塞尚的绘画，又与毕加索等现代派画家过从甚密，这使得她有了这样的一种意识，即各种艺术的表现形式和方法在根本上其实可以是互通的。立体主义绘画突破了传统的透视法，不再以描摹为手段、以再现现实为目的，而是超越物质世界的表象，以几何塑形得以重新把握世界，这深深地激发了斯泰因：作家在创作中能否做出类似的尝试，找到一条不同于现实主义的创作途径，直觉地把握世界的内在秩序，"表现可视世界的节奏"。②

毕加索曾经把现代艺术定义为一种破坏物的集合（a sum of destructions）。毕加索的早期立体主义画作发展了塞尚的思想，特别是部分和整体，整体和非整体之间的张力。相较于塞尚的作品，毕加索在其早期的立体主义画作中将物体拆解为多面，面与面之间的对比更清晰，切分更明显。据乔安娜·伊萨克认为，这样的立体主义形成的多视角使得画布上动感更强。③毕加索的绘画打破原本属于一个整体的表面，然后重新组合这些破碎的元素，把诸如女人的乳房或者男人的脸之类的曲面物体改变成某种几何形状，最后这个形状什么也不像，既不像乳房也不像脸。总之，立体主义者故意歪曲客观事物，让观众自己动脑筋把碎片拼成一个可以辨认

---

① Gertrude Stein, Gertrude Stein: Writings1932–1946. New York: The Library of America, 1998, pp. 235–36.

② 格特鲁德·斯泰因：《艾丽斯自传》，张禹九译，北京：作家出版社，1997年，第165页。

③ Jo Anna Isaak, "The Ruin of Representation in Modernist Art and Texts". Studies in the Fine Arts: Arts Theory, No. 13. Ann Arbor: UMI Research P, 1986. p.26.

的实际形状。美似乎远非立体主义者的意图，但是他们的某些作品，例如毕加索的《瓶子、玻璃杯和小提琴》，等等，都给观众带来了极大的审美快感。梅耶·夏皮罗认为，从毕加索1906年具有古典优雅风格的《牵马的男孩》中的远景人物到戴着月桂花冠的中心人物，立体主义艺术形象在这些年中成功地涌现出来，从毕加索的画中我们能感觉到一个剧变在发生。从"蓝色时期"可怜的外来户人物形象，甚至从"蓝色时期"到"玫瑰时期"的过渡期作品《拿着扇子的女人》中的人物手势下指的姿态，到这一时期人物的胳膊和手向上的姿势，这一变化清晰地显示出毕加索一定程度上的驾驭感。[1]所有的现代主义绘画都从立体主义画家赋予作品主题的支离破碎中受益匪浅，毕加索比任何一个现代主义者都更强有力地维护了画家至高无上的权威。毕加索是著名立体主义诗人和作家皮埃尔·勒韦迪唯一一个用"天才"来形容的画家。在夏纳，他把为毕加索写的一首诗镌刻在黏土碑上："在时间干涸的边缘／透过这颗赤裸的心／溢出苦味／毕加索／飘舞在风中的种子播种着／荒漠。"[2]

但毕加索起初对立体主义绘画的探索并非一帆风顺，在斯泰因做了多达八十多次模特后，斯泰因肖像画仍然处于一种未完成状态。从西班牙回到巴黎后，毕加索才觉得自己获得了新生，感到那幅未完成的斯泰因肖像所存在的问题得到了解决：他把她身上本质性的东西处理得过于具体，这本质性的东西不是别的，正是她脸上那种微妙、难以捉摸的美质。这次，毕加索摆脱摹拟手法和抽象概念，着重于强度，第一次创作出奇特的假面具式的脸孔，角形的鼻子，刻画明晰的嘴，以及目光锐利得有些古怪的两只眼睛——这两只眼睛似乎以满含无限的原始模型的深厚感情看着世界。毕加索知道，是这张并不十分像斯泰因的脸帮助他征服了不可言喻的画布。画面上的斯泰因实际上是凝固或深植于座椅上的一个方块，活像一块花岗岩（见下图）。去花园街27号串门的不少人一看见此肖像却纷纷皱眉，说画得不像斯泰因。毕加索便如此说："是啊，人人都说画得不像她，但

---

① Meyer Schapiro, The Unity of Picasso's Art. New York, 2000, p.13.

② 玛丽·安·考斯：《毕加索》，孙志皓译，北京：北京大学出版社，2017年，第87页。

这不要紧，会像的。"①

毕加索《格特鲁德·斯泰因画像》
1906年,布面油画(60cm×80cm)
纽约大都会艺术博物馆藏

　　而斯泰因在《毕加索》中写道："我一直对我的肖像画很满意;对我来说,这是我唯一一幅永远呈现自我的画像。……小丑阶段之后,作为西班牙人,他那种激情重新在心中复活,就如同我是一个美国人一样。在某种程度上美国和西班牙有相同之处。或许就是因为以上原因,他希望我为画像摆姿势。"②最后她总结道："20世纪具有它独特的光辉,毕加索就是20世纪。毕加索具备这种奇异的特质。这种特质就像人们从未见到过的世界和从未被毁灭过的东西。所以毕加索具备这种光辉。"③毫无疑问,在画这幅肖像的时候,特别是处理脸部时,毕加索解决问题的方法使他过渡到了立体主义。也许,与斯泰因交谈也帮助他澄清了观念,无论如何她的形象肯定给了他灵感。斯泰因对她的这幅肖像画也是非常的满意,甚至在她成为现代作家之前,这幅画就使她立刻成为一个可辨认的、不容置疑的现代

① 格特鲁德·斯泰因:《艾丽斯自传》,张禹九译,北京:作家出版社,1997年,第33页。

② 格特鲁德·斯泰因:《论毕加索》,王咪译,南京:东南大学出版社,2016年,第8页。

③ Gertrude Stein, Picasso. New York:1984,p.76.

偶像。正如皮埃尔·戴克斯（Pierre Daix）敏锐地指出的那样，毕加索为斯泰因创造了一张前卫女性的面孔，现在她的画像与她想在20世纪文学创作中扮演的角色相符。事实上，毕加索的肖像画是在斯泰因创作生涯的一个重要转折点上诞生的。

斯泰因一直是毕加索的崇拜者和支持者。有一天马塞尔·普鲁斯特拜访斯泰因，正好碰到斯泰因打开毕加索的立体主义画作。斯泰因描绘这些画恰似"被天堂恩典一样被艺术施以恩典……在充满了立体主义绘画的房间，一位立体派画家只是为这些画而活着，反过来这些画也只是为他而活着"。[1]在作品完成的一个世纪后，毕加索的斯泰因肖像画仍然是20世纪早期现代主义最有力的象征之一。负责斯泰因与毕加索之间往来信件整理编辑的劳伦斯·玛德琳形容这幅画是现代主义运动中两位巨擘毕加索和斯泰因之间"永恒的友谊"的持久体现，同时在斯泰因的生活和工作中它既是一个文学纪念碑，也是一种艺术的里程碑。按毕加索的话说，所有伟大的画作都是"生活的传奇"。1947年2月10日艾丽斯在给她的芝加哥朋友鲍比·古德皮斯（Bobsie Goodspeed）的一封信中回忆道：

> 格特鲁德常坐在沙发上，画像挂在对面的壁炉上端，我在充满欢乐的往日，常说格特鲁德和她的画像互相望着，说不定只剩下格特鲁德和她的画像在的时候会互相交谈呢。[2]

斯泰因最初对毕加索的绘画持否定态度，但很快便来了个一百八十度大转弯，被毕加索的天才和先见所吸引，最终完全折服。斯泰因和毕加索的友谊持续了四十多年，她视毕加索为其一生值得尊敬的朋友，就像B. L. Reid所指出的那样，"除了女主人公自身，毕加索的名字在《艾丽斯自传》

---

① Pierre Daix，Picasso：Life and Art，trans. Olivia Emmet. London，1994，p.172.

② 张禹九：《空谷足音——格特鲁德·斯泰因传》，北京：中国文联出版社，2002年，第189页。

中出现得最为频繁。"①她不仅钦佩他的作品，而且热心地谈论他的作品；据她自己说，他的画作对她的文风产生过影响。这时（指1909年）只有我理解他，或许是因为我在文学上表现的是同一种东西，或许因为我是美国人，而如我所说，西班牙人和美国人对许多事的理解是相同的。②对斯泰因而言，毕加索的画作凸显了切面之间的动态功能，建立了一种完全崭新的风格："我们不应忘记，20世纪的现实不是19世纪的现实，根本不是，而毕加索是唯一的在绘画中能感受到此点的人，唯一的人，只是要花更多的努力使得这种表达更为强烈。"③毕加索和他的所画之物之间始终进行着一种斗争，他力求寻得新的方式来接近、观察和描画他的作品。毕加索是不同的，就如同他在吃番茄的时候，这个番茄不是别人眼中的番茄，完全不一样。毕加索不是以自己的方式去表现别人眼中的番茄，而是去表现他眼中的番茄。梵·高在他最奇幻的时刻，甚至是割掉耳朵的时刻，也会觉得耳朵无非就是耳朵，像所有人能看到的一样。鼎故革新的立体主义画作《亚威农少女》（1907）是毕加索新的激进主义方法的代表，这在其后几年的画作如《静物柠檬罐》（Jars with Lemon）（1907），《头盖骨静物画》（Composition with Skull）（1908），《树妖》（The Dryad）（1908）和《两个裸女》（Two Nudes）（1909）中都有进一步的发展。

毕加索的立体主义画作创造了多维的角度，以此来观察常常是碎片化的物体，这样的技法也出现在斯泰因的《三个女人》中。斯泰因1905年初遇毕加索时，他正在从事立体主义研究。她是他与非洲和伊比利亚艺术，以及艺术家马克思·雅各布表现主义艺术的见证者。1906年早些时候，马蒂斯购买了一些刚果雕刻作品拿给斯泰因看，毕加索刚好也在场，他这时才开始了解非洲雕塑。自1907年起，在毕加索创作的过程中，非洲艺术起到了很大的作用。毕加索付出了巨大的努力将他对非洲雕塑的理解用于创

---

① B. L. Reid, Art by Subtraction: A Dissenting Opinion of Gertrude Stein. Norman, Oklahoma: University of Oklahoma Press, 1958, p.153.

② 格特鲁德·斯泰因：《论毕加索》，王咪译，南京：东南大学出版社，2016年，第43页。

③ Gertrude Stein, Picasso. New York, 1984, pp.21-22.

作绘画作品。这不是因为非洲雕塑的独特视角，而是因为他对雕塑的形式产生了兴趣。当然，这终究只是一个通向立体主义的过渡阶段。同年，马蒂斯的油画《蓝色裸体》在"独立沙龙"展出。弗拉姆评价这幅画是"挑战性的丑陋"和有意的笨拙，显然受到非洲艺术中的"原始的强度和暴力"的影响。这幅画同样对毕加索产生了强大的影响。1907年春天毕加索参观了特罗卡德罗人种博物馆，并为展出的非洲面具所征服，他认为这些面具是神奇的东西。

非洲人物雕塑是代祷者。我从此学会了这个法语词。反对一切；反对未知；威胁性的灵魂。我注视着这些神物。我懂了：我也是反对一切的……如果我们给灵魂假以形态，我们便从灵魂中独立出来……《亚威农少女》的灵感就是在那天萌发的……因为这是我第一张驱魔画——是的，绝对是如此！①

毕加索立体主义时期的绘画加上斯泰因对这些画作的思考和分析强化了她写作中的抽象化倾向。正如厄尔·芬德尔曼（Earl Fendelman）在分析《艾丽斯自传》中的立体主义元素时所指出的那样，在斯泰因完成《三个女人》写作之前，她就给毕加索当模特，她极有可能受到了毕加索的影响。就来源来说，毕竟她当时身处实验心理学、福楼拜和塞尚那样的学术背景下，而塞尚也是毕加索的灵感来源之一。1905—1906年写作"好安娜"时是她与毕加索之间友谊开始的第一年，斯泰因也才刚刚完成了福楼拜的《淳朴的心》的翻译，也常常坐在塞尚的《拿扇子的塞尚夫人》之下。

斯泰因按毕加索的立体主义的方式探索文学创作，这或许是因为她对他当时所处理的绘画问题抱有兴趣。同时，这位画家极其易变的个性、喜怒无常的心情以及对不自觉地惧怕流露出内心激情所进行的拼搏也深深吸引着懂得心理学的斯泰因。她的新的语言美学或者说她的创作并不试图显示毕加索画肖像时的那种假面具式、角形的特质，不过她对"图解式性格描写"的偏好则表明同他的绘画方法是一致的。

---

① Jack Flame，Matisse/Picasso：The Story of their Rivalry and Friendship. New York，2003，pp.35-36.

　　作为一个置身于画家圈子的作家，斯泰因很容易在这两个领域之间画上等号。毕加索喜欢在他的拼贴画中用上纸张，他的《在好商佳》（Au Bon Marche，1913）与斯泰因的文字肖像作品《在好商佳调情》（Flirting at the Bon Marche）在创作方法上不谋而合。毕加索偏爱在作品中添加书法，而斯泰因也喜欢将她的书写文字当作与绘画一样的客体来看待，文字的外表往往变得比它们的意义更为重要。尽管斯泰因擅长运用绘画式的隐喻，并且讨论她作品中的图像因素，但她的兴趣还是在语言和字句上，而非页面排布的视觉效果。阿尔弗雷德·施蒂格利茨是摄影界的后起之秀，也是花园街的常客，当他于1912年在他的《摄影作品》杂志里将斯泰因的作品与和其肖像画并排发表时，人们开始重视斯泰因的作品了。1909—1912年，斯泰因还在写那部冗长激进的实验性作品G.M.P即《格特鲁德，马蒂斯，毕加索》，并以三联画的设计将马蒂斯、毕加索和自己联系在一起。

　　斯泰因和毕加索的共同观点成就了斯泰因1938年所写的《毕加索》一书的主题。书中，她一遍又一遍地强调她与毕加索在他们的艺术中体现的那种面对现实时所采用的新视角，那是斯泰因运用大量的理论来解释和挑战的"20世纪"的现实或"现代结构"。正是通过共同的观点而不是共同的技巧，斯泰因和毕加索才建立了最为深刻的联系。1932年秋天，斯泰因花费六周的时间完成了《艾丽斯自传》，里面妙语连珠，让读者始料不及，轻松愉快之余，也不免有些困惑。这本书以艾丽斯的口吻进行描述，其实是一本有关斯泰因的自传，第一次出版的时候，封面上没有斯泰因的名字；作者的真实身份直到最后一段、最后一句的七个单词里才得以透露：

　　　　大约六个星期前格特鲁德·斯泰因说，我看你没打算写那本自传了。你知道我会怎么干。我替你写。我要把这自传写得跟笛福的《鲁宾逊·克鲁索》一样明白易懂。她写了。这本自传就是。[1]

　　《艾丽斯自传》在很大程度上也是对毕加索的续写。其中一个永恒的主

---

① 格特鲁德·斯泰因:《艾丽斯自传》,张禹九译,北京:作家出版社,1997年,第329—330页。

题是斯泰因和毕加索之间的亲密关系，既有直觉上的，也有理智上的，这是毕加索在为她画像时就已确定下来了的。《艾丽斯自传》最为显而易见的暗示是，正如毕加索站在先锋艺术的立场上一样，斯泰因也站在20世纪先锋文学的立场上。

综上，首先真正促使西方艺术实现从传统到现代的过渡是1839年公布的达盖尔摄影法，它毁灭性地打击了以写实为最高艺术创作理念的西方传统绘画。那时画家们已经感受到来自摄影的威胁，例如19世纪，当画家保罗·德拉罗什第一次看见照片时，他感叹说自今日起绘画就完结了。他担心绘画将被摄影所取代，虽然这种担心较为多余。但摄影作为一种更精确、快捷的视觉记录及表现手段，虽然不能代替绘画，但是对后者的影响却是必然的，是不可阻挡的。所以绘画和摄影的关系一开始并不和谐，表现为彼此之间一种激烈的对抗，后来才慢慢地发展为相互借鉴。比如安格尔的名作《泉》中的裸女形象家喻户晓，但据说安格尔在画这幅名画时并没有模特在场，而是根据著名摄影家纳达尔的人体照片《克里斯蒂娜·鲁》临摹而成的。再比如，著名的浪漫派画家德拉克·洛瓦起初非常厌恶摄影，因为他难以接受这种以机械为媒介的表现方式，但是最后还是经不住纳达尔的劝说，做了他的模特。后来，德拉克·洛瓦也用起照片来帮助自己绘制肖像画，甚至还用起照片来画速写。他虽不是肖像画家，但仍有一些精彩的肖像画作传世，如《自画像》《乔治桑像》《肖邦像》等，他曾感叹为这么绝妙的发明至今才问世而感到遗憾。特别值得一提的是"现代艺术之父"毕加索也概莫如是，所谓的"摄影布景"也被他用来进行绘画创作。由此，摄影已同其他艺术活动融为一体了：一开始只是起辅助作用，然后成为艺术作品有形的一部分，早年的立体派拼贴画和超现实主义集成照片就是明显的例子。因此，摄影术的诞生不可避免地对传统的绘画甚至雕塑等西方艺术产生了戏剧般的影响，它是促进19世纪中叶前较保守的艺术形式通过印象派向现代艺术迈进的重要因素。几千年来，西方艺术一直在追求一种具象的表现手段，摄影的出现打破了这一痼疾，并把它推向一个更广阔的艺术空间。当摄影术逐步发展并成为了人们的自觉，一种对事物的绝对客观再现就成为了可能，由此西方传统艺术中的再现便面临严峻的挑战与反思，最终导致了西方艺术走向表现与抽象。所以斯泰因认为"画家只能另辟蹊径"。①作家们也面临着同样的亟待解决的问题，随着现代主义运动的蓬勃发展，随着心理学和科学的日益进步，现实主义的创作手法已是穷途末路。"纯粹的日常岛国生活的描述"②，诸如此类的弄得像一堆鸡毛似的客观的写实描绘，再也满足不了读者的需求和变化了的世界。尽管艰难，作家们必须做出自己的抉择。

时至今日，斯泰因作为"作家中的作家"的地位依然难以撼动，学界对她的研究呈现出一种逐步上升的态势。斯泰因在她生活的年代就意识到语言以及人们对语言的意识将要发生巨大而深刻的变革，并将这种意识贯穿于其一生的文学实验和文学创作中。斯泰因为现代语言学在理论与实践上的成型做出了巨大的贡献，她的观点至今仍具有一种"先锋性"，就像她曾经所说的那样：

> 你们是一定要走出一条新路的……一定要学会在生产的同时不要耗尽自己国家的财富，要学会做有独立人格的人，而不仅仅是打工的芸芸众生……一定要有足够的勇气去领悟自己的感觉，而不是凡事只知道非此即彼，要实实在在地学会表达复杂的观点。③

---

① Gertrude Stein, Gertrude Stein: Writings 1932–1946. New York: The Library of America, 1998, p. 357.

② Ibid., p.197.

③ Gertrude Stein, Brewsie and Willie. New York, 1946, pp.113–114.

第二章 斯泰因语言的"肖像"与"静物"写生

爱默生在说到语言时，称它是"远古的诗歌"，或者，如理查德·鲍里尔对这个观念的解释，"在语言中可以发现原始的能量的痕迹，我们凭借这种能量把自己创造成自然界里独一无二的种类"。①除了自身的民族语言之外，要想站在时代的前列，每一位艺术家还得获得一种适合于自己特定艺术样式的现代语言。只有在获得了这种语言并以此形成自己的表达方式时，他才能成为一名先锋派或现代派。无论是威廉·詹姆斯的意识流动，柏格森界定的新的生命力，或是弗洛伊德强调的无意识动机，都只能通过新语言的发展才能为美学所用。乔伊斯的小说，毕加索、布拉克、康定斯基的绘画，斯特拉文斯基和勋伯格的音乐，之所以在各自的领域内成为现代主义的精髓，原因就在于他们"听到了"以前未曾有过的语言。在威尔逊看来，则可以设定以下原则："对同一事物，每个人的感受是不一样的；对同一人而言，每一刻的意识又是不同的，因此，普通的语言和传统的文学样式已经无法传达我们的实际经历。因此，诗人的任务任重而道远，受自身使命的使然，他们必须找寻到一种能表现其个人独特感受、反映其个性的一种特别的语言。"②

从广义上说，任何在艺术中进行类比的人都会引起批评界的愤怒；然而，当面对斯泰因作品语言中的"肖像"和"静物"时，人们几乎无法避

---

① 爱德华·W.萨义德：《人文主义与民主批评》，朱生坚译，北京：新星出版社，2006年，第69页。

② 埃德蒙·威尔逊：《阿克瑟尔的城堡：1870年至1930年的想象文学研究》，黄念欣译，南京：江苏教育出版社，2006年，第15页。

免这样的类比，正如迈克尔·霍夫曼所指出的那样：

> 艺术之间的类比是解决关键困难的可靠途径之一。当一个人面对格特鲁德·斯泰因写作中的"肖像""风景"和"静物"时，尝试这种类比是难以避免的。[①]

第一节　文字画中的语言"肖像"造型

格特鲁德·斯泰因一生曾先后"画"过《毕加索》（Picasso）等一百三十多篇文人艺术家的文字素描，我们称之为文字画，或文字肖像。大多数读者——特别是斯泰因的同时代人——认为斯泰因的作品，"除了相对容易阅读的《艾丽斯·B.托克拉斯自传》外，单调得令人无法忍受，还给人一种难以理解的模糊感"，大卫·洛奇如此概括读者的普遍反应。[②]她的文字画也概莫能外，其中最为重要的原因是她试图把绘画艺术引入文字画的实验。

斯泰因在写作中是如此公然地试图模仿绘画的技巧和方法，那么倘若我们要理解她的文字画，也就必须在很多方面尝试将这些作品看作是立体派散文式的绘画。在此方面，约翰·马尔科姆·布瑞宁已经较为成功地阐述了斯泰因究竟如何模仿了画家的方法以及这种模仿所采取的最终形式：

> 当立体主义者在画作中抛弃主题时，传统意义上诗歌和绘画之间的联系已不再可能。文学可以模仿绘画的唯一途径是要考量自身的结构和形象。当绘画的文学内容被忽略，转而热衷于其纯粹的造型价值乃至直观运用时，格特鲁德·斯泰因也试图在作品中放弃主题，以便

---

① Michael Hoffman, The Development of Abstractionism in the Writings of Gertrude Stein. Philadelphia: University of Pennsylvania, 1965, p.161.

② David Lodge, The Modes of Modern Writing: Metaphor, Metonymy, and the Typology of Modern Literature. London: Arnold, 1979, p.145.

自由地集中于语言本身的"造型"潜力。[1]

"所有的视觉要素，比如线条、色彩、笔法，甚至肌理等，都要服务于形式，都要服务于形式的造型功能。"[2]放弃其作品中的主题之后，斯泰因也想运用语言造型，如同画家使用颜料，雕刻家运用他们的材料一样。借助毕加索的绘画作品，我们可以更好地理解斯泰因文字画的风格和分析立体主义目标，她的文字画是映射分析立体主义绘画的潜在读物。

一、形体的打散与重组——多维视点

被称为分析立体主义的第一阶段始于1909年并持续到1912年，此时其实验的前景已很暗淡。在立体主义绘画的早期，画家们追求的是简朴单纯的风格。布拉克和毕加索将他们作画的对象碎片化为一个个侧面，以允许多个视点得以在画布上以一种不稳定的状态共存。他们从不同的角度"分析"物体，使得物体的空间和体积关系变得陌生化，不再局限于像焦点透视法那样先观察物体，然后呈现物体所在的三维空间。

在分析立体主义的实验中，最引人注目的是肖像画，这些画像很少与所画的人物形象相似，更不用说画作标题中指定的实际人物了。奥尔特加·伊·加塞特在其有影响力的力作《艺术的非人化》中号召艺术感知中系统的陌生化和复杂化，其中总结了立体派的视角转变：

> 　　传统画家总是声称自己在作画时把握了真实的人，但实际上，充其量他仅是在画布上摆放了一个原理图而已，这是由他的大脑任意决定的，并从无数的特征中抽象出来的人。如果画家……决定不画真实的人，而是画他对那个人的构想及其模式，那该如何？[3]

---

① John Malcolm Brinnin, The Third Rose : Gertrude Stein and Her World. Boston, 1959, p.129.

② B.H. Twitchell, Cezanne and Formalism in Bloomsbury, p.125.

③ Jose Ortega Gasset, The Dehumanization of Art. Princeton : Princeton UP, 1968, p.91.

例如在毕加索的《丹尼尔·亨利·康维勒肖像》（Daniel Henry Kahn-
weiler）中（见下图），人物的可识别性几乎被破坏殆尽，几个视角在平面
上同时存在。毕加索将传统肖像描述为"一种加法"，它与立体主义所持
的"一种破坏"的偏好恰好相反。毕加索作画的目的只是为了摧毁它，所
以"最终……没有丢失任何东西"。[①]在此肖像中，人物实际上已被拆解，
各个部位可以被单独观看，且单独存在，而同时又都出现在同一画面里，
并依据二维平面在画布上得以重构。虽然我们仍然可以辨认出康维勒的头
部、手部、眼睛和躯干，但毕加索对绘画的拆解和拼装已在极大的程度上
破坏了传统肖像画中的连贯性。

毕加索《丹尼尔·亨利·康维勒肖像》
1910年，布面油画（100.5cm×73cm）

事实上，毕加索希望观众能够"切开"画布，并根据颜色指示将它们
重新组合，从而发现自己面对着一件雕塑作品。阿波利奈尔曾断言："……
几何形状是对于造型艺术家而言的，如同语法对于作家。"[②]而我们断言斯

---

① quoted in Robert Goldwater and Marco Treves, Artists on Art, p.419.

② Guillaume Apollinaire, The Cubist Painters-Aesthetic Meditations. Trans. Lionel Abel. New York: G.
Wittenborn, 1949, p.12.

泰因在其文字画中运用语言造型，是指她试图通过各种方式剥离语言的传统意义结构。她在模仿立体主义画家时想要做的是，排除文字固有的象征性，通过暗示，开发出一种与外部世界没有模仿关系的书面艺术形式，像毕加索那样以同样的方式重塑现实。毕加索将物体外部的形式碎片化，并在画布上以种种独特的关系重新绘制这些碎片。斯泰因则希望以画家的自由创造出自己的文字现实。这样，除非她自己强加了某种约定，否则她的创作就不会沦为任何传统的附庸。这似乎是一个不可能实现的野心，但从斯泰因所尝试的背景来看这些文字画是非常重要的。

《阿达》（Ada）是斯泰因的第一幅文字画，其中展示了诸多分析立体主义绘画的特征，这些特征将主导斯泰因在文字画中的终身实验。阿达对现实中的艾丽斯·B.托克拉斯几乎没有多少实际的隐射，由于文本的叙事专注于主人公以外的其他人物，阿达的画像显得既复杂又模糊。作品的前三段专注于对阿达的兄弟巴恩斯·科尔哈德的描述：一个几近破碎的婚约，之后的婚姻和姐姐出现之前科尔哈德的死亡。直至故事临近结束的最后三段，我们才被告知这个姐姐与标题中的阿达原来是同一个人。通过对阿达的描述的延宕，斯泰因消解了《阿达》中的主题，与福克纳在《我弥留之际》中对艾迪的消解效果相同。在整篇文字中，阿达几乎成为了一种背景式的描述。她的脸迷失在斯泰因所用的"她"（she）的一般指称中，呈现出一种碎片化。虽然《阿达》是阿达的画像，但就像艾迪一样，阿达的叙事被她的兄弟、父亲、母亲以及其他每一个人的叙事所截断，反而成了一种次叙事。如同艾迪一样，斯泰因的阿达出现在其他叙事之间："女儿不喜欢他们，不喜欢和他们一起生活；她不喜欢他们，不喜欢和他们一起死去。"[①] 显然，阿达叙述的延宕隐含在文本的多维视角叙事中。其中之一正如特丽·卡斯尔所说：

　　斯泰因与托克拉斯让大家习惯她们俩，习惯她们如此生动呈现人

[①] Gertrude Stein, Gertrude Stein: Writings 1903–1932. New York: The Library of America, 1998, pp.277–284.

们亲密相处的方式。相伴半个世纪，她们表现得若无其事，而所有见过她们的人也都认为，她们俩的关系再正常不过了。①

由于立体主义创造了构成空间和时间关系的新方法，诗歌中的叙事框架也相应地得以重新定义。斯泰因了解20世纪头十年所发生的艺术革命，也参与了与毕加索相同的运动。从立体主义出发，斯泰因学会放弃对客观现实的模仿尝试，所描绘人物和物体不再是她所看到的那样，而是所构思的那样。

文字画《马蒂斯》（Matisse）和《毕加索》表现出与分析立体主义更强的一致性，在风格和主题方面均超越了《阿达》中的分析立体主义特点。它们首次出版于1912年8月美国摄影杂志《摄影作品》的特刊中，可以说是斯泰因第一部正式的文学出版物，并在现代艺术世界中确立了她的影响力。或许是作为一种干预手段，这些文字画将毕加索的创作合法化，相反抹黑马蒂斯；与此同时，斯泰因作品表露出了对其哥哥里奥权威的一种蔑视，从而表现出谋求共享沙龙领导权，保护她投资立体主义的一种野心。

《马蒂斯》中，斯泰因至少从三个不同的角度描绘了这位画家，而每个角度都是呈现了一种碎片化的状态。斯泰因将我们对马蒂斯的观点即"一个人相当肯定什么"（one was quite certain……）、"一些人说到他什么"（some said of him……）以及"他当然什么"（he certainly was……）并置，允许针对画家的多个角度的刻画在画布上共存、冲突和重叠。与此同时，将"当然"（certainly）和"某种事物"（something）这两个术语并置，这两者都证实了马蒂斯艺术的价值，同时它又破坏了两词所含的传统概念。马蒂斯的作品当然意味着某种有价值的东西，但这种东西，尽管伟大，却仍然不确定。即便如此，我们也见证了马蒂斯的"斗争"（suffering）和"表现"（expressing）。尽管这些模糊的动名词中缺少一个指称名词，但文字画却在一种叙事中延展，马蒂斯从斗争、尝试表现到明确地表现的斗争也得

---

① 特丽·卡斯尔编：《女性同性恋文学：历史文集（阿里奥斯托—斯通沃尔）》，纽约，2003年，第32页。

以继续。1915年至1916年马蒂斯迈出了他惊人的一步，他最终向立体主义敞开了他的艺术。正如杰克·弗拉姆（Jack Flam）写道的，正如那个时期经常被评论的，如果马蒂斯和毕加索是殊途同归，那么马蒂斯同立体主义的较量有助于他界定他自己艺术的本质与特色。

《毕加索》是斯泰因早期肖像画中比较有名的一幅，其开头有以下一段文字：

One whom some were certainly following was one who was completely charming. One whom some were certainly following was one who was charming. One whom some were following was one who was completely charming. One whom some were following was one who was certainly completely charming.[①]

一个一些人肯定在追随的人是一个有十足魅力的人。一个一些人肯定在追随的人是一个有魅力的人。一个一些人在追随的人是一个有十足魅力的人。一个一些人在追随的人肯定是一个有十足魅力的人。[②]

这段文字的中心意义是"受人追随的人是个有魅力的人"。这段文字实际上仅有12个单词组成，所以重复特征明显。然而，若读者仔细阅读，就可在这种重复中见到其微妙的不同。第二句里charming前少了副词completely，第三句中following前却少了副词certainly，在最后一句里，certainly放在了completely charming的前面。显然，副词的重复是此段很大的一个特点，另外，同样的副词在每一句中的分布并不均衡，而是带有明显的变化性。这样斯泰因对毕加索的人物刻画就显得既丰满又错落有致，从而形成了文字的多维视点，给人一种立体感。[③]

---

① Gertrude Stein, Picasso from Gertrude Stein: Writings 1903-1932. New York: The Library of America, 1998, p.282.

② 格特鲁德·斯泰因：《软纽扣——斯泰因文集·随笔卷》，蒲隆、王义国译，北京：作家出版社，1997年，第105页。

③ 胡全生：《美国文坛上的怪杰——试论斯泰因的创作意识、技巧和历程》，《外国文学评论》，1991年第2期，第11页。

像《马蒂斯》一样，《毕加索》一文也涉及"确定性"（certainty）这个词的反复出现。其实，它都是在不断地提醒人们，立体主义画像中其实并无确定性。无论是《马蒂斯》还是《毕加索》都将叙事限制在句子层面，而每个句子又都作为一个框架，力求打破其所谓的"确定性"以满足其自身的语法和表达需求。而"确定性"的持续演变破坏了"意义"的语法和逻辑固定性，因而马蒂斯作画时总是在"斗争"（struggling）和"清楚地"（clearly）之间摇摆不定。当马蒂斯能"表达"（expressing）时，毕加索在整个画像中却在"工作"（working）。在令人费解的共时性中，艺术家毕加索既"肯定在工作"又"从未完全在工作"，产生了一种不确定的"具有完全真实意义的东西"。

在《论毕加索》中，斯泰因一直重复提及年代，例如"粉色时期""丑角时期""蓝色时期"等，这些都是作家为了强调毕加索不同时期的影响和风格而特意为之。

Now we have Picasso returning to Paris after the blue period of Spain，1904，was past，after the rose period of France，1905，was past，after the negro period，1907，was past，with the beginning of his cubism，1908，in his hand. The time had come.[1]

现在我们知道，毕加索在西班牙的"蓝色时期"之后回到了巴黎，1904年，过去了，法国的"粉色时期"，1905年，过去了，"黑色时期"，1907年，过去了。随着立体主义在手中产生，1908年，一个新时代来临了。

毕加索"蓝色时期"的绘画是在1901年至1904年创作完成的。界定这一时期为蓝色时期，因为毕加索此时的画作件件都像黑人音乐中的蓝调，每一件都是一部杰作，让人魂牵梦绕，回味无穷；尤其在夜深人静之时，幽魂般的蓝色形象会无意中飘然而至，深深地搅动你内心深处的忧伤。逐渐地，毕加索改变了自文艺复兴以来画家的焦点透视习惯，就像我们在实

---

① Gertrude Stein，Picasso from Gertrude Stein：Writings 1932-1946. New York：The Library of America，1998，p.504.

际中观画一样，更多的是从个人的心理感受出发。就是说，观画者捕捉到的是对被观物的立体形象，即使是看不到的那些侧面也会自然地进入他们的想象视野。在此前提下，被观物体被重新组合和架构，从而以一种全新的视觉形象出现。①或许更准确地说，在描述立体主义的多重视角时，就像乔伊斯作品中所表现的碎片化的多重叙事声音一样，一个视角嵌入另一个视角中，使得所描绘的某些角度在视觉上会被突然截断以允许其他角度在同一平面上浮现。

毕加索打破了西方传统绘画中的焦点透视法，斯泰因在文学创作中也像毕加索画画那样，不再依靠情节来推动故事的发展，文本中的线性发展思维被取消了，代之以对多维视点的描述，这样文学文本的表现功能和丰富性就会得以增强。1913年3月出版的《艺术与装饰》杂志中，梅布尔·道奇将这些具有重复风格特征并首次公开发表的文字画与斯泰因本人相提并论，视之为毕加索立体派绘画在文学上的等同物。②

二、语言中人的社会属性的抽离——抽象

"一个自由的主体如何透过事物的实质而赋予它们以意义？主体如何从内部激活一种语言的规则从而完成它自己的构思？"相反，应该问这些问题："在何种条件下，以何种形式，类似主体这样的东西才能出现在话语秩序里？在每一种类型的话语中，它处于何种地位，发挥了何种功能？"简而言之，必须取消主体作为创造者的地位，把它作为一种复杂多变的话语功能来分析。③

当斯泰因1905年首次遇见毕加索时，后者正在努力进行绘画中的立体主义实验。她见证了他与非洲和伊比利亚艺术的碰撞。自1907年起，非洲

① 舒笑梅：《像驾驭画笔那样驾驭文字：评斯泰因的〈毕加索〉》，《外国文学研究》，2002年第4期，第75—76页。

② Mabel Dodge. "Speculation, or Post-Impressionism in Prose", Arts and Decoration, 3 (1913), pp.172-174.

③ Michel Foulcault, What is An Author?　Trans. By Joseph V. Harari, 1979, from David Lodge, Modern Criticism and Theory, A Reader. Longman House, 1988, p.197-210.

艺术尤其是非洲雕塑在毕加索的创作过程中起了很大的作用，基于对非洲雕塑的独特视角和形式的研究最终引领他创作出《亚威农少女》。斯泰因认为原创性源于伟大的创造性，并反复强调自己与毕加索艺术创作之间的互惠关系。斯泰因在毕加索1906年为她本人创造的肖像画中看到了抽象艺术的最初迹象，并承认毕加索对她的写作的影响，尤其是她的文字画。根据阿诺德·罗恩贝克的说法，斯泰因曾经说过："毕加索正在进行抽象的肖像画创作。我试图在我的媒介即词中做抽象文字画。"①

上文已交代过，《阿达》是斯泰因的第一幅文字画。众所周知，两页短篇《阿达》是斯泰因对艾丽斯·B.托克拉斯所作的文字画像，也是他们共同生活的写照。他们的生活变得如此地纠缠在一起，甚至连他们的名字也合二为一 Gertrice / Altrude。1907年她们第一次见面，1947年斯泰因去世，作为遗孀艾丽斯也一直在妥善照顾斯泰因的文学遗产。

作为体现斯泰因分析立体主义简单化线条的例证，在《阿达》中，斯泰因剥离了画像中几乎所有表现事实的句子，而更喜欢那些不起眼的"扁平"词语，如"它"（it），"东西"（thing），"一个人"（one），"某物"（something）和"有时"（sometimes）。文中有如下一句话："He had a sister who also was successful enough in being one being living."（他有一个姐姐，她也很成功地活了下来。）句中使用了one一词，通过暗示和迂回，达到了没有直接点出所描述对象的名字即阿达的效果。在此，作者对阿达的叙述仍然是推测性的。通篇来看，斯泰因在正文中极少提及阿达的名字，这也妨碍了我们对传统肖像画的期望。

毕加索分析立体主义时期的画作和斯泰因对这些画作的深思熟虑的分析加强了她写作中的抽象主义倾向。在她的文字画中，斯泰因将她的写作对象划分为句子和段落的立方体，这些立方体彼此重叠并相互暗示。与分析立体主义相似，斯泰因从她的画像中删除了具体的细节，特别是针对写作对象日常生活中那些具有传记色彩的细节。结果形成了这样的一幅文字

---

① Arnold Ronnebeck, Critical Responses in Arts and Letters. Westport, CT: Greenwood, 2000. pp.270-74.

画：画中句子摆放在一起，但又彼此相互独立，整幅画作仅由一个标题作为参考点而衔接在一起。

《毕加索》是斯泰因文字画的最佳实践之一：它体现了斯泰因无可比拟的、极其特殊的文字画文本风格，描绘了毕加索分析立体主义作品中所体现的节奏、厚重感和明确的张力。它的第三段如下：

One whom some were certainly following was one working and certainly was one bringing something out of himself then and was one who had been all his living had been one having something coming out of them.[1]

肯定有人在追随的人，一定是一个在工作的人，一定是一个从自己身上得到某种东西的人，一定是一个全靠自己生活的人，一定是一个从他们身上得到某种东西的人。[2]

这里，斯泰因抽离出了所有的具体的指代关系，这些指代可能将描绘的对象与事物、地点、事件和人的世界联系起来。她所保留的仅仅是对写作对象的一般性和概念性描述。纵览《毕加索》全文，斯泰因仅用素描般的手法描绘了毕加索1910年前后身处巴黎时的境况：受马蒂斯的激发，他和布拉克等一道，在立体主义绘画的探索领域取得了一定的成绩。立体派绘画作为一种新的流派基本成形，他们在技法上刻意求新，赢得了一定的追随者。全文虽然属于人物的刻画和描写，却丝毫没有提及毕加索本人的任何生平情况，也无触及其性格特征的任何方面，表现和抽象才是斯泰因创作此文的最大目的。[3]

有趣的是，斯泰因似乎对她第一次捕捉毕加索的画作《毕加索》感到不满，于是决定写下毕加索的第二幅画像《如果我告诉他：毕加索的完整

---

① Gertrude Stein, Gertrude Stein：Writings 1903–1932. New York：The Library of America, 1998, p.282.

② 格特鲁德·斯泰因：《软纽扣——斯泰因文集·随笔卷》，蒲隆、王义国译，北京：作家出版社，1997年，第106页。

③ 舒笑梅：《像驾驭画笔那样驾驭文字：评斯泰因的〈毕加索〉》，《外国文学研究》，2002年第4期，第75—76页。

肖像》(If I Told Him：A Completed Portrait of Picasso，1923)。随着"完整"肖像的加入，斯泰因对毕加索的渲染仍然避免描绘其熟悉的内容，它依然让我们想起立体派在创作单一人物肖像画时的诸多变化。虽然第二个肖像占用的页面空间比第一个要多，但在句子结构和视觉的呈现上都更加地简化。在其第二幅文字画中，毕加索不再处于工作中。斯泰因介绍了拿破仑，一个被认可的历史人物，但文中他与被描绘的艺术家的关系却难以辨认，能联系这两个人物的唯一线索依赖于斯泰因的重复用词"极其相似"(exact resemblance)，"极其"(exactly)和比喻词"如同"(as)。斯泰因仅用一个简单句确定了对两位伟大历史人物的比较，"就是如此。因为"("For this is so. Because")。

画像《马蒂斯》以其非特定性代词的使用而显得含混不清。由于故意忽略具体的细节，特别是通过具有描述性质的名词的使用，斯泰因有效地排除了有关马蒂斯生活和工作的所有具有传记性质的内容。马蒂斯"was clearly telling something"(清楚地讲述某事)，"was a great man"(是一个伟大的人)，但斯泰因拒绝叙述他所说的是什么，或者为什么他是伟大的。和毕加索的康维勒一样，我们只能从一个不完整的角度瞥见艺术家马蒂斯，即使这样的不完整角度，也只有在我们仔细追踪"他"(he)的行为时才能辨别出来。斯泰因非但没有提及她所描述的对象的名字，也未特别道明他因什么样的画作而有名，所以一个不熟悉马蒂斯的读者也可以把处在"苦于挣扎，想说些什么"的"他"解释为音乐家、诗人、政治家或运动员之类的人物。

在《马蒂斯》中，斯泰因对某些方面的非叙述显然反映了她对传统叙事的排斥。尽管难以捉摸，《马蒂斯》作为立体主义画像的文字对应物，其重复的句子模式还是创造了听觉和视觉印象。斯泰因用一组精选的词语来描述马蒂斯为表达而做的斗争，并利用这些话来暗示语言上的可能性。正如马蒂斯所努力表现的那样，斯泰因的文字也在做同样的斗争，在为"表现"(expressing)而做的"斗争"(struggling)中，作者从一个句子转移到另一个句子。随着两个关键性动名词"表现"和"斗争"的有节奏的重复，斯泰因所关注的是艺术家持续的生产性行为，而不是他生活的细节。斯泰因的马蒂斯在画像中一直在作画，作家的每一行文字都代表着画家的每一次笔触。关于马蒂斯的重要和独特之处在于他为表现而做的斗争以及斗争后的表现。

如果斯泰因对我们能从传统传记中所知道的马蒂斯几乎没做什么说明，那她究竟在描绘什么呢？在阅读《马蒂斯》时，读者如何从熟悉的画像标题转移到文中未确定的、抽离了人的社会属性的抽象的描述呢？通过省略马蒂斯画像中所必需的叙事细节，斯泰因打破了传统叙事法则中的二元性。就像她之前的象征主义诗人斯特凡娜·马拉美一样，斯泰因通过反再现性语言的使用将画像重新聚焦于其语言层面，而不是其隐喻意义，斯泰因"疏散了传统叙事的所有环境因素，纯粹关注手头的问题——语言"。[1]

康定斯基在《艺术中的精神》（Concerning the Spiritual in Art，1911）一书中阐述了以下观点："在形式上越是抽象，其诉求就越明确和直接。在任何构图中，物质的方面或多或少被按比例略去了，而代之以纯抽象的或很大程度上非物质化的对象。艺术家使用这些抽象形式越多，他就越深入、越有信心进入抽象的王国。"[2]由此可知，斯泰因确实是一位孜孜不倦的语言试验者，为了达到其创作手法迥异于他人，甚至达到一种吃惊的效果，她"将那些普通而又简单的词排列得极其新异"。[3]

三、共时观——多个包孕的顷刻

在叙事学意义上，立体主义绘画用来表示共时观的策略解构了现实主义绘画中的时间和空间叙事，是对线性叙事模式的一种不可避免的批评和破坏。传统的线性叙事，如普罗普、热奈特等的叙事学，因遵循按时间的

---

[1] Michael Edward Kaufmann. "Gertrude Stein's Re-Vision of Language and Print in Tender Buttons", Journal of Modern Literature, 15.4(1989), p.450.

[2] Wassily Kandinsky, Concerning the Spiritual in Art, trans. M.T. H. Sadler. New York: Dover, 1977, p.32.

[3] Elliott Emary, ed., Columbia Literary History of the United States. New York: Columbia University Press, 1988, p.879.

顺序从而将视角单一化和固定化，立体主义则创造了一种近乎环形的视觉叙事，其独立于时间和空间，这与莫莉·布卢姆（Molly Bloom）所追求的梦想——独白完全相同。在布卢姆的独白中，她的想象力无视时间和空间，并允许所有现实在她的脑海中平等共存。与此类似，立体派肖像所赖以的多个维度允许画布上的过去、现在以及未来得以共存。斯泰因从立体主义看似不合逻辑的视觉共时性中学到了另类叙事的可能性，从而抛弃了自亚里士多德以来的线性叙事法。

在此点上，斯泰因的文学创作与现代派绘画是密不可分的。她将肖像画这一古老的形式予以再造并赋予它独特的含义。通过她的文字画，试图在她的作品中捕捉"在时间中不停流动的空间"。斯泰因针对立体主义绘画中的"共时观"的写作主要是通过"持续现在时"完成的。在《美国讲演录》的中间部分，就有一个这样的线索和暗示，它指的是另外一个文本：

> 正如我在"作为解释的作文"当中所想表达的，艺术的要务就是生活在真正的现在，一个完整的真正的现在，同时去完整地表达那个真正的现在。①

斯泰因文字画中的"持续现在时"也与柏格森的"共时论"的论点相对应。对于柏格森来说，现在包括过去和未来，人们所谈论的情形和事件可表现为同一时间彼此间的相互渗透，并独立于任何单一的感知或观察。②

柏格森的有关芝诺悖论的例子说明，如果人们停止理性，就无法在理解中前进。这样，我们可以不把现实视为一种意识状态下的线性发展，相反，它是一个连续的流动，是此在和现在的永恒的开始。

《毕加索》中，为了表现画家的当下状况，斯泰因运用了一系列以"-ing"结尾的现在分词，至于其他的时态如具体的过去、现在和将来等被一

---

① Gertrude Stein, Lectures in America. New York, 1935, pp.104-105.

② Christopher Butler. Early Modernism. Oxford: Clarendon, 1994, p.158.

概弃之不用。和莱辛在《拉奥孔》中的描述相似,现在进行时的运用最能表达出毕加索当下的"顷刻"状态和即时、瞬间的动作。请看文章的中间一段:

> This one was one who was working. This one was one being one having something being coming out of him. This one was one going on having something come out of him. This one was one going on working. This one was one whom some were following. This one was one who was working.[①]

这是一个工作的人。这是一个人,一个有东西从他身上出来的人。这是一个正在从他身上发出某种东西的人。这个人还在工作。这是一个被人追随的人。这是一个正在工作的人。[②]

这里斯泰因仍然借用动词的现在分词形式,描绘出天才画家毕加索瞬间的工作状态。可以看出,毕加索总是在努力地、忘我地工作,工作就是他生活的全部。他的人格魅力就隐含在这种极富创造力的工作中。所有这些都是通过诸如working,following,coming等现在分词得以具体的、生动的体现。虽然全文设定的主要时态是过去进行时,但现在分词的使用却使全文保持了极强的现时感,作家采纳了绘画艺术所追求的"包孕的顷刻"这一创作要领。

《马蒂斯》中有这样的一段文字:some were certainly that this one was clearly expressing something being struggling,some were certain that this one was not greatly expressing something being struggling。[③]有些人肯定这个人是在清楚地表达某种挣扎的东西,有些人肯定这个人不是在很大程度上表达某种挣

---

① Gertrude Stein,Picasso from Gertrude Stein:Writings 1903~1932. New York:The Library of America,1998,p.283.

② 格特鲁德·斯泰因:《软纽扣——斯泰因文集·随笔卷》,蒲隆、王义国译,北京:作家出版社,1997年,第106页。

③ Gertrude Stein,Matisse from Gertrude Stein:Writings 1903~1932. New York:The Library of America,1998,p.279.

扎的东西。①

在这句简短的叙述中，10个动词中6个是分词。它们被用来强调马蒂斯的绘画创作是一个充满了困难的过程，他不得不同这些困难不停地作斗争，斗争是马蒂斯的生存特征。②

威廉·詹姆斯将"存在"描述为"多个现在"的连续，其中个体不是由单一的现实，而是由一系列虚拟的重复组成的。受詹姆斯的影响，斯泰因的第二张毕加索画像《如果我告诉他：毕加索的完整肖像》从字面上再现了马塞尔·杜尚《下楼的裸女二号》中的共时行为。

Would he like it if Napoleon if Napoleon if I told him. If I told him if Napoleon if Napoleon if I told him. If I told him would he like it would he like it if I told him. /Now. /Not now. / And now. /Now.③ 如果我告诉拿破仑，他是否会喜欢？如果我告诉他拿破仑是否，如果我告诉他拿破仑。如果我告诉他，他会喜欢吗，如果我告诉他。/现在。/现在不要。/现在。/现在。

斯泰因不仅仅利用分词和"现在"（now）这样的词来表现动作的延续，而且还试图通过关键词句的重复不断地将读者拉回到时间轴的某一固定点上，使读者和作者一起永远处在"此时"，造成一种"现时感的持续"。

《毕加索》中三个重复的主旨是在整个重复过程中得以完成的。第一个主旨是文章的第一句话："一个一些人肯定在追随的人是一个有十足魅力的人"，接下来的两个，"一个工作着的人"和"一个以他自己的努力创造某种事物的人"在第二段的第一句中得以体现，"一些人肯定在追随而且肯定他们当时正在追随的人是一个正在工作的人而且是一个当时以他自己的努力创造某种事物的人"。全文都是围绕着这三个主旨而重复展开。以下再看一个具体的例子：

---

① 格特鲁德·斯泰因：《软纽扣——斯泰因文集·随笔卷》，蒲隆、王义国译，北京：作家出版社，1997年，第104页。

② 申慧辉：《也谈斯泰因的语言实验》，《外国文学评论》，1991年第4期，第50页。

③ Gertrude Stein, If I Told Him: A Completed Portrait of Picasso, p.506.

This one was one always having something come out of him and this thing the thing coming out of him always had real meaning. This one was one who was working. This one was one who was almost always working. This one was not one completely working. This one was one not ever completely working. This one was not one working to have anything come out of him.[①]

此人始终是一个一向靠他自己创造某物的人。此人创造的某物一向有真实的意义。此人正在工作。此人几乎一向在工作。此人并非一个在完全工作的人。此人从来不是一个完全工作的人。此人不是一个为自己创造事物而工作的人。[②]

从此段落可以看出，always，almost，completely 等副词经常重复性地出现，而且极不均衡地分布在各个句子中，其中并无明显的规律和规则。但有无这些副词的修饰，句与句之间的用意就产生了明显的轻重之分以及实质性的不同，从而形成一种分明的层次感和块状感，文本的空间感因此得到加强，画家的"瞬间"的工作状态得以鲜活地体现。[③]

再如《论毕加索》一文中的例句：

The creator in the arts is like all the rest of the people living, he is sensitive to the changes in the way of living and his art is inevitably influenced but the way each generation is living, the way each generation is being educated and the way they move about, all this creates the composition of that genera-

---

① Gertrude Stein, Picasso from Gertrude Stein: Writings 1903-1932. New York: The Library of America, 1998, p.283.

② 格特鲁德·斯泰因:《软纽扣——斯泰因文集·随笔卷》,蒲隆、王义国译,北京:作家出版社,1997年,第107页。

③ 舒笑梅:《像驾驭画笔那样驾驭文字:评斯泰因的〈毕加索〉》,《外国文学研究》,2002年第4期,第75—76页。

tion.①

　　艺术创作者就像其他人那样生活，他对生活方式的改变是敏感的，他的艺术不可避免地被当代人的生活方式、当代人所受的教育和当代人的活动方式所影响，这些创造了一个时代的构成。

　　其中，living 和 generation 各重复了三次，the way 重复了四次。重复而押韵的词语将读者一而再再而三地拉回到现实，既强调了斯泰因的论点，也营造出一种个人风格明显的句式。斯泰因将更生活化的语言引入了文学的创作中，并在语法的创新中使内容大都服务于形式的需要，这使得她的文本时而干涩难懂。

　　从以上不难看出，《美国人的形成》最后几页的重复与抽象写法，在斯泰因为毕加索和马蒂斯所作的心理描写中依然可见：

　　　　一个人应该很清楚在他作为人的一生中试过肯定他在自己所做的事中做错了什么，而当他不能肯定他做了什么或做错了什么，又或完全说服自己他不能知道在做什么或不知道做什么是错他只知道自己是伟大的而他也必然是伟大的。肯定每个人都相信这样就是伟大的意思。②

　　斯泰因文字肖像中文字的不同重复反映了对所有可能发生的事件的一种语法上的探索，这种探索抵制了针对一种"真理"优先于另一种"真理"的诸如此类的强调。斯泰因使得类似句子的重复进入了一种共时性的流动，这与康定斯基的观察相呼应：

---

① Gertrude Stein, Picasso from Gertrude Stein: Writings 1932–1946. New York: The Library of America, 1998, p.497.

② 埃德蒙·威尔逊：《阿克瑟尔的城堡：1870年至1930年的想象文学研究》，黄念欣译，南京：江苏教育出版社，2006年，第171页。

根据诗歌的需要，恰当地使用一个词，如它的重复，两次，三次或更频繁，不仅会强化内部结构，还会从单词本身中带出意想不到的精神属性……不断重复一个词……剥夺它的外部所指。如果今天存在一种新的客观性的话，就让新的浪漫主义也随之一同出现吧。[1]

康定斯基的"哲学"可称得上一种浓重的对浪漫主义的循环再利用，他很喜欢使用浪漫主义这个模糊而包罗万象的名词。在毕加索的第二幅肖像画中，斯泰因写道：

> Exactly do they do./First exactly/Exactly to they do too./First exactly./And first exactly./Exactly do they do./And first exactly and exactly./And do they do./At first exactly and first exactly and do they do......[2] 他们确实做到了。/完全正确/完全一样。/首先完全一样。/并且首先完全正确。/他们确实做了。/然后完全正确地做到了。/他们确实做了。/首先完全正确并且首先完全地他们做到了……

在第一次阅读时，该段落似乎只是两个短语间的不断重复，然而仔细研究就会进而发现每一行之间的微妙变化。这种微小变化也体现了乔伊斯的"历史在不同中重复着"的诗意观。

在《从极其相似到极其相似：格特鲁德·斯泰因的文学肖像》中，温迪·斯坦纳讨论了视觉肖像和文字肖像之间的对应关系：文字肖像比绘画更倾向于涉及所描述对象的"判断过程"。[3] 或许是绘画和文字这两种媒介之间固然存在的差异，也或许仅仅是因为我们平时所受过的训练只是用来欣赏绘画中的色彩和形式，而不是无主题的写作，因而，人类思维在无主

---

① Wassily Kandinsky, Concerning the Spiritual in Art. Trans. M.T.H. Sadler. New York: Dover, 1977, p.34.

② Gertrude Stein, If I Told Him: A Completed Portrait of Picasso, p.507.

③ Wendy Steiner, In Exact Resemblance to Exact Resemblance: The Literary Portraiture of Gertrude Stein. New Haven: Yale UP, 1978, pp.16-17.

题写作上的运作能力可能要远低于无主题绘画。即便如此，斯泰因仍坚持文学在现代主义方面应与视觉艺术相提并论，并提出了有关现代美学和肖像画的一个应有的共同出发点："我开始用文字作耍，我有点痴迷于有等同价值的文字。毕加索当时正在画我的肖像，而我和他常常无休止地谈论这件事。此时他刚刚开始立体主义。而且我觉得从塞尚那里得到的东西不应是最后的作品……同时我对肖像画有了新的兴趣。"①

爱德华·W.萨义德在《人文主义与民主批评》一文中阐述了他的一贯观点：阅读，尤其是对文本的细读，将使人们学会不断地质疑和颠覆传统的东西，阅读中的"言词"则关系到政治和历史等方面的重大变迁，是一种极其重要的媒介载体。同理，在阅读斯泰因的文字画时，我们必须设法找到与评论家们讨论抽象绘画时相对应的方式。必须注意的是，这样的类比不应被视为一种建构，而仅视为工具。斯泰因一直在努力制作文字画，这是否成功另当别论，但她的尝试无疑将会促使我们重新审视对待英语作品的方式。

第二节　诗集《软纽扣》：词的"静物"写生

立体主义通常被认为是"20世纪所有艺术中第一个也是最有影响力的运动"。②我们所称的"立体主义"，通常指的是毕加索、布拉克、格里斯和其他画家的抽象或非具象绘画。第一次世界大战之前这些新生艺术家生活在巴黎，相较于五个世纪以来传统的西方视觉艺术，他们的绘画甚至比1911年12月在慕尼黑展示的康定斯基的抽象艺术更为激进。立体派绘画的第二阶段被称为综合立体主义，跨越1912年至第一次世界大战。在此短暂时期，画家们倾向于更为明艳的色彩，画面的钢印效果以及画上随意粘贴

---

① Robert Hass ed., A Transatlantic Interview 1946. Los Angeles, CA, 1971, pp, 17-18.

② Chrisopher Green. "Cubism", The Dictionary of Art. Ed. Jane Turner. Vol. 8. New York: Macmillan, 1996, p.239.

的报纸和壁纸加剧了立体主义与自然的疏离。布拉克和毕加索在画布上任由元素随意摆放，所画对象从分析立体主义时期的人物肖像转为被陌生化了的物体，技法则以拼贴为主。

综合立体主义对如何界定现代主义诗歌产生了一定的影响，就像马克斯·雅各布对他与毕加索之间的关系所描绘的那样：

> 我们之间纯洁的爱最主要是对不必要的东西不屑一顾。我们不再喜欢展示画技的艺术。我们需要明确或不太明确用更简练的词语说我们不得不说的。请注意这个时期的诗词越来越简短，就像立体主义绘画作品一样，用少量的线条来表达一个形状。[①]

在此阶段，几乎所有具有影响力的现代主义诗人都曾将拼贴作为一种写作手段融入他们的作品中。比如，T.S.艾略特和埃兹拉·庞德就非常倾向于运用拼贴法，同一类别的外部材料（如其他文本）往往被直接粘贴或嵌入到他们的诗歌中。在这样的诗歌中，不同文本之间互为参考，这种文本间表面上的不可调和性要求读者能够成为一个有着综合能力的人。因为在通常情况下，艾略特和庞德的诗既是一个有着黏着力的整体，也往往会因外来元素的加入而产生一种断裂感。

今天格特鲁德·斯泰因诗集《软纽扣》因其立体主义的艺术主张而闻名于世。杰森·D·费希特尔认为："《软纽扣》呈现了斯泰因对简单的、常见的事物如物体、食物和房间的描述，其文本本身就是一种立体主义的文学实验——试图以各种复杂和间接的方式描述她周围的世界。"[②]结合斯泰因本人的生平，美国当代文艺评论家尼尔·施密茨和玛乔瑞·帕洛夫等将诗集《软纽扣》定性为一幅文学的"立体画"，里面充斥着塞尚、毕加

---

① 玛丽·安·考斯：《毕加索》，孙志皓译，北京：北京大学出版社，2017年，第112页。

② Jason D Fichtel. "When This You See Remember Me-The Postmodern Aesthetic of Gertrude Stein's Drama." Time-Sense：1-10. 27 Jan. 2007，p.2.

索等现代派画家的影响；①美国文坛泰斗埃德蒙·威尔逊更是将《软纽扣》概括为散文中的静物写生，与毕加索和布拉克相对照，并认为："不同字词的组合与陪衬，以传统观点看来或许有点语无伦次，但的确与立体主义油画互相发明，两者皆由不能辨认的碎片组合而成。"②

受斯特凡·马拉美的影响，斯泰因意识到必须解放加在词身上的语法框架，把词从都会具有意义的桎梏中脱离出来。或如迈克尔·考夫曼所认为的那样，斯泰因通过重新定义语言的语法和指称规律从而复活了语言。同时，我们不能忽视的是，在很多层面上，《软纽扣》都是综合立体主义的一种对应物，和综合立体主义画家一样，《软纽扣》标志着斯泰因在词的造型上从人物肖像到静物的一种转变。

一、词的"物化"

1918 年纪尧姆·阿波利奈尔的突然去世在整个艺术界引起了很大震动。在十多年的时间中，他一直是前卫艺术的灯塔，他的灯火照亮了不断变化的现代艺术海洋。在"熊皮"拍卖会后的几个月里，阿波利奈尔曾极端严厉地批评法国国家收藏中没有毕加索和马蒂斯的作品。意识到这些艺术家们现在已享誉世界，他敦促卢森堡博物馆（Luxembourg Museum）买进他们的作品，并将它们与马奈的《奥林匹亚》（Olympia）以及其他印象派和后印象派的经典之作悬挂在一起。他在 1913 年曾提出如下观点："立体主义与旧的绘画派别的不同之处在于它的目的不是对自然的模仿，而是一种概念艺术，它往往会上升到创作的高度。几何之于造型艺术犹如语法之于作家的艺术。"③

1911 年末是"综合立体主义"大行其道的时期，其主要特征为在表现

---

① Marjorie Perloff, The Poetics of Indeterminacy. Evanson: Northwestern University Press, 1983, p.18; Neil Schmitz, Of Huck and Alice. Minneapolis: University of Minnesota Press, 1983, p.1.

② 埃德蒙·威尔逊：《阿克瑟尔的城堡：1870 年至 1930 年的想象文学研究》，黄念欣译，南京：江苏教育出版社，2006 年，第 172 页。

③ Guillaume Apollinaire, The Cubist Painters-Aesthetic Meditations. Trans. Lionel Abel. New York: G. Wittenborn, 1949, p.12.

物体的具象性的同时，画风呈现出一种越来越表现物体的抽象性的趋势，而描绘物体的结构和形态成为抽象性的最为典型的特点。在此种情形下，立体派画家们需要引进一些新的补偿因素来与画面中不断增强的抽象性或结构形态相抗衡。下图这幅炭笔色粉画名为《瓶子、玻璃杯和小提琴》，毕加索于1912年创作完成。其中几个普通物件依稀可见，比如瓶子、玻璃杯、小提琴等，它们基本还保持着实物的图形。这幅作品清楚地显示了毕加索的绘画实验已从分析立体主义过渡到综合立体主义。

毕加索《瓶子、玻璃杯和小提琴》
1912年，炭笔色粉画（56.4cm×75cm）
瑞典现代艺术博物馆藏

毕加索已经成功地在逻辑上毁灭了物质，但不是通过分解的方法，而是把物质的各个分支化整为零分散在画面上。艺术品总是与物质牢固地建立在一起，艺术品的形式感和物质的质料相得益彰，因此我们一般会说，音响中富有一种乐感，言说中存在语言的美感，石头中见出一种建筑，色彩中富含绘画，木头中可能存有一种木刻艺术，等等。在1914年的春末夏初，当毕加索还对"熊皮"销售会的辉煌进行回味时，他开始迈向艺术变形的第一步——在许多评论家和艺术家同行看来，这将从根本上改变人们对现代主义的观念并且直接显示出战后几年中世俗化的折中主义倾向。英国文艺历史学家罗兰·彭罗斯如此评价毕加索：

对毕加索来说各种艺术形式之间没有屏障。他以令人惊叹的天才探索了雕塑、摄影、陶艺和蚀刻艺术形式。在每一个实践中，他都以独特的创造力去理解如何使用一种不为人熟知的艺术形式来更有力地表达他所感知的日常生活中的戏剧性场面。他最亲密的朋友中还包括音乐家。他对音乐的热爱表现在经常出现在他的画作中的乐器上，特别是吉他和笛子。①

阿波利奈尔可以被认为在诗歌领域具有毕加索在绘画领域相同的代表性，他曾说过：一个崭新的体系，他每时每刻都在诗歌中进行着各种尝试：对话和画面中的一个片段，然后把它们制作成一个重要而新颖的体系。如同阿波利奈尔，毕加索也非常喜爱那些普通的、平淡无奇的物件，它们往往也是他绘画尤其静物画中极其重要的组成部分。他说，日常生活就是这样的：

　　为什么我要画烟斗、吉他或一包包香烟？为什么这些物体总是出现在当代作家的作品中？对蒙马特和蒙帕纳斯的画家或画家们来说，有什么东西还能比他们的烟斗、他们的香烟、放在沙发上的吉他，或一个放在咖啡桌上的苏打水瓶更熟悉的呢？②

诸如茶杯这样的普通物件也经常出现在塞尚的静物画中，但塞尚描画的茶杯不但表达了物体的一种生动、鲜活的此在，更多地被赋予了生命力。这样，一个人、一棵树、一个苹果不是被塞尚再现出来，而是被他用来构造一个称为图画的东西。《软纽扣》中，斯泰因采用综合立体主义绘画技巧，并打破其拘谨的互文形式，代表了将立体主义的绘画手法转化为文学语言的一种更为直接的尝试。如同毕加索和布拉克在画布上重新阐释他们工作室中那些常见的日用物品一样，作为静物画的合集，《软纽扣》直接将日常事物文字化，并因此产生一种立体感。

---

① Roland Penrose, Picasso: His Life and Work. London, 1981, p.vi.

② Dore Ashton, ed., Picasso on Art: A Selection of Views. New York, 1972, p.35.

《软纽扣》中，物的概念是斯泰因语法的核心。但物并不是通过语言媒介来呈现的，在斯泰因那里，语言本身即为物，即为她写作时所塑造的对象。其间，所有的标准都丢失了：句法通常没有意义，语言的模仿再现功能被故意模糊化，等等。结果，《软纽扣》仅成了一种由一连串因物命名而组成的叙事——一种没有传统意义上的情节、角色或动作的叙事——一种仅见诸文字的心灵叙事。读者甚至几乎无法辨认出那就是英语语言，文本本身就很好地体现了语言的独立性。

该诗集共分三篇：实物篇，计诗五十八首；食物篇，计诗五十一首；房间篇，计诗一首。概要之，与《美国人的形成》专门写人的情形相反，《软纽扣》是一部专门描写物的历史的诗集，诗中作者对日常事物的视觉感受和体验得以充分的刻画。

《软纽扣》中，很多诗节都以具体物体的名称开头，如"红玫瑰"（Red Roses）、"盒子"（A Box）、"红色邮票"（A Red Stamp）、"钱包"（A Purse）、"烤牛肉"（Roast Beef），等等。这里，标题语言本身成了斯泰因可以用手触碰、抚摸和探索的对象。作家对具体事物的描述总是偏离物本身的意义，而仅仅注重运用语言描绘物体时的手感。

食物篇中有关于土豆的诗共三首，其中土豆两首，烤土豆一首。

Potatoes Real potatoes cut in between. Potatoes In the preparation of cheese，in the preparation of crackers，in the preparation of butter，in it. Roast Potatoes Roast potatoes for.[1] "土豆"真正的土豆中间切开。/ "土豆"在准备奶酪中间，在准备饼干中间，在准备黄油中间，在它中间。/ "烤土豆"烤土豆为了。[2]

斯泰因的这三首诗描写了对土豆的烹制，着重于土豆从生切、烹调到最后上桌的过程。具体而言，第一首诗中，它摹写了烹制土豆以备食用的

---

① Gertrude Stein, Tender Buttons from Gertrude Stein：Writings 1903-1932. New York：The Library of America，1998，p.339.

② 格特鲁德·斯泰因：《软纽扣——斯泰因文集·随笔卷》，蒲隆、王义国译，北京：作家出版社，1997年，第70页。

分切过程。第二首诗里，在烹制过程中加进了"奶酪""饼干"和"黄油"。土豆、奶酪、饼干三者兼而有之，这对味觉乃是精美不过的，又有品尝饼干时发出的悦耳的声音（crackers），而且这声音也来自"烤"制时的炉里，于是也成了适于听的食物。[①]这三首诗再现了土豆、奶酪、饼干、黄油等实物的功能。

那些较早对斯泰因的作品持批评观点的人，在回应她声称采用"个人词汇和想法，直至我完全掌握了它们的体重和体积"时，[②]很大程度上对她对待单词如同物的做法吹毛求疵，"好像它们是具体纹理、重量和弹性的塑料实体"。[③]斯泰因在最真实地描绘着她的世界，对她而言，语言本身就是物的，如同身体或物的存在一样，具有可触性。对她来说，语言不仅仅代表现实甚至调解现实，它同时也是实质性的：语言是一个可以持有、感觉、塑造、移动和遭遇的实体；语言本质上是有形的，就像椅子、便士、锥体等，语言是人们可以把握的"东西"。斯泰因对语言的物质性的信念，即语言的"物化"，激发她运用语言来模仿身体和物的感觉，以达到对语言的本质的理解。因此，斯泰因极其关注语言的触觉、质感、纹理和可触摸性。

作为《软纽扣》整本诗集的标题"软纽扣"本身就是一件物件，一幅静物。其中的名词纽扣 button 一词，源于古法语 boton，可指门把、按钮、衣物上的纽扣，也可指植物的幼芽、新梢、嫩枝。而 tender 使人联想到温柔的，嫩的，纤弱的，等等。最为重要的是，在斯泰因那里，"软"字的本意却不应是我们与纽扣之间产生的第一感觉——这表明它具有一种暗示性的文学美学，从而摆脱了词的再现功能的束缚。

与华莱士·史蒂文斯直接使用异国词汇或庞德对其他语言的有选择性地运用不同，斯泰因通过语言自身的客观化来解决其所面临的陈旧的问

① 贝蒂娜·L. 纳普：《格特鲁德·斯坦因》，张禹九译，纽约：Continuum 出版公司，1990年，第127—128页。

② Robert Hass ed., Transatlantic. Los Angeles, CA, 1971, p.18.

③ John Malcolm Brinnin, The Third Rose: Gertrude Stein and Her World. Boston: Little, Brown, and Co., 1959, p.142.

题，并通过重新关注语言作为物的调色板而不是模仿的符号来更新她对词的理解和认识。通过对词的日常用法的陌生化和去优先化，《软纽扣》所强调的是词与词之间的空间和视觉关系，并将词的对象即物重新置为语言的独立但同等重要的方面。随着布拉克和毕加索在画布上粘贴那些看似互不相容的材料，我们开始理解斯泰因是如何通过重构语言材料以重新整合语言对象的。

"一个盒子"（A Box）的第二段是这样的：A box is made sometimes and then to see to see to it neatly and to have the holes stopped up makes it necessary to use paper .①有时制成了一个盒子于是人们看了又看保证要叫它天衣无缝，不过要堵洞就有必要用纸。②

这里作者似乎在用手掂量着盒子，然后把掂量盒子所获得的感觉写出来。一位评论家说过，看《软纽扣》的感觉就像大脑被搅蛋器搅过一样。其实，斯泰因是希望借助遣词在《软纽扣》里创造一个完整的现时世界，以突显出她那不断变化的内心活动以及关于实物、食物和房间的自由联想，以便让读者在阅读过程中逐字逐句感受字词之间变化的奥秘。

斯泰因的导师威廉·詹姆斯一直在教导说："只要词产生了一种效果，就会在思想和物之间生发关联——是物，而不是思想，与大脑产生关联。我们应该谈论的是物的关联，而不是思想的。"③斯泰因本人曾对《软纽扣》做过如下解释：

> 我有一段时间没有创作肖像画了，我试图在观看中生活，观看并没有把自身与记忆混在一起，我希望将倾听和说话减少到最低程度。《软纽扣》中，我描述了一切……④

① Gertrude Stein, Tender Buttons from Gertrude Stein : Writings 1903-1932. New York : The Library of America, 1998, p.316.

② 格特鲁德·斯泰因：《软纽扣——斯泰因文集·随笔卷》，蒲隆、王义国译，北京：作家出版社，1997年，第31页。

③ William James, Principles of Psychology. New York : Dover, 1950, p.554.

④ Gertrude Stein, Lectures in America. New York, 1935, p.189.

二、词的"拼贴"

第一次世界大战结束的前后一两年里，经济状况的稳定在很大程度上鼓舞了毕加索和布拉克追求独树一帜的立体主义以及拼贴画的极端实验的信心。在上文提及的毕加索《瓶子、玻璃杯和小提琴》立体主义绘画中，瓶子、玻璃杯和小提琴都是通过剪贴报纸的形式得以表现的。在传统的西方绘画中，色彩和线条是最为重要的元素。首先我们关注一下这幅画中的用色。色彩在传统的绘画中承担着突出主题、渲染氛围等非常重要的功能，而在这幅画中，画面上可见的仅是一些灰、白、黑及棕色，色调总体灰暗，更无鲜艳的元素可言，这都表明色彩的作用在这里已被降低到最低的程度；再看线条部分，其实不太有明显的线条，代之以各种形态各异的块面。它们是依稀可辨的物体的分解物，伴以各种直线、斜线抑或水平线，与背景交融在一起。结果是，所有这些元素交织融合在一起，形成了一种充满张力的结构，这乃是画家所期望的。

拼贴是综合立体主义绘画一种主要的艺术手段，诸如报纸、木纹纸、墙纸等都是综合立体主义画家们主要的拼贴材料，目的是拼成大大小小、形体不一的块面结构。拼贴最终发展成为一种艺术的语言，拼贴及其附加事物的方法则使得绘画发生了革命。立体主义绘画要求我们在两个叙事层面上对其进行阅读：其实说的是这幅画拥有着一个两重的世界，画自身的世界；另一方面我们说，一幅画应脱离画框，走出自身的世界，指的是画以外的世界。具体来说，《瓶子、玻璃杯和小提琴》呈现了一个具有统一性的独立的世界，画中的报纸、木纹纸等代表着瓶子、小提琴等实物，而那些用木炭笔勾勒的线条，起着起承转合和转换的功能。这样，由报纸等拼贴材料进行拼贴，象征着具体实物的形态各异的块状物，由于这些似是而非的线条的串联，得以形成一个统一的、富有张力的有机体。

毕加索每一件创作和拼贴画都是天才的印证。甚至现存于纽约现代艺术馆的一把1919年做的吉他也采用了《三角帽》所放弃的设计。上面到处都是颜料、剪裁下来的东西、大头针、钉着大头针的剪纸和一条一条卷起来的报纸。尽管都是简单的物件，但却被制成一件令人心悦诚服的艺术品。1919年，这把吉他卖给了一个专事超现实主义画家作品的画商皮埃尔·勒布（Pierre Loeb）。大多数超现实主义艺术家都非常崇拜毕加索。

从结构上看，《软纽扣》作为拼贴画暗示了一个由三个独立而又重叠的框架所组成的有机系统。理查德·布里奇曼认为，这本书的三重结构分别代表了三个指涉性的框架：实物代表我们身体之外的东西，食物代表我们所接受的东西，而房间则代表我们的日常生活架构，三者各自独立而又统领于整体的"软纽扣"之中。

瓶子是一个经常出现在毕加索拼贴和立体派绘画中的物品，《软纽扣》中，斯泰因为渲染瓶子提供了新的可能性：

> A bottle that has all the time to stand open is not so clearly shown when there is a green color there. This is not the only way to change it. A little raw potatoe and then all that softer does happen to show that there has been enough. It changes the expression .[1] 如果那里有绿色，那么一直打开的瓶子就不会那么清晰。这不是改变它的唯一方法。一点点原料土豆然后更柔软，确实表明已经足够了。它改变了表达方式。[2]

在这里斯泰因运用并置手法让瓶子清晰可见；一丝绿色足以表明人们已注意到瓶子是由玻璃材质制成的。在下一句中作者放置"原始土豆"（raw potatoe）一词，画面因此而变得"柔和"（softer）起来，随后"表达"（the expression）也随之发生改变。作为一幅相互冲突且具有后印象特征的拼贴画，如同《尤利西斯》《软纽扣》中作家也充分运用话语并置手段，以显示一种无序以及无序中的相似性。

---

① Gertrude Stein, Tender Buttons from Gertrude Stein：Writings 1903-1932. New York：The Library of America, 1998, p.318.

② 格特鲁德·斯泰因：《软纽扣——斯泰因文集·随笔卷》，蒲隆、王义国译，北京：作家出版社, 1997年，第33页。

再如"这就是悒裳，阿德"（This Is This Dress，Aider）：Aider，why aider why whow，whow stop touch，aider whow，aider stop the muncher，muncher munchers. / A jack in kill her，a jack in，makes a meadowed king，makes a to let（326）.①阿德，喂阿德喂哇，哇别碰啦，阿德哇，阿德挡住咀嚼者，咀嚼者咀嚼者们。一个杰克在里面杀掉她，一个杰克在里面，当了草原王，造了一片好租让。②

这是《软钮扣》实物篇部分的最后一段文字，标题与内容没有任何关联。有学者认为，此首诗从谐音入手，所描写的是作者同艾丽斯的亲密行为，因为斯泰因的同性恋伴侣艾丽斯也叫阿达（Ada）。此解是否妥帖，不是本文探讨的范畴，但诗中Aider，why，whow，muncher，make等的不断重复与并置，其拼贴的立体文字效果跃然纸上。

综合立体主义绘画中，画布上的材料或成分越多样化，拼贴的双重功能就越明显；材料留存的时间越长，拼贴就越能准确地捕捉到其中物体的持续流动。用斯泰因自己的话来说，拼贴的目的是构成一件作品，其中"一件事与另一件事同等重要，每一部分如同整体一样重要"。③可以说，《软钮扣》是作家那句名言"玫瑰是一朵玫瑰是一朵玫瑰是一朵玫瑰"的一部扩容性作品。每朵"玫瑰"代表的并不是一种永恒性如爱情，而是单朵玫瑰中的个体性和独立性，同时保持与其相邻玫瑰的物理和句法联系。

乍一看，诗集《软钮扣》的中心似乎落在诗节"烤牛肉"（Roastbeef）上。从"内部"（in the inside）开始，这首诗延伸至四页，文中读者被邀请"寻找一个疏忽"（search a neglect）。但究竟什么是疏忽，并未在下文作任何的交代。接着，"朦胧"（cloudiness）、"反对考虑"（opposition to consideration）、"请不要名字"（please no name）、"模糊的句子"（a sentence of

---

① Gertrude Stein，Tender Buttons from Gertrude Stein：Writings 1903–1932. New York：The Library of America，1998，p.326.

② 格特鲁德·斯泰因：《软钮扣——斯泰因文集·随笔卷》，蒲隆、王义国译，北京：作家出版社，1997年，第49页。

③ Jayne L.Walker，The Making of a Modernist：Gertrude Stein from Three Lives to Tender Buttons. Amherst：U of Massachusetts P，1984，p.13.

vagueness）等具有拼贴特征的词语依次出场。这仍然令人费解，因为"没有记忆，没有明确的收集"（there is no memory，there is no clear collection）来统领斯泰因文中所并置的拼贴碎片。但这些碎片作为《软纽扣》的结构中心，令人回想起康拉德、劳伦斯和伍尔夫的空心概念，这似乎并非巧合。也许"在转动的二者中间"（inside the between that is turning）这一行暗示我们第二部分的空心应作为一个中心，但其实并无真正中心的存在。在综合立体主义中，布拉克和毕加索将物体拆解为一个个画面对象，缺乏中心所暗示的层次结构，每个碎片材料在视觉上都是平等的。同样，《软纽扣》中，斯泰因所描述的任何一个物体都不会将自身视为其他物体的中心。

对于毕加索来说，融入新框架中的拼贴材料会在另外一种意义上得以复活，并产生双重效果：

> 如果一张报纸可以拼贴为一个瓶子，会给我们提供了一个既与报纸也和瓶子相关的东西。拼贴的物体已进入了一个宇宙，它暂且还未被制造出来，在某种程度上依然保留着一种陌生感。[①]

斯泰因自己说过，毕加索的画作对她的文风产生过影响，"当时只有我一个人理解他，也许是因为我正试图在文学上表现同样的东西。"[②]她说：

> 我在这一时期深有感受，立体主义在这个时候略有发展，是因为毕加索能把种种对象合并起来并逼真地描绘它们。……将种种对象合并起来便将它们变成了别的东西，是毕加索所领悟的东西。[③]

---

① Francoise Gilot & Carlton Lake，Life with Picasso. New York：McGraw-Hill，1964，p.77.

② 格特鲁德·斯泰因：《论毕加索》，王咪译，南京：东南大学出版社，2016年，第43页。

③ Steven Meyer，Irresistible Dictation：Gertrude Stein and the Correlations of Writing and Science. Stanford：CA，2001，p.221.

斯泰因是这样简短地描述一个没有窗户的"房间"的：A willow and no window, wide place stranger, a wideness makes an active center .[①] 一棵柳没有窗，一个宽敞更为奇异的地方，一种宽敞造成了一种更加活跃的中央。[②] 在此，斯泰因捕捉到了综合立体主义绘画中的拼贴技巧，并将之化为个人的语言艺术。

在《软纽扣》的最后一篇《房间篇》里，斯泰因问道："沉默会掐死言语还是不会（？）"她开始把玩两个单词的各种用法：lying——不说真话和（与艾丽斯）躺下；以及 giving it away——或者让真相大白于天下：

> Lying in a conundrum, lying so makes the springs restless, lying so is a reduction, not lying so is arrangeable. /Releasing the oldest auction that is the pleasing some still renewing. /Giving it away, not giving it away, is there any difference. Giving it away. Not giving it away.[③] 处在扑朔迷离的境地，处在这种境地使一个个春天躁动不安，处在这种境地就是一种缩减，没有处在这样的境地是可以安排的。/放弃那令人满意的最老的拍卖，有的还在重展。/把它放弃，把它不放弃，有什么不同吗？把它放弃，把它不放弃。[④]

由此可知，《软纽扣》的主要目标似乎并不是对所选物进行精确的描述，而是通过文字拼贴来建构作家自身对物的视觉和节奏体验。就像祖科夫斯基在有关"客观主义"的表述中所认为的那样，斯泰因所描述的是物

---

① Gertrude Stein, Tender Buttons from Gertrude Stein: Writings 1903-1932. New York: The Library of America, 1998, p.354.

② 格特鲁德·斯泰因：《软纽扣——斯泰因文集·随笔卷》，蒲隆、王义国译，北京：作家出版社，1997年，第96页。

③ Gertrude Stein, Tender Buttons from Gertrude Stein: Writings 1903-1932. New York: The Library of America, 1998, p.350.

④ 格特鲁德·斯泰因：《软纽扣——斯泰因文集·随笔卷》，蒲隆、王义国译，北京：作家出版社，1997年，第89页。

的声音和外观，而不是物的本身。斯泰因后来针对《软纽扣》写道："那些作品或文字都是我所看的结果，也总是和我描述的事物极为相关。我一直在看这个事物，我总是尽我所能描述我所看到的事物，那个当时令我非常激动的事物现在依然让我激动。"①

威廉·威廉姆斯作品中所展示的立体主义倾向于支持绘画中线条的碎片化及其带来的影响，他赞扬斯泰因创作出了"与从前的表述完全没有关系的话语"。②

三、词的"陌生化"

《美国人的形成》是斯泰因整个写作生涯的一个转折点，也使她获得了一个重要的认识：作家应该将自己的作品视为与感觉相脱钩的人工制品，随着时间的流逝，作品将不再属于作者个人。写作也不再是一个过程，只是一种纯粹的行为；词语仅是词语，它们之间无须相互联系。③迈纳·鲁瓦1924年对斯泰因的充满诗意的敬意中提到：

> 词语的/实验室里/居里/她压碎了/凝结成语句的/意识的/吨位/提取/文字中的镭④

这里鲁瓦指的是，斯泰因是想不再"通过词的意义来反映有形世界"，⑤她要尝试割断本体与喻体、所指与能指之间的固定联系。无论如何，在这种境遇中召唤内容经常意味着布莱希特所说的间离效果，即陌生化，它要求我们想象什么是具有实际内容的真正的政治建议或计划。"艺术的技巧就是使对象'陌生化'"，使形式困难，难度增加，知觉过程延

---

① Gertrude Stein, Writings and Lectures 1909–1945. Patricia Meyerowitz, ed. Penguin, 1971, p.115.

② William Carlos Williams, Selected Essays. New York: Random House, 1954, p.116.

③ Tim Armstrong, Modernism, Technology and the Body: A Cultural Study. Cambridge, 1998, p.199.

④ 露西·丹妮尔:《格特鲁德·斯坦因评传》，王虹、马竞松译，桂林:漓江出版社，2015年第25页。

⑤ M.H.艾布拉姆斯:《镜与灯:浪漫主义文论及批评传统》，郦稚牛等译，北京:北京大学出版社，2004年，第36页。

长，从这个意义上说，艺术家制作事物，并在这一过程中感受到了艺术的存在，至于最终制作成了什么样的艺术品倒显得并不重要。①《软纽扣》中，词与词之间彼此都是没有关联性的，也并不表达一定的概念。

斯泰因认为词必须被陌生化，直至剥离其意义，以在其当下和纯粹的形式中得以体验。就像综合立体主义中的水杯静物一样，斯泰因的文字静物总是反复被打破，然后通过修正以显示一种视角和秩序。当被问及她对现代艺术的感受时，斯泰因以一种看似简单化的方式回答说："我确实喜欢看它，我指的是现代艺术中的图画，至于其他部分则很少让我感兴趣。"②

在斯泰因看来，文学作品中的词不一定非要与所谓的写作主题相关。《软纽扣》中的这句话显然与其表面主题"午餐"（Lunch）无关：Luck in loose plaster makes holy gauge and nearly that, nearly more states, more states come in town light kite, blight not white.③ 松散灰泥中的运气造成了神圣的规格和几乎那种情况，几乎更多的情况，更多的情况进了城。轻盈的风筝，枯萎病不是白净。④这句话是关于午餐，还是关于其他任何事情——还是它具有连贯的指称意义？不一而足，但我们不能否认它确实充满了多重的、尚未解决的词汇意义。

她在食物篇中的"橘源"（Orange In）里写道：Pain soup, suppose it is question, suppose it is butter, real is, real is only, only excreate, only excreate a no since .⑤ 苦汤，假定它是问题，假定它是黄油，真正的是，真正的

---

① 维·什克洛夫斯基：《散文理论》，刘宗次译，南昌：百花洲文艺出版社，1994年，第10页。

② Gertrude Stein, Lectures in America. New York, 1935, p.82.

③ Gertrude Stein, Tender Buttons from Gertrude Stein: Writings 1903-1932. New York: The Library of America, 1998, p.337.

④ 格特鲁德·斯泰因：《软纽扣——斯泰因文集·随笔卷》，蒲隆、王义国译，北京：作家出版社，1997年，第67页。

⑤ Gertrude Stein, Tender Buttons from Gertrude Stein: Writings 1903-1932. New York: The Library of America, 1998, p.344.

仅仅是仅仅是泄造一个从此的不。①在此，她用的是"认识到"（realize），与"现实主义"（realism）形成了一对双关语。但何谓真实？何谓创作/分泌（created/excreted）？当时的批评家认为这简直就是胡言乱语，没人看得懂里面的意思，而这正是斯泰因的用意所在。要解释这样的语句，没有唯一的正确答案，答案是多样的。

不熟悉斯泰因的读者最能理解这样的事实：初读《软纽扣》很少能够在实际文本与其标题之间产生任何直接的联系。虽然每幅画都有标题，但人们很难从中找到与标题有关的物体。

我们再来欣赏一下"一条长裙"（A Long Dress）：What is the current that makes machinery，that makes it crackle，what is the current that presents a long line and a necessary waist. What is this current. / What is the wind，what is it.② 构成布局、使它脆亮的风潮是什么，那展现一道长长的线条和一种必需的腰身的风潮是什么。这种风潮是什么。/ 这风是什么，它是什么。③

上一段中几个关键的词都可以从多义的角度去理解，比如 current 意为趋势、潮流、气流等，machinery 意为机械、机构、布局等，wind 意为风、气流、呼吸等，这些都是名词，而动词 crackle 表示"使发爆炸声""使产生碎裂"等。在阅读过程中，读者就可能产生了多种联想：这也许是在谈长裙的式样，或许是一条长裙的制作过程，等等。

在"吃"（Eating）中有这么一句：Eat ting, eating a grand old man said roof and never never re soluble burst, not a near ring not a bewilded neck, not really any such bay .④ 吃丁，一个大老爷子所说的上苍而且永远不会永远不会再

---

① 格特鲁德·斯泰因：《软纽扣——斯泰因文集·随笔卷》，蒲隆、王义国译，北京：作家出版社，1997年，第80页。

② Gertrude Stein, Tender Buttons from Gertrude Stein: Writings 1903-1932. New York: The Library of America, 1998, p.318.

③ 格特鲁德·斯泰因：《软纽扣——斯泰因文集·随笔卷》，蒲隆、王义国译，北京：作家出版社，1997年，第33—34页。

④ Gertrude Stein, Tender Buttons from Gertrude Stein: Writings 1903-1932. New York: The Library of America, 1998, p.342.

有阳光的爆烤，不是一种侥幸的脱险不是一种不知所措的厚颜，真的不是任何那一类的水湾。① "吃丁"的原文是"Eat ting"，可能是"eating"的分开写法，而ting本身又是一个词，意为"发出丁丁声"，这里仿佛让人听到用餐时杯盘发出的清脆的"丁当"声，可见作者是想一语双关。

如上文所说，在综合立体主义绘画中，报纸的碎片可能变成瓶子，或从盒子上撕下的纸板会形成吉他的三维基底。斯泰因的画布同样试图通过将词语从其固定含义中脱离出来，并将它们置于新的且通常不合逻辑的句法情境中，来达到扭曲其物的印象，以便达到词的陌生化效果：允许糖果殴打大象，咖啡被打成碎片，杯子和碟子也会受伤。

"一副新杯碟"（A New Cup And Saucer）原文是这样表述的：Enthusiastically hurting a clouded yellow bud and saucer, enthusiastically so is the bite in the ribbon.② 热烈地伤害一个阴云笼罩的黄色叶芽和茶碟，热烈的伤害就是缎带上的叮咬。③

句中的表达似乎与被表达的物体之间没有任何的关联，但如果细细地推敲这些表达中的修饰词与被修饰词，"热烈"和"伤害"、"黄色"和"叶芽"、"缎带"和"叮咬"，等等，并将它们带给人的相关感受做一番比较，可知作者对实物的描述既十分形象又生动有趣。

在"小牛肉"（Veal）中，Very well very well, washing is old, washing is washing. Cold soup, cold soup clear and particular and a principal a principal question to put into.④ 很好很好，花生成吨，花生就是花生。冷汤，冷汤清且

---

① 格特鲁德·斯泰因：《软纽扣——斯泰因文集·随笔卷》，蒲隆、王义国译，北京：作家出版社，1997年，第77页。

② Gertrude Stein, Tender Buttons from Gertrude Stein: Writings 1903-1932. New York: The Library of America, 1998, p.321.

③ 格特鲁德·斯泰因：《软纽扣——斯泰因文集·随笔卷》，蒲隆、王义国译，北京：作家出版社，1997年，第38页。

④ Gertrude Stein, Tender Buttons from Gertrude Stein: Writings 1903-1932. New York: The Library of America, 1998, p.340.

特别而且一个主要的一个主要的问题要提出来。[①] washing is old，washing is washing 也可直译为"洗涤是古老的，洗涤就是洗涤。"但作者在此玩的是文字谐音游戏，借用 washing 一词的谐音暗指华盛顿、威灵顿。作者又将 veal 拆解开来，使读音延伸，变成了"很好，很好"（very well，very well），这样既加强了 veal 的读音，又说明这份小牛肉的口味非常好。

斯泰因的文字静物总是抗拒解释，在她拒绝用隐喻手法进行传统的文字描写的同时，也总喜欢让她的词富有一种意识流的印象。玛丽安娜·德科文将斯泰因的实验性写作准确地定义为：

正常的阅读习惯使得我们往往赋予写作一种传统意义上的解释：我们总认为写作是以连贯、单一、整体、封闭有序，以达到有限的合理意义为目的的，而斯泰因所做的与我们恰恰相反。[②]

斯泰因是一位孜孜不倦的语言实验者，为了达到其创作手法迥异于他人，甚至达到一种吃惊的效果，她"将那些普通而又简单的词排列得极其新异"。[③]她相信文字的意义远远超出它所继承下来的实际意思，而希望发明一种新的文学，可以将文字另外的意义带出来。1946 年她在接受罗伯特·哈斯（Robert Hass）采访时说：

我对单个的词产生着浓厚的兴趣，我把它们一个个拿起，把玩着，甚至能掂量出它们的体积和重量。然后我让它们一个接一个地紧密地排列成行，这时排在一起的它们突然产生了新的，令我意想不到的意义。这可让我始料不及，它们竟然产生了新的，令我意想不到的意义。[④]

① 格特鲁德·斯泰因：《软纽扣——斯泰因文集·随笔卷》，蒲隆、王义国译，北京：作家出版社，1997 年，第 72 页。

② Marianne DeKoven，A Different Language：Gertrude Stein's Experimental Writing. Madison：U of Wisconsin，1983，p.5.

③ Elliott Emary ed.，Columbia Literary History of the United States. New York：Columbia University Press，1988，p.879.

④ Gertrude Stein，A Primer for the Gradual Understanding of Gertrude Stein. Black Sparrow Press，1971，p.13.

　　正如《软纽扣》一书的副标题所指出的那样，该诗集涉及"有关实物、食物和房间的历史"。何故呢？因为这些有关物的描述其实并不针对物体本身，而是直指文字。斯泰因不是在用文字描述事物，在她眼里，文字就是物。毕加索画出了作为物的"玻璃水瓶"（carafe）的基本形状，斯泰因则写出了"玻璃水瓶"这个词中所包含的基本形式。在她看来，"玻璃水瓶"作为词并不具有任何特别之处：它不具有特定的指涉性，仅仅是这一类玻璃水瓶的一个能指，是在语言系统中这种类型单词的任意安排而已。其实，斯泰因所描述的也不是词的一个形体，而是一个想法，并由此塑造了语言的现实。无疑，斯泰因的语言静物依旧是有趣的作品，这些文字似乎有意要脱离有意识的、有目的的思想的控制。

　　一位出版商曾对斯泰因说："我们需要可以理解的，大众能看得懂的东西。"她对他说："如果一开始大众就看懂了，那我的作品对谁都没用了。"[1]斯泰因强迫我们通过阅读一种"可见的写作"来重新审视我们阅读的方式，她修改文字意义，以便我们再次看到它，如同初见。这里想引申一下，今天的社会已进入到图文并存的时代，视觉文化是当代消费文化的一大特征。在娱乐至死的同时，视觉文化愈发地"暴力"和"独裁"，日益挤占我们的空间，开始它无休止的影像统治。这应该引起人类的警醒，归根到底，语言才是人类赖以栖息的家园，正如海德格尔在《诗·语言·思》中所说的那样："存在在思想中形成语言。语言是存在的家，人以语言之家为家。思想的人们与创作的人们是这个家的看家人。"[2]

---

　　[1] Gertrude Stein, Two: Gertrude Stein and Her Brother, and Other Early Portraits. New Haven, CT, 1951, p. xvii.

　　[2] M·海德格尔:《诗·语言·思》,彭富春译,北京:文化艺术出版社,1991年,第4页。

第三章　斯泰因文体的形式因素与空间表达

任何人想要成为现代派的艺术家首先是要解决语言的问题，不仅是文学，绘画、音乐、雕塑等领域依然如此。因为语言会涉及叙事等方面，语言的革新决定着艺术形式变化的方向。在印象主义者的作品中，我们发现参照点或区分点已被堆积的色彩或形状所取代，这些色彩或形状并不是由它们的实际状态而是由它们所表现的东西所界定。比方说，梵·高、马蒂斯和野兽派以他们那种形式的空间从定点关系向由色块所决定的平面及其这些平面的空间的转变，大体说来与文学上的意识流大同小异。布拉克认为自己是一种空间感觉的研究者："自然界中有一种触觉空间，几乎可以说是一种手动空间……这是一种让我非常着迷的空间，早期立体主义绘画就是对空间的研究。"①

让-保尔·萨特说："把形象当做形象来直接理解……是一回事儿，而就形象的一般性质建构思想则是另一回事儿。"②无疑，斯泰因正是通过现代派绘画建构了另类的文学书写。本·里德在其《减法的艺术：格特鲁德·斯泰因异议》中就提出了如下的问题：

> 格特鲁德·斯泰因与绘画之间的关系问题是一个棘手的问题。斯

---

① 丹尼尔·奥尔布赖特：《缪斯之艺：泛美学研究》，徐长生等译，南京：南京大学出版社，2021年，第83页。

② W.J.T.米歇尔：《图像学：形象、文本、意识形态》，陈永国译，北京：北京大学出版社，2012年，第1页。

泰因小姐以"绘画"为题的讲座是她最令人感到毛骨悚然的空洞的写作。这里最基本的问题是她是如何理解绘画作为一门艺术的，以及在何种程度上绘画影响了她那具有创造性的作品？①

第一节　小说《三个女人》中的"形式"文体

现代主义画家和现代主义小说家有一个显著的共同点：二者都创作出经久不衰的作品，成为高雅文化历史长河中的不朽丰碑。但是新小说的接受绝非易事。对于大多数维多利亚时代后期的小说读者来说，现代主义小说家开始尝试的游戏似乎是对作者与读者之间原本久经考验的友善关系的逐步破坏。先锋派作家对读者的要求极高，甚至邀请读者参与到他们具体的文学创作中，并给予作品以极强的关注度，这与传统作家只是深埋于自身的文学创作形成了极大的反差。与最具创造力的现代主义画家一样，现代主义小说家除了给读者带来复杂的满足感之外，也以他们的极度不可捉摸性让读者感到某种焦虑——对小说根本意图的不安甚至怀疑。下面会发生什么？在19世纪经典小说的时代，虽然萨克雷与特罗洛普风格迥异，屠格涅夫与托尔斯泰也是各有千秋，但是这些小说家的作品存在着一个共同点：除文笔特色外，它们主要依靠故事情节如主人公的去向、结局等方面吸引读者的眼球；另一方面，读者也仅是从阅读故事本身获得一种由阅读而带来的心理感受，如愉悦感或一种审美体验什么的。至于写作技巧等方面，无论作者还是读者，都不是他们刻意要关心的，而反传统小说家恰恰如此。

文学评论家们一直在研究《三个女人》这部小说，力图寻找斯泰因声称的塞尚的作品是她创作灵感的证据，本·里德（Ben Reid）就得出了类似的结论，他在《艺术之减法》中写道：

---

① B. L. Reid, Art by Subtraction: A Dissenting Opinion of Gertrude Stein. Norman, Oklahoma: University of Oklahoma Press, 1958, p. 224.

　　我们可以从格特鲁德·斯泰因创作的两个主要时间段来看她对于绘画的创造性借鉴:《三个女人》的写作以及大约从1910年到1920年这段时期……尽管这种判断极具推测性，但有人怀疑塞尚曾暗示过，通过连续的、清晰的笔触来拓宽绘画的技巧，使用强烈、鲜明的色块，甚至可能是基本、朴实的性格概念。再说一遍，所有这些都是和斯泰因小姐创作出来的人物及其经历相吻合。[①]

　　事实上，塞尚的色彩平面和几何图案迫使眼睛去审查物体的形状。由于这些特点，往往使画看起来像未完成的草图，使得人们在他几乎所有的画作中都获得了一种坚实和质感的印象；更重要的是，这种印象使人觉得这位艺术家对他创作的每一个主题都有一种强烈的感觉。通过对《三个女人》的考证，我们可以发现斯泰因也有着同样的特征。斯泰因在总结塞尚对艺术的贡献时也描述了自己的创作目标:"……重要的不仅是人物的真实感，而且是构成的真实感，我的思想构成的真实感。"[②]斯泰因的"眼睛是通过与自然的接触而训练出来的"，正如哈夫特曼（Haftmann）在谈到塞尚时所说的那样，她"找到了休闲外表背后的真实感"。[③]具体到《三个女人》的创作，斯泰因本人则说得更为直接。在《艾丽斯自传》中，斯泰因假借艾丽斯之口，明确承认塞尚对《三个女人》创作的直接影响:买此画很是重要，斯泰因是在用心观赏并仔细揣摩《拿扇子的塞尚夫人》的同时写出《三个女人》的。[④]

　　无论是塞尚的形状（form），还是斯泰因的构成（composition），其本质都是一种"形式"，都是对一种"形式"创作的实验与追求。以下力图尝试从"小说人物的'类型化'""小说情节中的'非线性时间'"和"小

---

　　① Ibid., p.162.

　　② Robert Hass ed., A Transatlantic Interview 1946. Los Angeles, CA, 1971, p.16.

　　③ Werner Haftmann, Painting in the Twentieth Century, 2 vols. 1965; rpt. New York: Praeger Pub. Inc., 1972, Vol. II, p.7.

　　④ 格特鲁德·斯泰因:《艾丽斯自传》，张禹九译，北京:作家出版社，1997年，第60页。

说场景中的'重复手法'"三个方面梳理《三个女人》对传统小说元素的彻底颠覆，以及塞尚绘画对《三个女人》"形式"文体形成的直接影响。

一、小说人物的"类型化"

《三个女人》通常被认为是斯泰因的杰作，它显露了斯泰因文体的诸多特点：用词朴素，表达洗练，对话逼真，重复较多，富有节奏感，等等。据说H.G.威尔斯初读此书时，其奇怪的文体使他颇为不快，但越读越有"钦佩和愉快之感"；[①]就连挖苦过斯泰因和她的作品的罗伯特·麦克蒙（Robert McAlmon）也说：

> ……我很欣赏"梅兰克莎"……她的《软纽扣》很有趣，但到此时她只写过一本耐看的书，那就是《三个女人》。其中第二个讲的是黑女人梅兰克莎和她与一个理想主义者、知识分子、愚蠢的黑人医生的爱情故事，我认为这是一部杰作。书中满是重复手法，结结巴巴地讲述着，却得出了纯粹而有力的结论：梅兰克莎因对医生缺乏感官上的理解而感到烦恼，导致了她的游荡和结局。在这个故事中，格特鲁德·斯泰因那种对生活慵懒但充满活力的一切感受都显露了出来。[②]

在《美国讲演集》（1934）"绘画"那一讲里，斯泰因承认塞尚给予了她以创作的灵感，说当她真正看懂塞尚的作品时："我感到一阵轻松，于是我便开始了写作。"[③]她解释了她对文学和绘画形式的新感受，在她看来，写作就是绘画：

> 塞尚使我对写作有了一种新的感受。有关写作的这种想法使我着

---

① Donald Gallup, The Flowers of Friendship: Letters Written to Gertrude Stein. New York, 1953, p.4.

② Robert McAlmon and Kay Boyle, Being Geniuses Together, 1934; rpt. Garden City, New York: Doubleday and Co., Inc., 1968, p.227.

③ Gertrude Stein, Pictures in Lectures in America. New York: Random House, 1935, p.77.

述……这不仅是人物的现实性问题而且是写作的现实性问题，而写作的现实性问题是重要的。直到我取得进展才想到它是一种现实，但我主要是得益于塞尚。[①]

《三个女人》在当时取得了合理的关键性的成功，尽管几乎没有卖出去几本，但是给了斯泰因名誉，使她在所有适当的地方成为谈论的对象。对于斯泰因而言，《三个女人》只是她的风格革命的开始。对她来说，现实主义跟其他文学陈词滥调一样古板，她想要再造的是现实。[②]威廉·詹姆斯曾给斯泰因写信，称她的《三个女人》为"优秀的新型现实主义"，[③]这或许是她所孜孜追求的"再造的现实"的最好概括。

布里奇曼曾说过："塞尚的艺术有两点给斯泰因留下了深刻的印象，那就是他对基本主题的娴熟而粗糙的描绘，以及他对于构图所有细节的专注。"[④]斯泰因认为塞尚的画作是革命性的，她说她要打破19世纪的体系与结构，摆脱陈旧的观画与评画的习惯，认为塞尚的画不需要什么中心作为一种构图原则。

斯泰因在"1946跨大西洋访谈"中向罗伯特·哈斯描述道：

> 到那个时候，结构中仍包含着一个中心思想，其他的一切都是一种附属品，各自处于分离状态，其本身并不是目的。塞尚构思了这样一种观念，即在结构中，一件事与另一件事是同等的重要，每个部分都和整体一样的重要。这让我印象深刻，印象是如此的深刻，以至于我开始在这种影响下写作《三个女人》。那时我对结构更感兴趣了，其背景是文字系统，我是说我是从阅读中获得了这样的发现。我对这种

---

① Robert Hass ed., A Transatlantic Interview 1946. Los Angeles, CA, 1971, p.16.

② 在1929年10月5日的一封信中，斯泰因告诉卡尔·范维克藤，"在这个世界上令我感兴趣的是现实而不是现实主义"。Edward Burns ed., The Letters of Gertrude Stein and Carl Van Vechten, 1913-1946, vol.I, 1913-1935. New York, 1986, p.203.

③ Donald Gallup, The Flowers of Friendship: Letters Written to Gertrude Stein. New York, 1953, p.50.

④ Richard Bridgman, Gertrude Stein in Pieces. New York: Oxford University Press, 1970, p.47.

结构的想法很着迷，而黑人故事（《三个女人》中的“梅兰克莎”）就是它的精髓。①

这可以解释为整体不仅仅是各部分之和。作为一名画家，塞尚在创作中运用了一种和谐和对立并用的手法，在他的作品中，每个部分都在构成的统一性中起着作用。同样，在《三个女人》小说人物的塑造中，斯泰因使人物之间互为比照，也就是说，她描绘角色时注意到了与其他角色之间的关系，以便于描述它们。例如，她将安娜与莱曼特夫人和德雷滕夫人形成鲜明对比。斯泰因小说中人物的“去中心化”概念是想要让“每个人都拥有相同的价值”，②或者是想要“每个人都有平等的投票权”，③似乎只是想达到这样的目的，即人物与其场景相互分离。这种人物的去中心化概念很快成为立体主义理论的一个重要方面。

这种“去中心化”手法导致《三个女人》中的人物形象也大都缺少了鲜明的个性，斯泰因也仅是按照她所看到的来呈现小说中人物的生活。塞尚的格言“以圆柱体、球体、圆锥体来对待自然”——将自然形态简化成几何形状——是他对自然结构基本法则的探索结果。正如塞尚将自然简化为这些简单的形式一样，斯泰因则用最古老和最简单的方法来定义她的人物角色——类型。她用修饰语、对身体幽默的引用、人物名字的象征价值，甚至人物的国籍来揭示他们的性格。斯泰因这样解释她如此界定人物类型的原因：“……以前搞现实主义的人的现实主义是一种试图使人真实的现实主义。它对人的真实不感兴趣而是在本质上，或者像画家所说的那样，是在价值上。”④

从表面看，斯泰因在《三个女人》中对自文艺复兴以来人格类型的创造性使用在一定程度上限制了人物的发展，但似乎斯泰因对人物角色进行

---

① Robert Hass ed., A Transatlantic Interview 1946. Los Angeles, CA, 1971, p.15.

② Ibid., p. 16.

③ Ibid., p.17.

④ Robert Hass ed., A Transatlantic Interview 1946. Los Angeles, CA, 1971, p.16.

某种程度的限制，是为了探索他们的基本本性或"本质"。梅兰克莎的名字使我们想起一种忧郁的气质，这种气质是阴郁的，令人沮丧的。梅兰克莎焦躁不安，经常情绪低落，用斯泰因的话说就是"忧郁"。安娜具有易怒的性情特征，易怒、忧郁。莉娜被描述为"棕色"，这暗示了多血质的肤色。说到《三个女人》和《证讫》（Q.E.D）斯泰因说：她"试图抓住'基本的本质'，并努力找到一种方法，将所有这些非常内在的状态准确无误地表达出来。"①通过人物的"类型化"，《三个女人》中每个人物的"存在状态"得到了充分的挖掘。

赫伯特·里德（Herbert Read）注意到：

> 荣格仍然区分了四种基本类型的气质，并通过指出这些基本类型的动态方向，他实际上阐述了八种。现代生理学家和心理学家已恢复并同时极大地发展了对类型的研究，但奇怪的是，他们并没有从本质上背离传统的范畴。②

斯泰因对小说人物类型的简化则已得到新的人文科学的合法性验证。霍夫曼认为："阅读《梅兰克莎》给人的深刻印象是，她的生活模式不可能含糊其辞。梅兰克莎可以经历一千种化身，而她的生活不会有很大的不同。"③这正是斯泰因想要表达的观点，人物是自己的性格或个性的受害者。例如，安娜被她的支配欲望所注定，梅兰克莎被她的浪漫理想主义所注定，莉娜则被她的轻易屈服所注定。斯泰因并不是说这些人物的命运是命中注定的，她的意思是，她们的生活是由她们永久的和基本的人格类型所决定的。对斯泰因而言，人们的行动和身上所发生之事并不取决于自由意志，而是取决于支配它们的力量，这种力量就是人物的基本人性。

① Ibid.，p.43.

② Herbert Read，The Philosophy of Modern Art. London：Faber and Faber Ltd.，1952，p.83.

③ Michael Hoffman，The Development of Abstractionism in the Writings of Gertrude Stein. Philadelphia：U. of Pennsylvania，1965，p.94.

《三个女人》于1909年由名不见经传的小出版社出版，起初没引起什么注意，但辗转传阅后却声名鹊起。威尔逊在《阿克瑟尔的城堡》中这样评论道："小说体现了一种新式的写实主义，其中可见出作者与人物之间密切的代入关系。她的风格与任何作家都不相似，能抓住女主人公思想的节奏与语气：……我们也发现当中的历史与一般写实主义小说有重大的差异：斯泰因女士的兴趣不在于主题的社会性或典型性，而是要把三个女主人公当做三种基本女性的原型来看待……"[①]在斯泰因清楚明白但又有点单调重复的简单句子中，可以见出她对人性及其脆弱性的精妙掌握，这两者互相矛盾而又不能分解。

二、小说情节中的"非线性时间"

我们普遍认为，诗是时间的艺术，而画是空间的艺术，彼此泾渭分明。诗是时间的艺术，体现在传统的小说中免不了情节要为故事的铺陈服务，也就是作者要依靠情节的结构和布局来决定文本的进程，所以情节在传统小说的写作中起到至关重要的作用。具体而言，故事的叙述、人物的塑造、行动的表现等都仰仗情节去完成。亚里士多德在《诗学》中把情节称作"事件的安排"，并认为，尤其要重视对情节的处理，事件的安排应严丝合缝，"不应因某一部分或局部的安排不到位，如出现松动或脱节等，而影响整体"。即使到了19世纪，人物、情节和场景仍是小说中必不可少的三大要素。比如一般来说，情节这一要素是维多利亚时代伟大作家狄更斯小说中必不可少的，而在差不多同时代的其他伟大作家如托尔斯泰，甚至是福楼拜的作品中，情况也是如此。在这些作家的作品中，受有情节这一因素的影响，人物一直做出各种行为，但现代主义小说并非如此。多萝西·理查德森的《朝圣之旅》通篇充满着典型的现代主义写作特征：它一次又一次地挑战传统的小说写作模式，痴迷对书中人物的心理和内心世界的描述，表达极富直觉感和主观性。1918年英国小说家梅·辛克莱针对其

---

① 埃德蒙·威尔逊：《阿克瑟尔的城堡：1870年至1930年的想象文学研究》，黄念欣译，南京：江苏教育出版社，2006年，第169—170页。

第一卷作出了如下评论："我们都不知道书中讲了什么，好像什么事也没发生。书中没有任何的布局，没有情境，更谈不上情节。"①这样的现代主义小说因为其先锋性，其接受过程是漫长的，并为当时的庸常之辈所不齿。

斯泰因从不满足于那些杰出前辈们所做出的业绩，她要从塞尚那里汲取美学的基本原则。塞尚的作品使他有别于之前的艺术家。首先，他的笔法明显不同于以往的大师，笔触明显，不试图做任何的掩饰，他的制图技术既笨拙又古怪。塞尚的画从不讲故事，它们既不是轶事性的，也不是说明性的——这是与以往艺术的另一个背离。也就是说，他的意图不是为了讲述法国的乡村生活，也不是为了描述一个故事。作为叙事作品，《三个女人》的故事包含很少的事件，几乎完全是对人物的描述，仅有的事件也被安排在倒叙手法中。2000多年以来，传统的西方文学尤其是小说中情节都是不可或缺的主要元素，而斯泰因偏要打破这一根深蒂固的传统。《三个女人》没有任何的故事情节，斯泰因模仿现代派绘画技巧，如画家绘画般驾驭文字，将她对生活在社会底层的女性的生活和命运的细微观察活化在写作的平面上。小说中，每一个故事都是一部女性生活的历史，每一个故事都与女性的"烦恼"有关，每一个故事都以斯泰因所说的叙述高潮所带来的解脱而告终，但没有一个故事的结局是传统悲剧的升华。这三个女人没有开悟，没被认同，没被接受，只有可怜的忍耐力，只有在死亡中，她们才能从苦难中解脱出来。叶芝在《青金石》中所称的"欢乐改变了所有的恐惧"是不存在的。②

《三个女人》的确有资格充当斯泰因文学生涯的奠基石，其中的第二篇《梅兰克莎》被卡尔·范·多伦宣称为"20世纪以来所有实验性文学创作中的典范之作"。③《三个女人》自出版以来，一直被当作实验性文学的经

---

① May Sinclair. "The Novels of Dorothy Richardson," a review of Dorothy Richardson's Pilgrimage (1915-1938), The Egoist, April 1918, p.58.

② William Butler Yeats, W. B. Yeats Selected Poetry, ed. A. Norman Jeffares. London: MacMillan Co., Ltd., 1963, p.181.

③ Carl Van Doren, The American Novel 1789—1939. New York: Macmillan, 1940, p.339.

典文本，其原因何在？用斯泰因自己的话来说，《梅兰克莎》挑战了19世纪观念中的小说的开始、发展、高潮和收尾。

写作中的开始和结束总是一个麻烦，对任何从事写作的人而言都是一个很大的麻烦。这陪衬了报纸的趣味性，人们所做之事既没有开始也没有结束，它就是在它存在的时候，在存在的时候没有开始也没有结束……你看，没有开始和结束，因为每一天都是一样的，即每天都有它发生的事情。①

即使是杰作也一直深受开始和结束的困扰，但它基本上已不是杰作了。②

正如斯泰因所理解的立体主义一样：立体主义与之前的所有其他艺术截然不同——从一个角落到另一个角落，完全缺乏一个焦点：

> 这时期的战争，1914年到1918年，与以前战争的构成全部不同，它的构成不是那种以一人为中心被很多人包围着的，而是既无起点也无终点，每个角落都是同等重要的构成。实际上这就是立体主义的构成。③

像立体派一样，《三个女人》缺乏行动的焦点，缺乏高潮，它的故事在整个过程中都是平铺直叙的，这使得它倒更像肖像，而不是故事。例如，《梅兰克莎》中的情节显然不是为了吸引我们的注意力，没有悬念，没有真正的惊喜，兴趣点落在梅兰克莎和杰夫身上。人物逐渐展开，并经历了多次重复，斯泰因称之为"坚持"。每一页对于作品而言都与其他任何一页同等重要，就像立体派绘画，其中的每个部分都与其他部分一样重要。这种技法非常适合呈现斯泰因试图呈现的内容——《三个女人》其中包含

---

① Gertrude Stein, Narration, from Gertrude Stein: Writings 1932-1946. New York: The Library of America, 1998, p.346.

② Gertrude Stein, What are Masterpieces and Why are there so Few of Them, from Gertrude Stein: Writings 1932-1946. New York: The Library of America, 1998, p.359.

③ Gertrude Stein, Picasso. New York, 1984, p.35.

《梅兰克莎》的主题——这是一个极新的主题：大多数人的实际进步或进展是很少的，生活中更多的是重复……

《梅兰克莎》中，时间记载模糊。故事却是这样开始的：萝丝生产，诞生出一个婴儿。萝丝是梅兰克莎的好友，但通读文本后我们知道，萝丝生小孩是梅兰克莎和杰夫情感关系结束之后的事，这等于把将来要发生的事件提前做了交代。然后小说纠缠于梅兰克莎与萝丝命运不公的疑问中：梅兰克莎有着正统的白人血统，人又长得漂亮；而萝丝谈不上漂不漂亮，算得上中性的那种类型吧，也无什么道德感，而且好吃懒做。但造化弄人，即使如此，萝丝已和一位人品不错的黑人成立了家庭，而梅兰克莎呢，至今还未婚，也无正当的职业。接下来小说回忆了一番梅兰克莎并不快乐的童年时光，随着她的成长，和琼发展了一段时间朋友关系，以及后来与杰夫发展成为一对恋人关系。蹊跷的是，小说最终又回到萝丝生小孩一事。其中梅兰克莎与男人和女人的关系的故事长达一百五十页，其中一百页是关于她与杰夫·坎贝尔的关系，以及她的热情与他的温柔、冷静和自在的天性之间的冲突。

这样小说就打破了传统小说中所具有的最为重要的一环，即情节的阅读期待。小说中，所谓的线性发展时间，传统的物理时间均被颠覆和消解。时序发生了颠倒，线性思维被戛然切碎，小说转而关注人的精神与内在世界的表达。如同塞尚后印象主义作品中呈现出的多维"视点"，《梅兰克莎》中，人的心理时间得以充分、流畅地表达，形成了一个个不同的"侧面"，这样人的生存——"一个不可分割的流动"，其中的复杂性被充分地表现出来。斯泰因在写作中一直强调现时感，这或许就是斯泰因作品中所要处理的"现实性问题"，与塞尚绘画对现在和当下的强调是一致的。在谈到《三个女人》时斯泰因说过："我写了一篇一个黑人的故事，题为《梅兰克莎》。在那篇小说中有着一种不断的再现和开始，有一个明显的方向，那是朝着处于当前的方向……因为在我的周围所形成的作文是一个延长的现在。"①

斯泰因1922年在其自传笔记《地理和戏剧》中把《美国人的形成》作为她小说文体研究的成果，而"进行中的现在"是她小说文体的主要实现途径，也是她唯一的避难所。在这样的避难所里，斯泰因可以尽情地发挥和利用现代派绘画技巧，通过她自创的"持续的现在"时态的运用，以表现人物的一种延续的心理时间感受。在《梅兰克莎》中，"现在"（now）这一时间副词的反复和重复使用，立竿见影地达到了一种"持续的现在"的效果。

这会儿，杰夫·坎贝尔和梅兰克莎·赫伯特暂时没有任何争吵。现在他们总是在一起呆上好久，而且常常在一起。他们两人现在很快活，因为老是在一起……杰夫·坎贝尔再也不问梅兰克莎她是否爱他了。现在他们的情况越来越坏了。现在，杰夫对梅兰克莎总是一声不吭。现在杰夫再也不想跟她坦诚相见了，同时，现在杰夫对她也没有什么可说的了。②

从阅读这部小说的上下文可知，梅兰克莎和杰夫的关系一直处于一种很不稳定的状态，两人的恋人关系若即若离，即使是在为数不多的待在一起的时光里，也大都保持沉默，彼此之间的交流有限。可能出于两人并不合适的性格，他们甚至互相猜疑，更谈不上吐露彼此心声，内心的情感迟疑而复杂。而副词"现在"的重复出现恰如其分地表达梅兰克莎和杰夫此时此刻的心境和心理状态，产生了一种时间上的绵延效果，这与现代派绘画中画家对"顷刻"的把握如出一辙。

《三个女人》打破了判定文学作品的公然标准——前后连贯、时间顺序、完整结局，当然还有含蓄——转而关注内心世界，令人震撼。世人皆知的斯泰因那独特的文体，或称"斯泰因体"，已在《梅兰克莎》中初见端倪。斯泰因后来谈及她的这部作品时也提到："在第一本书里，对于一

---

① 格特鲁德·斯泰因：《作为解释的作文》，王义国译，引自《软纽扣——斯泰因文集·随笔卷》，北京：作家出版社，1997年，第117页。

② 格特鲁德·斯泰因：《三个女人》，曹庸、沈峪译，北京：作家出版社，1996年，第129—159页。

种持续的现在和对于通过一再的开始来使用一切，作了一番探索。"[1]

三、小说场景中的"重复手法"

《三个女人》中的主人公是三位女性人物，即安娜，一位德国移民女佣；梅兰克莎，小说中最主要的人物，也是一名黑人；莉娜，另一位德国移民女佣。小说描述了三位女性主人公的日常生活，其意义还是很容易从传统层面去理解，但它在文体上的突破已经让人困惑了，尤其是《梅兰克莎》打破了常规，预示了斯泰因一生致力于用语言表现意识的开始，正如埃德蒙·威尔逊在1929年评论斯泰因的《有用的知识》时所说的那样，这是"语言自身的问题"。[2]

在19世纪作家如狄更斯、康拉德甚至福楼拜的作品中，背景的描写往往占用大量的篇幅，但《三个女人》却用最经济的方式呈现背景。例如，当梅兰克莎和杰夫交谈时，他们坐在火炉旁或台阶上，或一起在"明亮的田野"和树林里漫步。甚至对女性的身体描述也仅限于描述性格的那些方面，我们只知道安娜的嘴唇很薄，莉娜有着梦幻般的淡褐色眼睛和苍白的皮肤，而梅兰克莎的皮肤是黄色的。对一个地方最详细的描述出现在第一页：

> It was a funny little house, one of a whole row of all the same kind, that made a close pile like a row of dominoes that a child knocks over, for they were built along a street which at this point came down a step hill. They were funny little houses, two stories high, with red brick fronts and long white steps.[3]

---

[1] 格特鲁德·斯泰因：《作为解释的作文》，王义国译，引自《软纽扣——斯泰因文集·随笔卷》，北京：作家出版社，1997年，第118页。

[2] Edmund Wilson, The Critical Response to Gertrude Stein. Westport, CT, 2000, p.46.

[3] Gertrude Stein, Three Lives, from Gertrude Stein: Writings 1932–1946. New York: The Library of America, 1998, p.69.

这是一幢很有趣的小房子，整排房子都是一个式样，就像孩子推倒的一排多米诺骨牌那样紧挨在一起。这些房子都是沿街造起的，小街到了这儿就顺着一个陡峭的丘岗而下。这些有趣的小房子，都是两层楼，红砖墙面，长长的白色台阶。①

作为小说文体实验本的《三个女人》，文学语言上的实验与创新是斯泰因一直关注的焦点，并通过实验性的语言来营造人物所处的场景，而"重复"手法的运用极具特点，也是斯泰因众多创新手法中最为明显的一个。《三个女人》中所用语句开始带有"明显的重复趋势"，便成为日后斯泰因写作策略的标志性特点。其行文不再摹仿所描绘人物的真实言语，相反，它借助于重复等手法，投射出人物的心灵活动及对生活的感受。

"好安娜"作为第一个故事动人而真实，安娜的出身、经历以及她活动于其中的世界都反映出她含辛茹苦的一生。打一开始，小说就给安娜的生活奠定了基调："安娜过着辛苦劳累的生活。"②后文则通过不断的重复加强这一基调：安娜经常收留流浪狗并严格管教它们，作者说道，"你看安娜就过着这样一种辛苦烦劳的生活"；③安娜自成了名义上的萨莉的母亲，便时常留心她与肉店小子的关系，文中写道："你瞧，安娜过着辛苦而烦劳的生活。"④

文中有这样一段描述：

> 安娜操劳，费神，节省，骂人，照料所有的房客，照料彼得和小淘气以及其他等等。安娜的努力永远没有个尽头，她越来越疲累，越来越苍黄，脸越来越瘦，越憔悴，越焦虑。⑤

以上段落强调了安娜工作的艰辛与不易，这在很大程度上是通过"越

① 格特鲁德·斯泰因：《三个女人》，曹庸、沈峪译，北京：作家出版社，1996年，第34页。

② 同上，第34页。

③ 同上，第36页。

④ 同上，第45页。

⑤ 同上，第113页。

来越"一词的不断重复得以实现的。"越来越"的重复描述也加重了安娜的悲苦境遇以及读者的同情心理，同时，她的性格特点也得以表露出来。斯泰因在《软纽扣》中反复谈到："重复总是属于所有活着的人，所有的存在总是在重复，倾听重复愈来愈给我带来完整的理解。"①

《梅兰克莎》是《三个女人》中最具变革性的一部，标志着斯泰因在文体上的突破。斯泰因在其《美国讲演集》中称《三个女人》中梅兰克莎的故事乃是她"毅然摆脱19世纪文学而进入20世纪文学的第一步"②。阿列克斯·古蒂则认为《梅兰克莎》代表了斯泰因文学创作中极具特点的叙事方式：反复和绵延，它直面生活现实，是一部典型的"语言现实主义"作品。③

上文已作了交代，《梅兰克莎》是《三个女人》中最具现代性的一篇，作者对黑人姑娘梅兰克莎短暂一生的讲述给读者留下了深刻的印象。她操劳一生，最后却在济贫所里悲惨、孤寂地死去。至于她去世的原因，小说在结尾处似乎做了明确的交代——染上了肺病，最终不治而亡。梅兰克莎一生居无定所，游荡似乎是她生活的主旋律，仅有的几处人际关系也处理得非常糟糕。她与萝丝看似是密友，最终证明只不过是被利用罢了。萝丝结婚后，梅兰克莎先后与杰夫和杰姆经历了一段感情生活，但都以失败告终。虽然作者对梅兰克莎的最终死因在小说结尾处做了交代，但文本却又多次重复暗示梅兰克莎的死因，即"梅兰克莎从未真正地杀死自己"。这一重复的原因究竟何在？它说明了这样的一种疑惑：读者应该好好地推敲一下梅兰克莎的死因。

《三个女人》的扉页上有一则引自法国诗人朱尔·拉福格（1860—1887）的话："我是个不幸的人，可这并不是我之过，也不是命之舛。"④

---

① 格特鲁德·斯泰因：《美国人的形成》，王义国译，引自《软纽扣——斯泰因文集·随笔卷》，北京：作家出版社，1997年，第181页。

② Gertrude Stein, Pictures in Lectures in America. New York: Random House, 1935, p.77.

③ Alex Goody, Modernist Articulations: A Cultural Study of Djuna Barnes, Mina Loy and Gertrude Stein. New York: Palgrave Macmillan, 2007, p.51.

④ 格特鲁德·斯泰因：《三个女人》，曹庸、沈峪译，北京：作家出版社，1996年，第31页。

斯泰因引用此语，除引语本身的含义之外，似还有一层文学理论的内涵：表明斯泰因要像法国诗人拉福格和兰波（1854—1891）推动法国诗歌的发展与革新那样推动她的文学创作。

《三个女人》在当时的人们看来是一部现实主义的作品，但那是一种新式的现实主义。通过欣赏塞尚的画，斯泰因认识到，她的现实主义的观点不必是关于逼真的。事实上，相比较于成为一个现实主义小说家，斯泰因对情感关注的表现方式更感兴趣，而不是小说的人物或题材。因而，《三个女人》中的"现实主义"，是通往一种内在价值、一种内在现实的尝试。尤其是梅兰克莎极其悲惨的命运安排让读者唏嘘不已，这也得益于斯泰因对小说巧妙的叙事构思，通过对一位叙述者的有意安插，以达到不断提醒读者的效果：

> 为什么这个聪明，有才智，标致，有一半白人血统的姑娘梅兰克莎·赫伯特会喜爱这个粗俗，正经，爱发脾气，普普通通而又孩子气的黑人萝丝，还不惜降低自己的身份去服侍她，为什么这个无所谓道德不道德，没有男女差别的，好吃懒做的萝丝会跟黑人中的一个好人结婚（这也不是很一般的事情），而梅兰克莎，有白人血统，长得标致，想找个正当的职业，却至今还没有真正结过婚。[①]

以上段落清楚地描述了梅兰克莎和萝丝两人截然不同的命运结局，究其原因，或许是源于两人迥然不同的性格特点，抑或是其他因素导致。作者并未给出明确的答案，只是文本自始至终重复着上述问题。但这是一个必须面对、绕不过去的问题，要揭示出梅兰克莎悲剧的根源，就必须要正视和回答这一问题。文中在细节描述上的重复更是比比皆是。如，梅兰克莎因失恋情绪低落，她的朋友萝丝这样劝她：

> 我不明白，梅兰克莎，你怎么能因为自己很忧郁，就说你要自杀。

---

① 格特鲁德·斯泰因：《三个女人》，曹庸、沈峪译，北京：作家出版社，1996年，第117页。

我决不会因为自己忧郁就要自杀。梅兰克莎，我也许去杀死别的什么人，却决不会自杀。如果我自杀了，梅兰克莎，那准是偶然的，而如果我是偶然杀死了自己，梅兰克莎，我会感到很遗憾。[①]

这里，黑人口语明显不符合语法，而且重复之处很多，但却让人有一种真实感。有时重复中也存在着细微的变化，如，就梅兰克莎与杰夫的情感纠葛，文中有这么一段描述：

这些日子里，杰夫·坎贝尔完全不知道自己心里在想什么，他只知道，现在他跟梅兰克莎在一起就很不自在。他只知道，每当他跟梅兰克莎在一起就总很不自在，不像他过去那样只是因为不太了解的缘故，而是因为现在他决不可能对她真诚相见……[②]

读者在读了上句后可能会产生这样的疑惑：这两句话的意思差不多啊，而且在结构和遣词上也很类似，这样的重复而作有何意义呢？再一仔细琢磨，才发现在斯泰因这种看似重复的手法中隐含着不同和细微的变化：第一句中的"很"在第二句中换成了"总很"，而"现在"换成了"每当"。这些用词区别不大，有些词之间的差别甚至可以用细微来区分，但就是这些带有区分度不大的词语带有选择性的使用，句子的意义就在悄然间发生了变化，比如产生了轻重之分、强弱之分等。

《三个女人》中具有节奏感的场景重复成功地表达了人生的重复与缓缓展开。斯泰因不但在创作中不断地运用重复手法，还为它找到了理论依据，她认为："从一代人到另一代人，事情并没有任何变化，变化的只是对事物的看法，而这就产生了创作。"[③]可以看出，在斯泰因看来，语句的

---

① 格特鲁德·斯泰因：《三个女人》，曹庸、沈峪译，北京：作家出版社，1996年，第269页。

② 同上，第236页。

③ 格特鲁德·斯泰因：《软纽扣——斯泰因文集·随笔卷》，蒲隆、王义国译，北京：作家出版社，1997年，第15页。

重复并非文字本身简单的机械重复。通过重复，句子的内在意义得以加强；而且，作品之间就体现出了不同。作者就是要在相同或相似之中寻求不同，重复就是这种寻求的重要手段。另外，斯泰因也认识到人类的历史就是历史事件的重复，但也不是简单地重复，主要由于人类对于事物的看法发生了变化，因此赋予同样的事物以新的意义。所以，语句的重复从来就不是自身简单的、机械的重复，重复中蕴含着人类历史和人的思维方式的看似不变实则在不断悄然地发生变化的这一历史进程。

"在这一代人所写的三部小说中，它们是这一代人要写的重要的东西"，斯泰因告诉我们："其中没有一个是在讲故事。在普鲁斯特身上，在《美国人的形成》中，或《尤利西斯》中都没有。"这是在说肖像而不是故事的重要性："任何人都可以听到或读到关于每天发生的任何事情或事情的一切，就像它已发生的一样，或正在那一天发生……然后讲故事的小说更多的是雷同。"①在斯泰因清楚明白但又有点单调重复的简单句子中，可以见出她对人性的精妙掌握，这两者互相矛盾而又不能分开。

《三个女人》虽然并未广泛流传，但仍有很大的影响。卡尔·凡·维奇坦（Carl Van Vechten）写过与之有关的评论；尤金·奥尼尔（Eugene O'Neil）及舍伍德·安德森（Sherwood Anderson）对之亦十分欣赏。有趣的是，这三位作家后来都写过有关黑人生活的题材，并受斯泰因的启发，采取一种不囿于种族自觉的开放态度。而安德森似乎从斯泰因那里学到不少，他那些更梦幻、更少自然主义色彩的小说，那些民谣式的情怀、简洁确切的句子和初生之犊般直白地说故事的方式也得益于斯泰因。卡尔·凡·维奇坦在《三个女人》的原序中认为："《三个女人》也许堪称为一部杰作，……鉴于她后来跟一些画家的关系，我们大有理由认为，这本书之充满塞尚的影响，远远超过任何一个文学先驱的影响。那位伟大画家的构图和扭扭曲曲的线条肯定也可以在斯泰因小姐的刚健的散文中找到。"②

① Gertrude Stein. "Portraits and Repetition", in Lecttres in America, Boston, 1957, p. 184.
② 卡尔·凡·维奇坦：《三个女人》的原序，1933年7月5日于纽约。引自《三个女人》中译本，北京：作家出版社，曹庸等译，1996年，第28页。

在说到她教给许多年轻作家的东西时，斯泰因说："观察和建构可以激发想象力。"①通过《三个女人》，斯泰因清楚地表明，她可以敏锐地观察；她可以像艺术家一样进行创作或构造作品。《三个女人》在好几个方面创造了美国文学史上的第一，其表现手法被称为"斯泰因体"，它是一种完全不同于以往的全新的以突出文本的"形式"而不是内容为其主要特征的文体；另外，小说以女性黑人为主要塑造的对象，这也开了美国文学的先河。正是在这样的背景下，威尔逊称赞《三个女人》"在使得文学开始走出19世纪并迈入20世纪的时刻迈出了关键性的第一步"。②

第二节　戏剧《三幕剧中的四圣人》中的"风景"戏剧观

斯泰因的文学实验遍及多个领域，除小说、诗歌、儿童文学等多种形式的作品外，还写过剧本。众所周知，斯泰因在小说领域取得了非凡的成就，她的《三个女人》开创了美国现代小说创作新"形式"的先河。作为一位剧作家，她同样成就斐然：从数量上来看，她一生共创作了70余部剧本；而且，她变革了现代戏剧创作的形式和方法，形成了自身别具一格的现代戏剧创作风格。总体来看，斯泰因在戏剧方面的影响力从来不亚于她在小说领域的贡献。斯泰因的戏剧以短剧为多，《三幕剧中的四圣人》是斯泰因唯一的一部正剧，也是她的代表剧作之一，创作于1927年，体现了斯泰因作为一个文体学家的杰出成就，也是她对20世纪文学风格的重大贡献。《三幕剧中的四圣人》由斯泰因撰写脚本，作曲家维吉尔·汤姆森编曲，1934年在美国首演。这部剧突出了两大特点：一是选角的问题。按照传统习惯，基督圣徒的角色一般由白种人担任，而此剧打破了这一惯例，演员一律改为非裔黑人；二是舞美的问题。无论是在台词，还是舞台设

---

① Gertrude Stein, The Autobiography of Alice B. Toklas. New York, 1933, p.76.

② Edmund Wilson, Axel's Castle: The Study of the Imagination Literature of 1870–1930. New York: Charles Scribner's Sons, 1969, p.85.

计，甚至配乐和服饰等方面，《三幕剧中的四圣人》都表现出极强的先锋特点，被视为现代戏剧的典范之作。

同年即1934年，斯泰因的代表性戏剧理论作品《戏剧》发表，对有关戏剧的空间结构提出了自己的看法，称之为"风景"戏剧（landscape play）。[1]所谓"风景戏剧"，其目的旨在破除自亚里士多德以来戏剧是以线性、叙事、语言以及心理等为特征的模式，以建立一种以欣赏和冥想为目的、画面感强的"风景"戏剧。为了达到这样的戏剧效果，斯泰因同时从时间和空间两方面对传统的戏剧形式进行了革新。在线性时间上，首当其冲取消了传统戏剧中的情节，没有了情节，戏剧中的冲突、高潮，抑或首尾照应等传统的戏剧因素随之消失。这样，整个剧本就像水一样的流淌，不再受制于时间。接着在空间的设计和安排上，斯泰因从绘画、雕塑等造型艺术中汲取灵感，增强视听觉尤其是视觉因素在戏剧呈现中的成分。有人主张用歌剧的概念来概括斯泰因的戏剧特点，这有一定的道理，因为读者在阅读斯泰因的剧本时，其感觉俨然就仿佛在欣赏一幅"风景"画。

现代主义并不是要否定过去的一切，而是表现在对传统语言和视听觉等方面的一种颠覆和革新，其本身就是一种新文化的表征。《三幕剧中的四圣人》颠覆并重构了传统的戏剧形式，极具实验、革新和开拓精神，在多个方面彰显了现代戏剧的特点。斯泰因的"风景"戏剧从视觉艺术比如绘画、雕塑的角度比较容易理解，以下从戏剧即"风景"、片段式的视觉形象、富有乐感的听觉三方面来具体地分析斯泰因《三幕剧中的四圣人》中的"风景戏剧"观。

一、戏剧即"风景"

戏剧是"由演员扮演角色，在舞台上当众表演故事情节的一种艺术"。[2]长期以来，情节在戏剧文本和戏剧表演中起着至关重要的作用。在《诗学》中，亚里士多德把戏剧情节定义为一个具体的实体，它由起、中、

---

[1] Gertrude Stein, Gertrude Stein: Writings 1903–1932. New York: The Library of America, 1998, p.263.

[2] 参见《辞海》（缩印本），上海：上海辞书出版社，1979年版，第492页。

尾构成，操作性明显：

> 一个完整的事物由起始、中段和结尾组成。起始指不必承继它者，
> 但要接受其他存在或后来者的出于自然之承继的部分。与之相反，结
> 尾指本身自然地承继它者，但不再接受承继的部分，它的承继或是因
> 为出于必须，或是因为符合多数的情况。中段指自然地承上启下的
> 部分。①

因为亚里士多德所定义的戏剧的简便易行特点，历代作家在进行戏剧
创作时基本上都遵循着这样的一条规律，或后来所谓的"三一律"：任何
一部戏剧都会叙述一个故事，故事均按线性时序发展，其中免不了会有开
端，然后平铺直叙地发展，紧接着是冲突和高潮的到来，最后是收尾。这
种按物理时间进行创作的戏剧，似乎有一种来自生活本身的逼真感和直观
感，满足了普通读者追求故事情节发展的心理需求，同时获得一种因阅读
而带来的愉悦感。斯泰因在其代表性的理论著作《戏剧》中对这一传统的
戏剧观提出了挑战。她认为戏剧首要的任务应该让观众融入其中，并参与
戏剧的创作，从而获得一种真实的情感体验。亚里士多德以来的传统戏剧
观已经与时代的发展格格不入了，理应被抛弃。所以，在她看来，现代戏
剧不能像 19 世纪的传统小说那样建立在故事情节之上。她明确指出："人
们混淆了戏剧和小说之间的区分，这在 19 世纪却是一种普遍的存在……在
20 世纪，我们再也不能如此行事了，再也不能像 19 世纪那样在戏剧舞台上
表演小说。"②同时她认为，戏剧应"在舞台上尽情地展演人的本质，从而
没有开局、中间和结局"。③这样应该从类型上对戏剧加以改革，而首当其
冲的就是取消情节。那么，如何取消戏剧中的情节呢？

---

① 亚里士多德：《诗学》，陈中梅译注，北京：商务印书馆，2016 年，第 74 页。

② Betsy Alayne Ryan, Gertrude Stein's Theatre of the Absolute. Michigan: UMI Research Press, 1984, p.41.

③ Gertrude Stein, The Geographical History of America, or the Relation of Human Nature to the Human Mind. New York: Random House, 1936, p.158.

斯特林堡于19世纪80年代和90年代发表的"灵魂自传"在现代主义盛行之前就对此进行了探讨。他在《一出梦剧》（1902）的前言中，恰如其分地阐述了新戏剧和新时代现代人的意义：

> 在这出梦剧中，如在前一出梦剧《到大马士革去》中一样，作者力图再现梦的不连贯的但显然是逻辑的形式。任何事情都可能发生，一切都是可能的、或然的（马拉美的皮蒂克斯）。时间和空间并不存在；在现实的微薄的基础上，想象力编织出新的由记忆、经验、自由的幻想、荒诞和即兴构成的网络。[①]

斯特林堡的剧作提供了一个有关人物、情节和舞台设计的万花筒，他声称借用了"印象主义绘画的不对称性，不连贯性"，以强化幻觉。他欲给观众一个"猜测事物的机会"，这使他在皮蒂克斯所暗示的、由沉默可达到的或然领域内占有一席位置。康定斯基的剧作《黄昏的声音》（The Yellow Sound，1912）是由一幅画转化为戏剧作品的：几乎没有对话，主要由舞台指示组成：

> 音乐尖锐而激烈，多次重复的a，b，b和降a……明亮的白光逐渐变成灰暗色。在山的左边，突然出现了一朵大黄花，略似一根又大又弯的黄瓜，它的色彩变得越来越强烈……然后，在全然寂静中，这朵花开始缓慢地从右到左摇摆。[②]

这可能是最抽象的舞台动作，一朵模糊的黄瓜花突然出现，无缘由地开始摇摆。在剧本的前言中，康定斯基尽可能清晰地阐述了其艺术媒介等

---

① 弗莱德里克·R.卡尔：《现代与现代主义：艺术家的主权1885—1925》，陈永国、傅景川译，长春：吉林教育出版社，1995年，第44页。

② Wassily Kandinsky, The Yellow Sound, in Complete Writings on Art, ed. and trans. Kenneth C. Lindsay and Peter Vergo. Boston：Da Capo，1994，pp. 275-276.

效理论："属于不同艺术形式的手段在外表上相当不同。声音、色彩、文字！究其根本，这些手段是完全相同的：最终目的是消除外在的差异，揭示内在的同一性。"①传统戏剧一贯以线性发展为其主要创作原则，斯泰因一开始就在理论上表明了其反对的立场：

> 老讲故事还有什么新意呢？哪天没有故事发生呢？你稍微留心一下周围，每天都会有大大小小的故事发生，人们在口口相传着，各种媒介都有报道。每天类似的事情都在世界上重复、周而复始地发生着。既然如此，为什么不能用新颖的方式来传递这些故事呢？那种老套的叙述故事的方法有何意义呢？在我们这个国家，每时每刻都在上演着情节复杂的剧本。既然这样，为什么不能从不一样的角度来描述它们呢？每天都有故事在发生，这是常态。②

她知道讲故事除了塑造角色之外可能一无是处。早在她的第一部戏剧《发生的事情》（What Happened）中，斯泰因就认为一出戏不必非得讲故事。《发生的事情》仅是呈现了一种剧场中的体验。我们可以观看、聆听，只需等待"戈多"，因为舞台上发生的事情可能已足以吸引观众了。换句话说，在戏剧创作中，创造体验比对事件的表现更为重要。斯泰因的虚拟剧场试图消除轶事，以便设想这样的一种戏剧，它在心灵的体验上具有一种至高无上的价值，即此在，或者按斯泰因的意思即持续进行时。她总是对生存比对事件更感兴趣，从一开始，斯泰因和杜尚都认识到体验在现代艺术中的重要性。20世纪末，现代性和观众与当时那个时代的联系显得愈加明显。

那么，在欣赏戏剧时，如何做到斯泰因所说的体验呢？斯泰因要求读者和观众对文本的参与，没有读者或观众，她的工作就没有任何意义。这样戏剧成为了观众或读者与作者之间的一种互动，斯泰因也试图通过戏剧

---

① Ibid., p.257.

② Gertrude Stein, Lectures in America. Boston: Beacon Press, 1985, pp.118-119.

创作本身来改变戏剧，因为真正重要的和根本的还是戏剧创作，好的剧本自会让读者和观众沉浸于真正的戏剧体验中。这就要求改变戏剧的文类特征，为此斯泰因在《美国地理历史》中明确指出："什么是戏剧？戏剧就是风景。"①"风景"指的究竟是什么？斯泰因在其代表性理论著作《戏剧》中如此解释她心目中最为理想的戏剧形式，她说：

> 风景其实是一种联系和结构戏剧在这样的风景中自会形成自身的结构，这种联系如自然界树与山之间的互动山与田野与树之间的联动，加之它们与天空之间的交流颇具细节性地形成一个和谐的共同体，从而呈现出一种静态的勾勒，讲述了彼此之间联动的故事，风景是静态的。故事总是老套的，关键也不在于你如何讲述，而是要突出事物与事物之间彼此关系的一种形态，我为此而创作了无数的剧本，就是为了表现这样的种种形态。②

她选择"风景"作为戏剧文类的本质特征极有可能源于她与贝利周边的罗纳河谷乡村的关系，正是在那里她开始和托克拉斯共同度过漫长的夏季，当然，还有她与塞尚、毕加索风景画的亲密相识。

具体到《三幕剧中的四圣人》时，斯泰因这样说：

> 它创造了一个风景，任何人都可以随时观察，当然里面也有一些进出活动，比如修女们的活动就非常繁忙而连续。但风景必须呈现一种平静，修道院里的所有生命都是有关风景的生命，它们看起来很兴奋，风景有时看起来也令人兴奋。无论如何，我看到的戏剧是令人兴奋的，它会移动，有时也会停滞，就像我开始所说的那样，戏剧应该是什么。当然，唯一获得演出的是《三幕剧中的四圣人》。在此剧中，

---

① Gertrude Stein, The Geographical History of America, or the Relation of Human Nature to the Human Mind. New York：Random House, 1936, p.485.

② Gertrude Stein, Gertrude Stein：Writings 1932–1946. New York：The Library of America, 1998, p.253.

我让圣徒成为了风景。我制作的所有圣徒，我制作了许多圣徒，毕竟许多事物都在风景中，所有这些圣徒一起创造了我的风景。这些伴随的圣徒是风景，戏剧真的是风景。一个风景不会移动没有什么会在风景中真正移动但事情就在那里，我把东西都放进了风景里。①

之所以选择"风景"作为她戏剧创作的首要原则，斯泰因自有她的考量。

作为观众在观看戏剧时无疑要与戏剧本身乃至于舞台环境等融为一体，这样才会与剧本之间产生一种对话，从而在获得审美的同时亲自参与剧本的创作。但传统戏剧因其含有情节的缘由，导致你的审美感受总是超前于或落后于剧本本身的情节发展，你总有一种局外人的感觉。尤其在表演传统戏剧时，通常在舞台上会有一个幕布，那对观众来说绝对是一种遮挡，不但遮挡了你的视线，更多的是割裂了你与舞台、剧本之间的直接交流。因为如此，你的情感归你的情感，剧本的情感归剧本的情感，总是无法同步，总是处于不同的情感体验中，永远无法统一。②

《三幕剧中的四圣人》的主题极其简单——两位圣徒实现精神生活的不同方式，其基本结构是剧本中各元素之间的相互联系和并列，而非传统的线索性叙事。斯泰因把《三幕剧中的四圣人》的创作理解为风景，这里的风景更多地指向一种结构，在其间呈现出诸多事物之间的一种关系和互动，其结果是解构和颠覆了语言的传统功能。戏剧的语言变成了类似于物的东西，或如同画家作画时线条和色彩相似的东西，其能指与所指被割裂，功能纯粹，不再为情节发展、人物塑造、主题表现等服务了，就像现代派画家的静物画或"风景"写生。

我觉得，如果一个剧本完全像一个风景的话，那么无论在剧前或剧后观看，观众都不会有情感上的障碍，风景可以随时观赏。③

①　Gertrude Stein. "Plays" in Lectures in America. New York : The Library of America, 1998. p.267.

②　Ibid., p.244–45.

③　Gertrude Stein. "Plays" in Lectures in America. New York : The Library of America, 1998. p.263.

《三幕剧中的四圣人》中，圣徒作为真正的人类，是永恒的和超然的精神实体，是斯泰因解散和重新融入古典西方二分法的理想体现。可以说，圣徒总是为我们悲惨的分裂文化制定了凡人和神圣、内在和超然、肉体和精神的潜在统一。从以上也可看出，斯泰因所倡导的"风景"戏剧确有它的独到之处，主要体现在两方面，一是剧本虽然缺少了情节等传统的戏剧元素，其各部分之间却呈现出一定的相关性，并在某一结构的基础上形成一个整体；二是既然是"风景"戏剧，其主要表征为一种静态，观众可以在其中尽情地沉思和冥想。可见，斯泰因的"风景"戏剧观充分体现了她在戏剧创作中的反线性倾向，观众可以在其创制的空间中自由地"冥想"。那么，斯泰因是如何通过她的"风景"戏剧进行"冥想"的呢？

二、片段式的视觉形象

情节是传统戏剧文本的要素，那么风景中的要素又是什么呢？在法国剧作家让桑的眼中，戏剧首先需要文字，由文字构成戏剧的文本，主要表征为一种文学语言；其次，戏剧当然离不开舞台，以供文本的表演之用。当然，让桑认为在现代戏剧中，这两方面更多时候是分不开的，相反体现为一种视觉和听觉效果方面的融合。普菲斯特认为：戏剧文本尤其是通过视听代码有一种开启人类所有的感官渠道的能力。[1]在《戏剧》中，斯泰因宣称："戏剧中还有什么能比视觉和听觉以及它们之间的相关性更能引发观众的关注度呢？"[2]

《三幕剧中的四圣人》充分体现了斯泰因在戏剧创作中对视觉因素的极力推崇。这部戏剧曾创造了在百老汇连续上演四十八天的历史纪录，自有它独具一格之处。由于它在语言和形式上的先锋性和实验性，在评论界和学界出现指责的声音也在所难免。但无论如何，《三幕剧中的四圣人》在其戏剧结构、音韵效果等方面还是取得了突破，产生了重大的影响，并被

---

① 曼弗雷德·普菲斯特：《戏剧理论与戏剧分析》，周靖波、李安定译，北京：北京广播学院出版社，2004年版，第10页。

② Gertrude Stein, Gertrude Stein: Writings 1932–1946. New York: The Library of America, 1998, p.257.

视为"风景剧"中的杰出范例。《三幕剧中的四圣人》以美丽的西班牙田园风光为其创作背景，以塑造几位宗教界人士的形象为目的，比如西班牙修女特芮莎嬷嬷，修道士伊格娣斯，等等。西班牙是毕加索的故乡，也是他创作灵感的来源地。他曾极力怂恿斯泰因到他的家乡去旅行，西班牙风光独特，尤其那里的宗教圣地让斯泰因流连忘返。在西班牙历史上曾出现过特芮莎这一著名的女圣人，也是一位宗教殉道者。《三幕剧中的四圣人》即以特芮莎为其主人公，她的殉道精神在剧中得以升华。此戏剧最大的亮点体现在舞台演出中，在舞台设计和舞美上呈现出一种美轮美奂的效果。在排演过程中，斯泰因邀请著名导演汤普森担任导演和音乐编剧。汤普森首先在演员的选择上采用了与众不同的方式，剧本中的所有白人形象全部由黑人演员担任；戏剧服饰的挑选别出心裁，均出自著名服装设计师之手；音乐的编排与舞美、服饰、灯光等其他舞台元素紧密地结合在一起。这样，整个演出"把灵魂赋予没有生命的物质"，[1]剧中不再有因情节造成的干扰，不再有对现实任何刻意的摹仿，仅剩下因多彩的服饰、绚丽的灯饰、优美的音乐和唱腔等相互交融而营造的一种视觉印象和效果，上演之际即在全美引发轰动。

在第一幕的开头有这样一段：

Saint Therese in a storm at Avila there can be rain and warm snow and warm that is the water is warm the river is not warm the sun is not warm and if to stay to cry. …… / Saint Therese half in and half out of doors. / Saint Ignatius not there. Saint Ignatius staying where. Never heard them speak speak of it. / Saint Ignatius silent motive not hidden. /Saint Therese silent. They were never beset. / Come one come one .[2]

① Christopher Innes, Edward Gordon Craig. Cambridge: Cambridge University Press, 1983, p.47.

② Gertrude Stein, Four Saints in Three Acts, from Gertrude Stein: Writings 1903-1932. New York: The Library of America, 1998, p.613.

在阿维拉的暴风雨里，圣特蕾莎可以有雨，有暖雪，有暖水，有暖河，有暖太阳，如果留下来哭。……/圣特蕾莎一半在室内，一半在室外。/圣依纳爵不在那里。圣依纳爵在哪。从没听他们说起过。/圣依纳爵沉默的动机没有隐藏。/圣特蕾莎沉默。他们从未被困扰。/来一个来一个。

根据以上段落中的描述可以看出，斯泰因的《三幕剧中的四圣人》明显不同于传统的戏剧形式。上文也已有交代，线性特点几乎是所有现实主义文学的共性，读者在阅读此类文本时，只能按时间的顺序一页一页、一个章节接着一个章节，依据情节的发展而依次进行，不太可能从下一章节跳到上一个章节。唯有如此，才能从故事的发展和升华中体验到一种审美的快感。但在欣赏《三幕剧中的四圣人》时就可以不这样做。读者大可从任何一个章节开始，也可随时结束于任意章节。因为《三幕剧中的四圣人》是按空间结构而布局的一种形式的文本，以视听觉因素勾勒出意象，并形成一个富有逻辑关系的网络。人们可以像欣赏现代派绘画那样，静静地把玩，从其中所触及的服饰、灯光、舞台布景、音乐以及文字的旁白等意象中领略"风景"，从而展开一种及时的对话并获得相应的审美体验。

《三幕剧中的四圣人》的成功在很大程度上归功于斯泰因的"风景"戏剧观念，其中有一种绝对化的绘画倾向，其视觉特征已得到斯泰因研究者的极大关注。斯泰因与立体主义，特别是与毕加索和布拉克的作品的视觉交叉众多且具有启发性。举例来说，斯泰因为海明威所作的文字肖像，或者她所写作的文字画《瓶子》，总是力求避免使用与其主题相关的任何信息，而是通过巧妙地尝试捕捉其中的"本质"和内在的"节奏""运动"来达到其文字画效果，从而创造了她所谓的新的"事物本身"，并试图呈现"所发生的事情的本质"。玛丽安娜·德科文（Marianne DeKoven）认为："没有任何作家的作品能像斯泰因的那样，与20世纪音乐和造型艺术的发展有如此的相关性。"[1]这是对的。

斯泰因在《三幕剧中的四圣人》中不再像传统的戏剧形式那样一味地

---

[1] Marianne DeKoven, "Gertrude Stein and the Modernist Canon". Gertrude Stein and the Making of Literature, edited by Shirley Neuman and Ira B. Nadel, Macmillan, 1988, p.11.

依靠情节来诉诸情感，并以此来吸引观众；在语言和人物的行为上也进行了革新，这样的安排似乎导致了戏剧在结构上的松垮。但这正是斯泰因所要追求的效果，没有了情节的压力，代之以瞬间的意象和形象，读者和观众在欣赏戏剧时可以在任何的时间点参与到剧本的互动中，可以在一种松弛、积极的状态中保持"连续的在场"（continuous present），共同完成剧本的创制。在《戏剧》中她一再强调："什么是真正的艺术？艺术的目的就是要直面现实，现实就是眼前的一种存在，只有表现当下和现实的艺术才能获得真正、持久的生命。"[1]

在"重复第一幕"（"Repeat First Act"）的开始，斯泰因做了如下的描述：

A pleasure April fool's day a pleasure. / Saint Therese seated. / Not April fool's day a pleasure. / Saint Therese seated. / Not April fool's day a pleasure. / Saint Therese seated./ April fool's day April fool's day as not as pleasure as April fool's day not a pleasure .[2]快乐愚人节快乐。/圣特蕾莎就座。/愚人节不愉快。/圣特蕾莎就座。/愚人节不愉快。/圣特蕾莎就座。/愚人节愚人节不如愚人节快乐。

在这里，斯泰因通过省略主动动词来消除单词之间的因果关系，只提供形容词"坐着"（seated）以表明一种存在的状态，此时的女圣人特芮莎正处于一种静止而非活动状态。此外，"Saint Therese seated"虽然重复了三次，但每次都不同，因为"不"（not）这个词改变了它的情况，从而也改变了它的描述背景。

除行文具有重复特点之外，斯泰因写作文体的另一个最大特点是用现在进行时表达一种此在的存在。所谓此在，从现代派绘画的技法角度来

---

① Gertrude Stein, Gertrude Stein: Writings 1932-1946. New York: The Library of America, 1998, p.340.

② Gertrude Stein, Four Saints in Three Acts, from Gertrude Stein: Writings 1903-1932. New York: The Library of America, 1998, p.613.

看，就是表现事物的"顷刻"的一瞬间。在斯泰因看来，唯当如此，才能抓住事物的本质和美学特点，她一再强调"事物所蕴含的本质才是一部戏剧所应该反映的东西"，[1]自然地，她的语言往往表现出一种碎片化、拼贴等诸多特点，与立体主义绘画有异曲同工之妙。斯泰因认为："戏剧是什么？戏剧就是要表现事物的瞬间，……是一种呈现事物碎片化状态的文学。"[2]斯泰因在她后期的文艺理论中，经常表达与此类似的观点：如何做到真正的戏剧创作？放弃线性思维，戏剧的各个组成部分之间无需清晰的、严密的逻辑结构；依靠不断的一遍遍的（beginning again and again）重复，依靠现在进行时（continuous present），对语言进行类似于拼贴、陌生化式的重构，以到达文本的整体上的一种并置效果。具体到《三幕剧中的四圣人》而言，斯泰因紧紧依靠舞台上的灯光、音响、服饰等视听觉条件，努力营造一种持续在场的氛围，使得观众能够一直沉浸其中，在冥想（contemplative）中获得一种审美体验。

在第一幕开场前，有这样一段：

Four saints two at a time have to have to have to have to. / Have to have have to have to. / Two saints four at a time a time. / Have to have to at a time. / Four saints have to have to have at time .[3] 四个圣人两个同时不得不不得不不得不。/不得不不得不不得不做某事。/两个圣人一次四个圣人。/不得不在某个时候不得不做某事。/四圣人不得不不得不不得不有时间。

其中，have to，at time 等的重复与微妙变化，让人感觉到时间仿佛凝固在了某一"瞬间"，或者说时间已不再起作用，从而让位于一种被延展了

---

① Gertrude Stein, Selected Operas and Plays of Gertrude Stein. J.M.Brinning (ed). Pittsburgh: University of Pittsburgh Press, 1993, p.ix.

② Betsy Alayne Ryan. Gertrude Stein's Theatre of the Absolute. Michigan: UMI Research Press, 1984, pp.37-38.

③ Gertrude Stein, Four Saints in Three Acts, from Gertrude Stein: Writings 1903-1932. New York: The Library of America, 1998, p.610.

的空间，观众也得以在无限的空间中自由地翱翔自身的思想。斯泰因曾一针见血地指出："越是能够表现出一种静态的戏剧就越是好的戏剧。"[①]这说明斯泰因极其关注戏剧中的空间元素，特别是里面的视觉和听觉元素，从而为观众营造一种静态的氛围，使得他们能够全神贯注于此在，并获得一种心理上的感悟。贺拉斯在《诗艺》中很有见地地指出："通过听觉来打动人的心灵比较缓慢，不如呈现在观众的眼前比较可靠，让观众亲眼看见。"[②]

三、富有乐感的听觉

柏拉图在《理想国》里曾经异常清楚地意识到这样的一个事实，引入新的音乐形式势必改变公共生活的形式和国家法律。视觉主要指涉空间现象，而听觉主要指涉时间现象。语音的穿透力没有距离，但因为声音的稍纵即逝和极具偶发性，因此要求听者全神贯注，并对聆听的过程保持一种开放的心态。查拉图斯特拉说他有一天见到过的耳朵"像人一般高大"，尼采对此曾做过仔细的调查：

> 在耳朵下面蠕动着可怜的小东西，干瘦干瘦的。说真的，这巨大的耳朵长在一个瘦小的茎干上面，可是，这茎干是一个人！借用放大镜，人们甚至可以认出一张小小的、充满妒意的脸来。人们还能发现，一个空洞的、小小的灵魂在茎干上摇摇摆摆。人们告诉我……这大耳朵不单纯是一个人，而是一个伟人，一个天才。但是我……恪守着我的信念：他是一个倒残废，一切都太少，唯独一样东西太多。[③]

斯泰因的作品总是在很大程度上忽略深刻的主题及情感，更喜欢在平

---

① B. A. Ryan, Gertrude Stein's Theatre of the Absolute. Michigan: UMI Research Press, 1984, p.41.

② 亚里士多德、贺拉斯：《诗学·诗艺》，罗念生译，北京：人民文学出版社，1962年，第146—147页。

③ 沃尔夫冈·韦尔施：《重构美学》，陆扬、张岩冰译，上海：上海译文出版社，2006年，第186—187页。

凡中创造一种非同寻常的感觉。她生活在一个无尽微妙的感知和感觉的世界里，并试图找到那些渐逝色调的语言表达，因此她必须在即时性中捕捉语言或让它们永远消失。相较于斯泰因的其他戏剧作品，在《三幕剧中的四圣人》中，我们可以更深入地了解斯泰因的卓越思想以及其语言、节奏、感知中尚未开发的资源。

斯泰因剧本所演出的剧院就是一个声音体，在演出中总是减少演员的戏剧性表演，将注意力倾注于那些超越词汇意义和身体的词语。1925年，汤姆森在巴黎定居，在斯泰因举办的沙龙里遇到了她。"格特鲁德和我像哈佛人那样交往着"，在他的要求下，斯泰因写了一部关于西班牙圣徒宗教生活的剧本，这就是《三幕剧中的四圣人》。作为《三幕剧中的四圣人》的关键，其副标题"用来演唱的歌剧"（An Opera to be Sung）常常被她富有视觉导向的"风景"戏剧概念所掩盖；但同等重要的是，我们应该关注斯泰因是如何与汤姆森的音乐一起在舞台上表达自己的话语，因为《三幕剧中的四圣人》的文字和音乐都以惊人的方式依赖于声音。安吉拉·斯蒂德尔和约翰娜·弗兰克都曾研究过斯泰因诗歌和戏剧中的声音元素；[1]玛丽安娜·德科文也探索过斯泰因作品中的旋律等问题。[2]笔者想补充的一点是，斯泰因对语言的理解不仅是听觉而且特别是音乐的。在她从事写作时，词的声音所产生的乐感一定在她的耳朵里产生了共鸣。当斯泰因完成了《三幕剧中的四圣人》的书稿并交付给汤姆森时，可以看出，在整个创作期间，他们不仅会讨论斯泰因话语的音乐背景，而且也会探讨如何处置词在音乐中的听觉问题。1934年11月17日，在接受《纽约先驱论坛报》和《纽约太阳报》采访时，斯泰因宣称汤姆森是"唯一一个知道音乐中是存有词汇的人。除了在早期的教堂音乐中之外，没有其他人这样做。音乐

---

① Elicia Clements. "How to Remediate; or, Gertrude Stein and Virgil Thomson's Four Saints in Three Acts", Modern Drama, Volume 62, Number Spring 2019, University of Toronto Press, p.45.

② Marianne DeKoven. "Melody". Modern Critical Views: Gertrude Stein, edited by Harold Bloom, Chelsea House, 1986, pp. 165–75.

不应该仅有伴随文字的功能，音乐和文字应该是一体的"。①

第一幕的第七场仅有如下一段：

One two three five six seven all good children go to heaven some are good and some are bad one two three four five six seven. Saint Therese in a cart drawn by oxen moving around.②一二三五六七所有的好孩子都上天堂有些是好孩子有些是坏孩子一二三四五六七。圣特雷瑟坐在一辆由牛拉着的车里四处走动。

文中大量出现的是像以上这样节奏明快、合拍押韵的语句，让读者和观众享受到一场听觉的"盛宴"。剧本才开场时有这样几句唱词：

To know to know to love her so. / Four saints prepare for saints. / It makes it well fish. / Four saints it makes it well fish. / Four saints prepare for saints it makes it well well fish it makes it well fish prepare for saints. / In narrative prepare for saints. / Prepare for saints./ Two saints./ Four saints./ Two saints prepare for saints it two saints prepare for saints in prepare for saints. / A narrative of prepare for saints in narrative prepare for saints. / Remain to narrate to prepare two saints for saints.③知道知道怎样去爱她。/四位圣人为圣人做准备。/这使鱼很好吃。/四圣人它使鱼变得很好。/四位圣人为圣人做准备这使鱼变得很好鱼也为圣人做准备。/在叙事中为圣人做准备。/准备圣人。/两个圣人。/四圣人。/两个圣人为圣人做准备就是两个圣人为圣人做准备为圣人做准备。/在叙事中为圣人预备在叙事中为圣人预备。/留下叙事为圣人预备两位圣人。

① Susan Holbrook & Thomas Dilworth eds., The Letters of Gertrude Stein and Virgil Thomson: Composition as Conversation. Oxford UP, 2010, p.14.

② Gertrude Stein, Four Saints in Three Acts, from Gertrude Stein: Writings 1903–1932. New York: The Library of America, 1998, p.622–23.

③ Ibid., p.608.

　　这段歌词中的"四"（four）与"为了"（for）两个单词可以互替，"二"（two）和"向、给、对着"（to）也是谐音，"well fish it"（好吧钩住它）则又暗含"we'll finish it"（我们会完成它）之意，从而使这段文字意义丰富，颇有回味之处。

　　《三幕剧中的四圣人》主要记叙四位宗教史上的著名圣人进入天堂以后的生活情景，因此唱词中的"准备"（prepare）既可释作准备歌剧演出，也可视为圣人们在为互相接待、交谈而作准备，甚至可以联想到圣人们在当初是怎样为升入天堂而作的准备。"记叙体"（narrative）一句可指圣人们的交谈方式（他们在为谈话作准备），也可指歌剧本身（为这出关于圣人的歌剧作准备）。"两个圣人"在读音上同"对圣人"一样，因此可以是对圣人歌唱，或（圣人）对圣人交谈。所以"两个圣人。四圣人"也含有"对圣人（歌唱）。为圣人（表演）"之意。由于歌词具有多层含意，演唱时重复的词句听起来十分自然并且富有强烈的乐感，它所造成的听觉效果也是特殊的。

　　文中出现的双关语、童谣、快速的打诨以及斯泰因"合唱式"的俏皮评论，都在不时地提醒着读者，《三幕剧中的四圣人》的字里行间充满着温暖、微妙的幽默和欢乐，尽管剧中有着圣徒以及男人和女人的挣扎、失望，这个世界总的还是一个令人愉快的地方。斯泰因总是在写作时享受一些额外的打趣，她的读者也应该乐于参与一种斯泰因式的调侃。

　　例如，分场次"Scene One"紧跟着后面的一句是"And seen one. Very likely"，scene与seen显然构成了一种双关。这里，斯泰因对戏剧的观看方式及其符号学传统提出了一种质疑。而且双关的运用使得写作隐藏在了声音效果中，并通过突出听觉的物质性来表现出一种超自然现象。在另一个双关语中，圣徒混合名字的运用体现了词的多义性："Saint Therese and three saints all one. Saint Settlement Saint Fernande Saint John Seize Saint Paul Six"。[1]圣特蕾斯和三位圣人合而为一。圣定居点圣费尔南德圣约翰夺取

----

① Gertrude Stein, Four Saints in Three Acts, from Gertrude Stein: Writings 1903–1932. New York: The Library of America, 1998, p.617.

圣保罗六世。Saint John Seize 与 Saint Paul Six 放在一起使用，Six 显然是对法语单词 Seize 的一种暗示，结果使得句中法语、英语在多义词和同音词的运用上成为可能。她这样表述了这个过程：

> 现在事情变得是如此的简单，我不再需要关注其他，只需将注意力放在耳朵里便是。那一个个单词仿佛乐曲中的音符，在我的耳畔跳动。慢慢地，好像它们又被拆解成一个个字母，都带着节奏和旋律，跃然于纸上，舞台上，或其他任何的空间中。我更加地放松自己，进入一种更自由、松弛的状态，而那些字母或是单词的音符，也仿佛与我融为一体，不断地拍打着我。我仿佛能够触摸到它们了，现在却呈现出一连串的状态了，字母连成单词，单词连成句子，却又不停地拆解和重新拼装，直到在我的脑海中形成一个个的意象，一切竟是那样的随意和自然。①

在《三幕剧中的四圣人》的创作中，斯泰因对各种媒介材料的兴趣不仅使她在文中展示了风景中的视觉世界，而且还引导了语言和音乐的听觉领域。按照这样的原则，斯泰因在具体创作此剧的过程中，已不再观照词语和句子的意义，以及它们能够组成什么样的内容。类似于索绪尔，斯泰因将词的能指与所指彻底地拆分，从而仅关注它们的能指之所在，即它们的音响和声音效果，这样字词不再与外部的世界形成任何的联系，只呈现一种"声音悦耳的创作"。斯泰因意识到："在词里，重要的不是声音本身，而是使这个词区别于其他一切词的声音上的差别，因为带有意义的正是这些差别。"②

Pigeons on the grass alas. / Pigeons on the grass alas. / Short longer grass short

---

① Pamela Hadas, "Spreading the Difference: One Way to Read Gertrude Stein's Tender Buttons", in Twentieth Century Litetature, Vol.24, No.1, Spring, 1978, pp.28-31.

② 费尔迪南·德·索绪尔：《普通语言学教程纪念版》，高名凯译，北京：商务印书馆，2017年，第158页。

longer longer shorter yellow grass. Pigeons large pigeons on the shorter longer yellow grass alas pigeons on the grass. / If they were not pigeons what were they.[①] 草地上的鸽子哎。/草地上的鸽子哎。/短的长草短的长短的长短的黄草。鸽子大的鸽子在较短较长的黄色的草地上哎鸽子在草地上。/如果它们不是鸽子它们是什么。

　　文中句子和词的重复不仅增加了旋律效果，而且还强化和细化了它们的意义和音调；而且一些关键词和短语，如 alas，grass 等的插入都极大地丰富了表达的音韵效果。

　　塞尚曾经说过："当感觉达到极致，则它与自然万物和谐共存。"[②]应该说，斯泰因的"风景戏剧"《三幕剧中的四圣人》正达到了这样的一种感觉。正如一位批评家指出的那样："在现代主义运动时期，很多艺术家都对现代戏剧的创作形式进行了探索和尝试，但谁也没有斯泰因做得那样绝然。她抛弃了戏剧形式中诸如情节、人物等一切传统元素，让观众沉浸到原汁原味的戏剧创作中。"[③]通过把戏剧当做一个纯粹的场景，就可使我们重返剧院中真实的现在；而且，首先让角色融入场景，然后将场景中的情节予以替换，这样传统剧院中回忆的缺陷就可得以避免：

　　　　于是自然而然，我要在戏剧中所表现的就是为大家所不知道、不谈论的……如果一个人什么都没有说，我就要说那可以被言说的……而且已发生的事情无须通过直白讲述就可以在一出戏中得以表达，简而言之，就是让其表达出所发生事情的实质。[④]

　　通过《三幕剧中的四圣人》的创作及其改编后在舞台的上演，斯泰因

---

　　① Gertrude Stein, Four Saints in Three Acts, from Gertrude Stein: Writings 1903–1932. New York: The Library of America, 1998, p.637.

　　② Joachin Gasquet, Cezanne(1921), trans. and ed., in Doran(2001), p. 111.

　　③ S. B. Cheng, Famous unknowns: The dramas of Djuna Barnes and Gertrude Stein, D. Krasner ed. A Companion to Twentieth Century American Drama. Oxford: Blackwell Publishing, 2007, p.134.

　　④ Gertrude Stein, Lectures in America. Boston, 1985, p.119.

改变了人们的戏剧观看模式。剧本要讲述怎样的故事，剧情的高潮在哪里，人物形象是如何塑造的，等等，这些已不再重要。对观众和读者而言，重要的是要转移自身的关注度，将注意力集中在剧本本身和舞台上的视听觉方面，积极地参与到戏剧的文本创作和舞台演出的互动中去，磨练自己的好奇心，从而让自己的情感在直觉中获得一种交流和审美。基于此，斯泰因将"风景"戏剧观完美地呈现在《三幕剧中的四圣人》的创作和改编过程中，对当时乃至后来的戏剧创作产生了深远的影响。

第四章　斯泰因文学创作与现代派绘画关系

一直以来，语言与绘画的关系问题引发了无数学者的关注与思考。在《词与物：人文科学的考古学》中，福柯指出，当文化史不是一种逐渐完善的文化史而是许多"可能状态"之一时，一种文化就会招致批判。由此，他曾说，"语言与绘画的关系是一种无限的关系"；①维特根斯坦认为，"我们很难从一幅迷人的图画中走出来，好在语言在表征图画的同时，也在重复地表达自我"；②而像布莱克这样的艺术家，坚持在诗歌和绘画这种混合艺术的实践中模糊文类的界限；W. J. T. 米歇尔则一直在追问图像是什么的问题，并认为图像与语言是如何关联的是极其重要的问题。

而斯泰因对于语言与绘画的关系问题也非常地着迷。作为一名作家，她在《美国讲演录》的"画"中这样谈到："人皆有所爱，我爱看人作画。……说来也怪，唯有观画这件事，我从不为之感到厌倦。"③而且，斯泰因自己说过，在所有的现代派绘画中，毕加索的画作对她的文风产生了最大的影响："当时只有我一个人理解他，也许是因为我正试图在文学上表现同样的东西。"④现代派绘画技法尤其是塞尚和毕加索绘画中的表现和描绘手法在斯泰因的文学创作中得到了充分的移植和运用，这直接导致了她的

---

① Michel Foucault, Les Mots et les choses, translated as The Order of Things: An Archaeology of the Human Sciences. New York: Random House, 1973, p.9.

② Ludwig Wittgenstein, Philosophical Investigations, translated by G.E.M. Anscombe. New York: Macmillan, 1953, p.115.

③ Gertrude Stein, Gertrude Stein: Writings 1932-1946. New York: The Library of America, 1998, p.224.

④ 格特鲁德·斯泰因：《论毕加索》，王咪译，南京：东南大学出版社，2016年，第43页。

文本不但在内容上难以被读者理解，要把握其形式则更是难上加难。特别是继长篇巨著《美国人的形成》之后，斯泰因的写作风格朝着深奥晦涩的方向演变，形成后来报界称之为"斯泰因文"（Steinese）的风格。

正如斯泰因自己所说："那难以理解的表面是……因为句式、时间—地点的所知以及思考的明显断裂、字词的用韵与语义关系的脱节、连环的否定，以及时有所见而指意不明的委婉表达和用典等因素所造成的。"[1]恰恰因为斯泰因的文学创作建构在绘画技法的基础上，那么如果我们从语言与绘画的关系问题切入，或许会找到一条解读斯泰因晦涩文本的有效途径。以下从文学语言的"形体平面化"、文学语言中的"拆解与拼装"、文学创作也即一种"形式"的实验三方面来总地探讨斯泰因的文学创作与现代派绘画之间的关系。

第一节　文学与绘画关系中的"形体平面化"

欧洲，尤其是法国，似乎正是作家们前往获取灵感或获得同样珍贵的表达自由的理想之地。能侨居巴黎是很多作家、艺术家的梦想。尼采这位坚定的欧洲人，在他的自传《瞧，这个人》中下了这样一条定论："巴黎是艺术家在欧洲唯一的归属地。"[2]塞尚天生就生长在巴黎，而1900年在巴黎举办的世界博览会被认为是美术史上的突出事件，因为博览会的组织者邀请了"邪恶的"印象派画家和后印象派画家参展，这是老方式、老视野以及老观点日益衰退的时期。

塞尚（1829—1906）被称为"现代绘画之父"，他毕生追求表现形式，在造型、色彩运用等方面都有自己的创新，是后期印象画派的代表人物。塞尚变革了自古希腊以来西方的透视法绘画传统，不再拘泥于在画作中再

---

[1] Steiner Wendy, Exact Resemblance to Exact Resemblance. New Haven, 1978, p.101.

[2] 彼得·盖伊：《现代主义——从波德莱尔到贝克特之后》，骆守怡、杜冬译，南京：译林出版社，2017年，第18页。

现描摹的对象，在题材上也不再拘泥于人体的描画，而是将关注的焦点放在对大自然的研究上，并创作了一系列以大自然为题材的风景画，如他晚年曾反复描画的《圣维克多山》（见下图），希望"在我的内心里，我觉得要像对待人一样，时常反思大自然中的风景，其结果是形成了被反思对象的一个整体的结构，在画布上呈现的便是这样的结构"。①

塞尚《圣维克多山》
1890年，布油彩（65cm×81cm）
私人收藏

塞尚比印象主义者又前进了一大步：印象虽然重要，但结构才是首先要考量的要素，仍然压倒了"印象"。也正因为结构的存在，整个画面变得更有坚实感，以线造型，抑或以色造型，流溢出一种更为欢快和自由的氛围。这样在创作中，塞尚不再像先前的画家那样，着力于对描摹对象的极为具体的细节透视，而是使之结构化，以简约和简化为原则，努力描绘出物体的形体轮廓，组建画面结构，从而"展示永久的真实，使自然感到永存不朽，他几乎是不自觉地为此目的而耕耘，使对象几何化；他说，自然可以分解为圆柱体、球体和锥体"②。万物都处于一定的透视关系中，

① Joachin Gasquet. "Cezanne", Michael Doran, ed., Conversation with Cezanne. Los Angeles: University of California Press, 2001, p.111.

② 赫伯特·里德：《现代艺术哲学》，朱伯雄、曹剑译，天津：百花文艺出版社，1999年，第152—153页。

所以，一个物体或一个平面的每一边都趋向于一个中心点。1964年，布拉克谈到塞尚对其前立体主义和立体主义阶段的影响时说："塞尚是颠覆传统透视法的第一人，也最先背离了学院式的画法……所以仅仅说他影响了我们是远不够的，他简直是在发动。"①

1905年塞尚在给伯纳尔的信中提到："摹仿自然作画不是去复制一个对象，而是去再现对它的感觉。"②M.约阿希姆·加斯凯（M. Joachim Gasquet）援引过塞尚的话说："吾人所见一切均在弥散中，转瞬即逝。大自然总是同一个，但任何事物都不会保持原样，任何事物都不是吾人所看到的那样。艺术应当赋予自然以持续性，尽管它的现象变动不居。艺术当使吾人感知自然乃永恒。"③塞尚的描述是模棱两可的：只有自然可以帮助我们进步，眼睛在与它的接触中得到了教育；视线通过观察和使用变得集中起来。他所要表达的意思就是，在橘子、苹果、天体、头颅那里，都有一个极致，而这个极致——尽管有光和影带来的困难和色感——总是离我们的眼睛最近的，物体的表面将消散于位于我们视线的中心。里德认为，塞尚这样做的目的是要将他所主张的在绘画中的那种结构与画家的知觉融合在一起，其意图"是使画家在很大程度上摆脱绘画中的一种混乱感，并通过自身的创作使之归化为一种富于生命感的艺术秩序，这样随着艺术秩序与自然秩序的并行不悖，画家自身的混乱感也随之消失……"④希夫的观点更为典型："塞尚自视为一个发现者，出于对理论的不信任，以及对一种'感觉'的追求——这必须伴随着对自然与自我的同时发现，塞尚成了'现代'艺术家的典范，成了一个通过最大限度地削弱其技术手段的指涉特性

---

① Gotz Adriani, Cezanne: Paintings, trans, by Russell Stockman. New York: Harry N. Abrams, 1995, p.30.

② 赫谢尔·B.奇普：《艺术家通信——塞尚、梵·高、高更通信录》，吕澎译，北京：中国人民大学出版社，2003年，第24页。

③ 罗杰·弗莱：《塞尚及其画风的发展》，沈语冰译，南宁：广西美术出版社，2016年，第100页。

④ Herbert Read, Concise History of Modern Painting. New York: Praeger, 1959, p.18-20.

而表现自我的人。"①

塞尚的作品确实与之前不同，它要求有两个完全不同的"视点"，一个是鼻子跟前，另一个就是十英尺之外。这两个视点是不通约、不连续的，而且它们从来都不会在某种同一层次的视觉经验中重叠。塞尚之所以能够成为评论家卡尔所说的"现代主义的原型"，②最为核心的是他变革了西方几百年来在绘画领域处于主导地位的透视法，用球体、圆柱体、圆锥体等几何形状来形塑自然，从而彻底颠覆了以往的绘画风格与手法，这引领了现代艺术领域的根本性改变，塞尚艺术中的平面化、几何形体处理直接开启立体派、抽象派，一种极简艺术最终得以形成。"有意味的形式"是艺术家们的毕生追求，艺术始终存在于一种被简化了的形式中，而那些无意味的东西终归烟消云散。卡尔曾这样总结塞尚的艺术实验：

> 从总体上看，他是在抹灭自然和自然的传统外观，不是将其作为可见的自然而只作为形状而重新加以组织。即是说，可重新组织的客观物体不是按其约定俗成的可见性，而是按自然的各种形状加以表现的，观照者本人可把这些结构的和客观化了的因素重新限定为自然物体。③

后来的立体主义画家，如最具代表性的毕加索、布拉克等，在创作中竭力追随塞尚秉持的"自然可以分解为球体、圆锥体和圆柱体"这一理论信条，从多维视角观察所描画的对象，从而形成它们的一种立体形象，并以各种方块的形式呈现于画布上。在这一绘画过程中，一切手段和要素，比如最为主要的线条、色彩，甚至笔法等，都要服务于造型和形式，这种观察和表现方式应该说是来自于塞尚。

---

① Richard Shiff, Cezanne and the End of Impressionism. Chicago and London: The University of Chicago Press, 1984, p.223.

② 弗莱德里克·R.卡尔：《现代与现代主义：艺术家的主权 1885—1925》，陈永国、傅景川译，长春：吉林教育出版社，1995年，第189页。

③ 同上，第189页。

在当时美国作家长居国外，似乎已成传统。斯泰因去巴黎的三年之前即1901年，莫里斯·德尼的画作《向塞尚表示敬意》已引起广泛议论；而塞尚对斯泰因而言也是非常熟悉的。作为艺术品收藏家，她具有宽阔的视野和远见卓识，在人们还没认识到塞尚画作潜在的巨大价值时就收藏了不少他的绘画作品。尤其是塞尚的静物画和风景画对斯泰因的文学创作产生了深刻的影响。斯泰因意识到，塞尚的绘画语言和绘画风格是超前的，他在形塑自然、以色造型等绘画形式方面的探索必将引领绘画领域之变革。塞尚的绘画由对具象的描绘走向一种抽象，注重对作品的内在结构的表现，这给了斯泰因诸多的启示"表现可视世界的节奏"。①这种塞尚业已实践的绘画技法可否转化到她的文学创作中？

在《美国讲演录》中"绘画"那讲里，她承认她的创作灵感来自塞尚。当她真正看懂塞尚的作品时，"我感到一阵轻松，于是我便开始了写作"。②斯泰因感到"一阵轻松"，当然是因为她看懂了塞尚，领悟到可以尝试将他的极具变革精神的绘画技法和她的文学创作做具体的嫁接，于是释然了。因为斯泰因和塞尚都对剥去任何隐藏意义的平面感兴趣，所以他们都把文字视为事物本身，否认传统意义上文字所蕴含的物体的象征意义。她写给舍伍德·安德森的一首诗便是生动的一例。

Very fine is my valentine.

Very fine and mine.

Very mine is my valentine very mine

and very fine.

Very fine is my valentine and mine,

very fine very mine and mine

is my valentine③

非常美好是我的情人。/非常美好并且完全属于我。/完全属于我的是

---

① 格特鲁德·斯泰因：《艾丽斯自传》，张禹九译，北京：作家出版社，1997年，第165页。

② Gertrude Stein, Lectures in America. New York：Random House，1935，p.77.

③ Gertrude Stein, Gertrude Stein：Writings 1932-1946. New York：The Library of America，1998，p.332.

我的情人完全属于我非常美好。/非常美好是我的情人而且完全属于我，非常美好完全属于我而且属于我的是我的情人。

这首诗描写了斯泰因与安德森之间的一种比较亲密的关系，大意是"我的情人非常好，非常好的情人是我的"这样的意思。这段几乎不可翻译的诗句相当典型地反映了音韵在斯泰因创作中的重要位置，短短的几行诗全部由头韵和尾韵构成，使诗句朗朗上口，富有音乐感。更为重要的是，作者巧妙地利用valentine、fine和mine三个词的重复使用，每一句都形成一个独立的面，而整体上对两人亲密关系的描述在一种平面上进行，强调了这首诗的另一层意思：我的礼物非常好，非常好的礼物是我的。对于这首诗，有人认为斯泰因过于追求改革语言形式而忽略了作品的思想内容，而这正是作家的用意所在，像立体派绘画通过色彩造型一样，斯泰因运用语言来造型，虽然这在很大程度上限制了读者的解读能力。

斯泰因认为塞尚的画作是革命性的。她说她要打破19世纪的体系与结构，摆脱陈旧的观画与评画的习惯，认为塞尚的画不需要什么中心来作为一种构图原则。在她看来，写作就是绘画：

> 塞尚使我对写作有了一种新的感受。有关写作的这种想法使我着迷……这不仅是人物的现实性问题而且是写作的现实性问题，而写作的现实性问题是重要的。直到我取得进展才想到它是一种现实，但我主要是得益于塞尚。①

塞尚使斯泰因深刻地认识到，画家与形式的斗争是她文学创新的核心所在。康定斯基所从事的不外乎探索物体的力的形式，然后描绘这个力而非物体。我们看到，康定斯基以颜料和画版进行的尝试正是爱因斯坦以后的物理学的主要发展倾向。当康定斯基领悟到捕捉力的意义就等于捕捉内在生命或精神时，他的风格本身就体现了这种探索。以下是《地理》（Geography）中的片段：

① Robert Hass ed., A Transatlantic Interview 1946. Los Angeles, CA, 1971, p.16.

Is it very apt to be explained. / I know how to wait. This is a joke. It is a pun. / Feasibly. A market as market to market. / In standing in plenty of ways，attending to it in plenty of ways，as opera glasses in plenty of ways as raining and in plenty of ways，hard as a pear run in the way，ran in this way. Ran away. I know the exact size and shape and surface and use and distance. To place it with them.[①]

它很容易解释。/我知道如何等待。这是个玩笑。这是个双关语。/可行。市场就是以市场对市场。/以多种方式站立，以多种方式参与其中，就像下雨天以多种方式戴上的歌剧眼镜一样，就像以多种方式梨在奔跑一样艰难。跑了。我知道确切的大小和形状和表面以及使用和距离。与他们放置它。

以上段落中看不出表达了怎样的意思，字和词的意义已不是作家追寻的目标，通过它们要描绘什么样的图景也显得无足轻重，斯泰因好像乐忠于字词的拼贴与拆解，最终探究到词的内部结构。文中 ran 和 rain 交替出现，两词因为读音相似，给人一种谐音的感觉。其实作家只是在玩一种文字的游戏而已，按她自己的说法，纯粹是在开读者的玩笑（a joke），或是一语双关（a pun），从而形成一种节奏和形式，让读者从朗朗上口的阅读中体验到节奏和形式的美感，并得到快乐。

如威廉·卡洛斯·威廉所言，经过斯泰因"重新安排的每个句子都具有其自身的特质。……她将写作置于一个平面上，写作在此平面上可以不受阻挠地处理自己的事，完全没有科学、哲学的负担"[②]。

下面一段是斯泰因为朋友维奇坦写的第二幅文字肖像：

If it and as if it，if it or as if it，if it is as if it，and it is as if it and as if

---

① Gertrude Stein, Gertrude Stein：Writings 1903-1932. New York：The Library of America，1998，p.512.

② 卡尔·凡·维奇坦：《一首斯泰因歌》，见《格特鲁德·斯泰因作品选》，纽约，1972年，第X、XI页。

it. Or as if it. More as if it. As more. As more as if it. And if it. And for and if it. / Tied and untied and that is all there is about it. And as tied and as beside, and as beside and tied. Tied and untied and beside and as beside and as untied and as tied and as untied and as beside. As beside as by and as beside.①

如果是和如果是，如果是或者如果是，如果是和如果是，如果是和如果是。或者好像是。更像是。随着它越来越多。如果它。如果是那就为之。/束缚和解脱，这就是它的全部。像被束缚在旁边，又像束缚在旁边。束缚解脱在旁边在旁边，解脱束缚解脱在旁边。在旁边在旁边在旁边。

在斯泰因为维奇坦写的第一幅肖像中，作家还保留了他本人的外貌、穿着打扮等特征，而在第二幅肖像中，她根本没对维奇坦的外在甚至内在特征做任何的描述，仅是通过极其模糊的字词，留下纯粹的声音和旋律。可见，第二幅维奇坦肖像画中，作者表面上好像是在游戏文字，比如注重语词的节奏及其变化，而通过这样的手段反而活化出维奇坦心理、情绪和情感等方面的细微改变，是真正地深入到被描画者的内心深处，从而在整体上把握作家对所描绘对象的直觉和感知，一种斯泰因在认识维奇坦多年以后对他形成的总体把握和感觉。正如斯泰因本人所说的那样："这就是卡尔·凡·维奇坦的肖像。他时而这样，时而那样，时而极其真实，时而又不真实，时而十分活泼，时而又不活泼。"②

第二节　文学与绘画关系中的"拆解与拼装"

文艺评论家和艺术家认为，在前辈艺术家中，塞尚的思维流变不但对毕加索起到了至关重要作用，而且一直与毕加索的思想密切相连。正如毕

---

① Gertrude Stein, Gertrude Stein: Writings 1903-1932. New York: The Library of America, 1998, p.504.

② Edward Burns ed., The Letters of Gertrude Stein and Carl Van Vechten: 1913-1934. New York: Columbia University Press, 1986, p.431.

加索对布劳绍伊（Brassi）说的那样："塞尚是我心目中唯一的大师。我们所有的人都这样认为。他就像我们的父亲，始终保佑着我们。"①他从塞尚的画作中得到了一种深刻的启迪："重要的不是艺术家的所为（does），而是所是（is）……令我们感兴趣的是塞尚的焦虑——这就是塞尚给我们的教训，以及梵·高的折磨。"②

除毕加索外，其他现代派画家如布拉克、格里斯等也深受塞尚画风的直接影响。斯泰因与他们都有很好的私交，一道参与了那场轰轰烈烈的现代主义运动。第一次世界大战即1914年前夕，这些先锋派画家接受了塞尚有关运用几何形体塑造自然的理念，认为应将把握事物的内在结构作为绘画的第一要义。他们将塞尚的"绘画乃创造一种与自然秩序相平行的艺术秩序"的实践往前又进了一步：作画时，通过对所描绘对象的立体把握，其中包括肉眼看不到的体和面，在心里形成一个被表现的物象也即结构；然后将这一个个体和面置于同一平面即画布上，观者就此可对它们随意地加以组合，以形成自身的观感和形象。1908年，回到巴黎后毕加索创作了给人深刻印象的《静物与骷髅》，并开始创作完整系列的几何形状的静物画，他在拉布瓦和后来在埃布罗河奥尔塔的风景画同样也受到塞尚的影响。这样，在以毕加索为代表的立体主义画家看来，"内在结构才是至关重要的，它是立体主义的最为典型和最有力的表征。至于外观，倒显得可有可无了"。③就像斯泰因在《论毕加索》中谈到丹尼尔·亨利·康维勒（Daniel Henry Kahnweiler）肖像时所描绘的那样：脸庞、头颅和身体逐步形成了毕加索心中的组合。各个部位可以被单独观看，且单独存在，而同时又都出现在画面里。④毕加索说过"上帝没有风格"，展示个人取向才是真实的毕加索：

---

① Brassi, Picasso and Co.. Trans. Francis Price. Garden City, NY, 1996, p.52.

② 赫谢尔·B.奇普：《艺术家通信——塞尚、梵·高、高更通信录》，吕澎译，北京：中国人民大学出版社，2003年，第272页。

③ 弗莱德里克·R.卡尔：《现代与现代主义：艺术家的主权1885—1925》，陈永国、傅景川译，长春：吉林教育出版社，1995年，第491页。

④ 格特鲁德·斯泰因：《论毕加索》，王咪译，南京：东南大学出版社，2016年，第59页。

    1910至1912年，毕加索和布拉克通过创作几乎相同的画作和不在作品上签名的途径去尝试建立一种具有革命性影响力的集体风格。在第一次世界大战结束后的年代里，毕加索完全改变了他批判性接受的条件。他没有把自己看作是一个革命性的先锋运动的一半，相反是以一个多重人格的孤独的艺术家面貌出现在人们面前。这是文艺复兴式的形单影只、变幻无常和无法抗拒的天才，在20世纪20年代，毕加索成为现代米开朗琪罗。①

与其他任何现代艺术家不同，毕加索的一生是文学的人生。实际上，特别是激动人心的早期阶段，毕加索与诗人和作家令许多人羡慕的友情无人能比。除了"洗衣船"的诗人外，伴随毕加索的还有布莱兹·桑德拉尔、勒内·夏尔、安德烈·布勒东以及斯泰因。即便是同时代唯一能与毕加索齐名的亨利·马蒂斯在这一点上也无法与毕加索相比。布鲁姆斯伯里团体是一个画家和作家的组合，但即便是弗吉尼亚·伍尔夫也不是这个派别的核心人物，因为这个派别的艺术家们有着各自的发展轨迹。毕加索本人不只是喜爱马拉美的诗歌，他还喜欢其他诗人比如兰波的作品。在巴黎，毕加索一点也不孤单，和作家、思想家们的密切交往是他日常生活必不可少的一部分，而且他也时常将从交往中获取的灵感表达在自身的绘画创作中。其中一些人来去匆匆，但总有一些人永远伴随着毕加索。总而言之，毕加索不是在演出人生的独角戏，他的精通文字的朋友伴随着他的努力，"不让自己慢下来，全神贯注"②。正如斯泰因所描述的那样：

    他生活在巴黎。他在巴黎的朋友都是作家而不是画家，当他能创作出他所希望的画作时，为什么要画家做朋友呢？像每个人一样，他

---

    ① Kenneth E. Silver, Esprit de Corps: The Art of the Parisian Avant-Garde and the First World War, 1914-1925. Princeton, NJ, 1989, pp.314-316.

    ② Gertrude Stein, Picasso. New York, 1984, p.90.

需要想法，但不是有关绘画的想法，他必须认识对想法感兴趣的人，因为他一出生就知道如何绘画。①

斯泰因与毕加索的关系是她一生中最有意义的创造性关系，她曾声明，毕加索所画的她的《格特鲁德·斯泰因画像》是立体派的起源，而她自己的短篇小说《梅兰克莎》是第一部现代短篇小说。她在《论毕加索》中写道："对我来说，这是我唯一一幅永远呈现自我的画像。"②毫无疑问，在画这幅肖像的时候，特别是处理脸部时，毕加索摆脱了摹拟手法和抽象概念，着重于强度，第一次创作出奇特的假面具式的脸孔。毕加索知道，是这张并不十分像斯泰因的脸帮助他征服了不可言喻的画布，其解决问题的方法使他过渡到了立体主义。也许，与斯泰因的交谈也帮助他澄清了观念，无论如何她的形象肯定给了他灵感。1906年到1907年是现代派在世界文化艺术上最重要的时期，毕加索正在创作《亚威农少女》（见下图）。吉勒特·伯吉斯（Gelett Burgess）记得他被带到画室后所看到的情景，"画中的女人，就像阿拉斯加图腾柱上的人物，立体、巨大而怪异，色彩惨不忍睹。整个画面令人恐惧、震惊！"③站在毕加索的这幅新作面前，布拉克被震撼了，从这时起，他也投身于这场要让现代艺术根本转向的立体主义运动，开始了他在立体主义世界里与毕加索争奇斗艳的艺术生涯。

当这幅画最初挂在毕加索画室的时候，标题是《哲学的妓院》，后来又有许多名称，例如《亚威农妓院》等。毕加索说："我的人物是想象的人物。"④但毕竟他曾把这幅画叫"我的妓院"，"亚威农"的双重含义始终伴随着这幅画。事实上，"亚威农"在毕加索的生命与死亡中扮演着主要角色。这幅画不同的蜕变过程不但使作者痴迷，而且让后来的艺术历史学家和评论家也痴迷于其中。在创作过程中，毕加索成了一个隐士，身体蜷缩

① Ibid.，p.5.

② 格特鲁德·斯泰因：《论毕加索》，王咪译，南京：东南大学出版社，2016年，第8页。

③ Brenda Wineapple，Sister Brother：Gertrude and Leo Stein. New York，1996，p.273.

④ John Richardson，A Life of Picasso，vol.Ⅱ. London，1996，p.19.

在大衣里，沉迷于其中，素描薄上酝酿期的草图也证明他从1906年就开始了这幅画的构思。回顾过去，如果真需要一个术语的话，《亚威农少女》曾被称为"原立体主义"。毕加索一直否认非洲雕塑和利比里亚传统绘画技法对这幅画的影响，但是在最终完成的画面右侧两个人物的面部造型都清晰地反映出这种影响。正是由于这种影响，毕加索创作了所谓的"非洲"画：《帷幔裸体》和《举起手臂的裸体》。无疑，毕加索的立体主义绘画也被认为明显具备西班牙特性，特别是西班牙静物画传统：

> 西班牙最神圣的三位一体大师埃尔·格列柯、委拉斯开兹和戈雅始终萦绕着毕加索的人物创作，无论是他对待加泰罗尼亚好友卡莱斯·卡萨吉玛斯自杀还是巴塞罗那红灯区妓院的幻觉，也不论是描绘巴斯克首府大轰炸的《格尔尼卡》还是纳粹集中营中的尸体照片。①

毕加索《亚威农少女》
1907年，布面油画（243.9cm×233.7cm）
纽约现代艺术博物馆藏

当然，《亚威农少女》也根植于以塞尚的《沐浴者》为代表的传统中。安德烈·萨尔蒙在1920年说，《亚威农少女》如同"永远发光炙热的火山

---

① Jonathan Brown, ed., Picasso and the Spanish Tradition. New Haven, CT, 1996, p.62.

口，当代艺术之火从这里喷发出来"。①罗兰·彭罗斯（Roland Penrose）则认为："从哪种角度都可以很好地看到这五位妓女，由此颠覆了绘画中的透视体系，它可是自文艺复兴以来就一直绝对地占有主导地位。不同于马奈的画作《奥林匹亚》中只有一个人在凝视，我们现在直面五双眼睛。"②里奥·斯坦伯格（Leo Steinberg）在《亚威农少女》的研究论文《科学的妓院》中称这幅画是"在文明社会之中野蛮的完美画面，也给我们留下了尚待澄清的歧义：一种风格上、文化上和感情上的矛盾心理"。③布拉克在阿波利奈尔带他看了这幅画后对毕加索说："从你的画中似乎看出你想让我们吃掉一艘拖船或是喝煤油。"④理查森引用波德莱尔的话说："恐怖的咒语只能使强大的人沉醉。"⑤并认为，毕加索不得不显示他的完成了革命性的尝试。事实上，他所认为的难以完成的杰作并不是没有完全完成。也正因为这样，这幅杰作具有了不朽和无限的魅力。而促成这幅画销售成功的安德烈·布勒东写道：

> 唯一确定的是《亚威农少女》，因为通过它人们实实在在地置身于毕加索的实验室，也因为它是一连串戏剧性事件的焦点和所有冲突的中心从而给予毕加索新生并使其永恒，我对此深信不疑。对我来说这是一幅超出绘画本身的作品，这是过去五十年中发生了一切的剧场，这是一道分水岭，在此之前走过的有兰波（Rimbaud）、雷阿蒙（Lautreamont）、雅里（Jarry）、阿波利奈尔和所有我们仍然爱戴的人。如果它消失了，我们最大的奥秘也将随之而去。⑥

① Marilyn McCully, ed., A Picasso Anthology: Documents, Criticism, Reminiscences. Princeton, NJ, 1982, p.140.

② Roland Penrose, Picasso. London, 1971, p.60.

③ Christopher Green, Les Desmoiselles d'Avignon. Cambridge, 2001, p.11.

④ Jack Flame, Matisse/Picasso: The Story of their Rivalry and Friendship. New York, 2003, p.46.

⑤ John Richardson, A Life of Picasso, vol.II. London, 1996, p.9.

⑥ Mark Polizzotti, Revolution of the Mind: The Life of Andre Breton. New York, 1995, p.15; Michael Fitzgerald, Making Modernism. New York, 1995, p.145.

《亚威农少女》给了毕加索的同时代人一个信号,当代艺术正在发生重大的、纷扰的转变。斯泰因说:"毕加索同布拉克的亲密关系正在逐渐降温,他多次置其立体主义合作者于不顾可能刚好助长了他路线的转变。"①这幅画后来被公认为是第一幅立体主义绘画的作品,斯泰因获得了它的习作。她立即领悟到立体主义所开创的表现和描绘手法也可以运用到文学中;她自己在文学创作中也不再着意于反映现实生活,对随处撷取的艺术家意识的欣赏成了她的主要兴趣。斯泰因坚信她比任何人都理解毕加索的作品,对此她有很多记叙。她的一些想法以笔记的形式记录下来,例如下面的这段笔记。笔记一开始,她就把自己的作品与她那个时代两个最伟大画家的创作混为一谈,放在一个令人发笑的聚合点上:

> 马蒂斯、毕加索和我不是靠我们的智慧和性格来做事情,我们有足够的智慧和性格来应对我们的工作。我们工作的主动性来自我们那种不可控制和创造的动力。……/毕加索的直觉很正确。他不愿意放慢速度,而是集中自己的注意力。……/毕加索和马蒂斯有一种属于天才的雄性特征。或许我也如此。②

斯泰因的短篇小说《做一个妻子有一头母牛:一个爱情故事》(1926)有这样一段描述:Has made, as it has made as it has made, has made has to be as a wife has a cow, a love story.③ 已经做了,因为已经做了因为已经做了,已经做了不得不做一个妻子有一头母牛,一个爱情故事。仅标题就很令人费解了,"做一个妻子有一头母牛:一个爱情故事"是什么意思呢?好像无从解读。再具体地来看这段话,从句逗来看,显然这是一句话,但又构不成一个完整的意思。笔者试译如下:已经做了,因为已经做了因为已经做了,已经做了不得不做一个妻子有一头母牛,一个爱情故事。从语法上

---

① Gertrude Stein, The Autobiography of Alice B. Toklas. New York, 1990, p.141.

② Gertrude Stein, Picasso. New York: Dover Publications, 1984, pp.14-97.

③ Gertrude Stein, Gertrude Stein: Writings 1903-1932. New York: The Library of America, 1998, p.381.

来看，as 无疑作连词用，可译为"因为"或"既然"，as a wife 中的 as 则显然是"作为"或"做"的意思。无论如何理解，这句话都缺主语，语法上根本不通；而 a love story 与前面的表述无论从语法还是意义上都构不成任何的逻辑关系，整个句子让人百思不得其解。其实作家是在运用立体派绘画中的拆解和拼装手法进行语言的造型，至于在意义或者语法上是否讲得通根本不是她在意和考虑的范畴。

毕加索等立体派画家的画作力求打破原本属于一个整体的表面，然后重新组合这些破碎的元素，把诸如女人的乳房或者男人的脸之类的曲面物体改变成某种几何形状，最后这个形状什么也不像，既不像乳房也不像脸。总之，立体主义者故意歪曲客观事物，让观众自己动脑筋把碎片拼装成一个可以辨认的实际形状。美似乎远非立体主义者的意图，但是他们的某些作品，例如布拉克的早期作品《埃斯塔克的房子》（1908），都给观众带来了极大的审美快感。"所有的现代主义绘画都从立体主义画家赋予作品主题的支离破碎中受益匪浅，毕加索比任何一个现代主义者都更强有力地维护了画家至高无上的权威"。①

而在《一部长而快乐的书》中，斯泰因改变词性，用句法、韵律及页面上单词的形式变戏法。语意裂成碎片，再重新搅和在一起，又再次破碎。"音调。音调改变干草，改变嗨日子。音调改变一个最不机灵的苹果，机灵山，全部山，一张屏风桌，沙发，索菲亚。"②斯泰因一语双关，用半音韵、同音或同形异义词，有时是半同音或者半同形的词，从意义清晰的文字不断地向随着意识活动产生的异域推进，极富想象力地挑战文字的意义，从精确无误进入开放随想。请看以下段落：

A lake particular salad.

Wet cress has points in a plant when new sand is a particular.

---

① 彼得·盖伊：《现代主义——从波德莱尔到贝克特之后》，骆守怡、杜冬译，南京：译林出版社，2017年，第100页。

② Gertrude Stein，Matisse Picasso and Gertrude Stein with Two Shorter Stories. Paris，1933，p.115.

Frank, Frank quay.

Set of keys was, was.

Lead kind in soap, lead kind in soap sew up. Lead kind in so up.

Lead kind in so up.

Leaves a mass, so mean. No shows. Leaves a mass cool will.

Leaves a mass puddle.

Etching. Etching a chief, none plush.[①]

湖特别的色拉。/湿润的顶端在植物里冒尖当新沙子是特别的。/弗兰克，弗兰克码头。/一串钥匙曾经是，曾经是。/领着仁慈在肥皂里，领着仁慈在肥皂里缝起来。/领着仁慈在那么高。/领着仁慈在那么高。/树叶一堆，真小气。没看头。树叶一堆意志冷静。/树叶一堆水洼。/蚀刻。蚀刻一个酋长，无奢华。

斯泰因和毕加索的友谊持续了四十多年。她不仅钦佩他的作品，而且热心地谈论他的作品；据她自己说，他的画作对她的文风产生过影响："当时只有我一个人理解他，也许是因为我正试图在文学上表现同样的东西，也许因为我是一个美国人，正如我所说的，西班牙人和美国人对于事物往往有着同样的认知。"[②]

试看以下例子，是否能琢磨出毕加索对斯泰因的文风产生了怎样的影响：I saw representative mistakes and glass cups, I saw a whole appearance of respectable refugees, I did not ask actors I asked pearls, I did not choose to ask trains, I was satisfied with celebrated ransoms.[③] 我看见了有代表性的错误和玻璃杯，我看见了可敬的难民们整个的面貌，我不去问演员去问珍珠，我不想去问火车，我对于有名的赎金感到满意。句中所描绘的全是具体的人或物，但若要企图找出作家描写了怎样的人或物，或这些人和物之间形成了

---

① Gertrude Stein, Matisse Picasso and Gertrude Stein with Two Shorter Stories. Paris, 1933, p.116.

② 格特鲁德·斯泰因：《论毕加索》，王咪译，南京：东南大学出版社，2016年，第43页。

③ Gertrude Stein, Gertrude Stein: Writings 1903–1932. New York: The Library of America, 1998, p.40.

怎样的一种关系，那只能是枉费心机，这根本不是斯泰因写作目的之所在。换句话说，斯泰因写作的主要目标并不是对所选人和物进行精确的描述，而是通过文字拼贴来建构作家自身对人和物的视觉和节奏体验，就像毕加索的《康维勒肖像》那样。可以看出，句中的人或物实际上已被拆解，并依据二维平面得以重构，这样的拆解和拼装已在极大的程度上破坏了传统句式中的连贯性和逻辑关系。

概而论之，毕加索和布拉克的早期立体主义实践，强调他们作品画面组成中的笔触、线条和平面，也就是说强调一种孤立的因素。立体主义的下一个阶段的作品则逐步发展为有了更多的整体感，对整体感的强调成了主旋律，这就是综合立体主义阶段，其主要方法是拼贴。毕加索确实陶醉于立体主义拼贴画这段创作时期，他喜欢用锌、锡和贴纸制作拼贴画。斯泰因确认"毕加索喜欢这些纸张。事实上在这时，任何事情都能让他高兴，每件事都生机勃勃，充满着极大的快乐"。①毕加索也开始在他的绘画中装饰性地使用俄语字母，他还使用书法技术绘制了一张名为"Deux Femmes Calligraphiees"的图片，并为此感到很是高兴。"在东方，书法和绘画与雕塑艺术一直非常相关，"斯泰因则说："在中国，文字本身就是这样的一种东西……对于西班牙人毕加索来说，写作艺术，也就是说书法，是一种艺术。"②

《软纽扣》中的"桌子"（A table）是这样被描述的：

A table means does it not my dear it means a whole steadiness. Is it likely that a change. A table means more than a glass even a looking glass is tall. A table means necessary places and a revision a revision a revision of a little thing it means it does mean that there has been a stand，a stand where it did shake.③

---

① 格特鲁德·斯泰因：《论毕加索》，王咪译，南京：东南大学出版社，2016年，第36页。

② Gertrude Stein，Picasso. New York：Dover Publications，1984，pp.33−34.

③ Stein，Tender Buttons，from Gertrude Stein：Writings 1903−1932. New York：The Library of America，1998，p.324.

一张桌子意味着它不是吗，亲爱的它意味着整个稳定。有可能改变吗？桌子比玻璃杯更有意义，甚至镜子也是高的。桌子的意思是必要的地方，一个修订，一个修订，一个小事情的修订，它的意思是它确实意味着有一个立场，一个立场，它确实动摇了。

诗人对一张桌子的上下和内外特征全部描绘了一番，拼贴的技巧无处不在，只不过其手段换成了文字。它无疑是一幅立体主义的文字绘画，同时也真实地表现了诗人在某一瞬间的思维特征。

就像斯泰因在《论毕加索》一书中所说的那样，"生活不再需要一个框架，就像一幅画不再需要被框起来一样。画被装裱在画框内曾经是一种惯例，而现在的画正在挣脱它们的框架，这也是立体主义产生的一个需要"，①而这也和斯泰因所秉持的现代文学语言应具有的特点相吻合。

第三节 文学创作：一种"形式"的实验

一般认为，只强调形式或内容的一个方面而不考虑另一个方面，必将导致歪曲和无益的后果。因而，"形式主义"常常被限定为只强调纯粹的形式，本身没有任何内容，通常是作为一个贬义词来使用的。但是，如果我们谈到文学史中的某些时刻，例如福楼拜的时刻，其作品形式生产的真正目的却是消除内容。福楼拜一扫19世纪文学中的浪漫迷雾，以"客观"风格树立现代小说的范式，"福楼拜之后的小说"也就成为现代小说的代名词。福楼拜1852年在写给路易丝·科莱特（Louise Colet）的信中说："我觉得美的东西，或者我喜欢写的东西，是一本没有内容的书，一本不依赖任何外部东西的书，它会通过风格的内在力量独立支撑起来，就像地球，虽没有支撑物，却能悬在空中；一本几乎没有任何主题的书，至少在书里主题几乎是看不见的，假如这样的事情是可能的话。最好的著作是那

---

① 格特鲁德·斯泰因：《论毕加索》，王咪译，南京：东南大学出版社，2016年，第36页。

些包含东西最少的著作。"①纳博科夫称：福楼拜的小说靠的是艺术风格的内在力量，靠的是各种艺术形式和手法，包括从一个主题过渡到另一个主题的"多声部配合法"、预示法和呼应法。他运用这些手法，将零星的部件结合成一个和谐的整体。②

　　考虑到福楼拜作品中的诸多现代性书写，这里他所说的"风格"更多地倾向于一种形式上的写作。比如《包法利夫人》的虚构，包括了小说里的喻说链、人物、事件、人与事的关联、叙述的顺序以及心理描写，等等之一切，都是经福楼拜想象而创造的。这本小说因形式的完美著称于世，足见福楼拜虚构的功力。而索绪尔提出的系统的观念，"暗示了在这个新的、无形的、非物质的世界中，内容就是形式；你只能看到你的模式允许你看到的东西；方法论上的出发点不只是简单地指出了研究对象，而实际上是创造了对象。"③瓦尔特·佩特（Walter Pater）的美学批评概念抛弃了种种偏见，渐渐地认识到形式分析在艺术中的重要性，从而认为"形式主义的方法乃是一种在技术上革新的方法"。④塞尚确实曾仰慕过福楼拜，他在现在保留下来的信中曾两次提到他，一次是1880年在给左拉的信中提到"福楼拜去世的噩耗"，另一次是1896年他在给加斯凯的信中说"正在重读福楼拜"。莫奈、斯泰因、弗莱等都曾研究过塞尚与福楼拜之间的联系：莫奈是第一个将塞尚与福楼拜联系起来的人，他形容塞尚是"绘画中的福楼拜，有点笨拙，有点顽固，工作刻苦，有些时候犹豫不决，就像一个天才挣扎着自我确认"；斯泰因在1946年的一次访谈中回忆起她购得第一幅塞尚作品时，谈到了塞尚的形式与构图，并将他与福楼拜联系起来；而弗莱很可能出于将现代主义绘画与现代主义文学联系的企图，以扩大其战

① Gustave Flaubert. "Letter to Louise Colet, 16 January 1852", Correspondence II, Paris, 1980, p.31.

② 纳博科夫：《文学讲稿》，申慧辉等译，北京：生活·读书·新知三联书店，1991年，第208页。

③ 弗雷德里克·詹姆逊：《语言的牢笼/马克思主义与形式》，钱佼汝、李自修译，南昌：百花洲文艺出版社，1995年，第12页。

④ Solomon R. Fishman, The Interpretation of Art: Essays on the Art Criticism of John Ruskin, Walter Pater, Clive Bell, Roger Fry and Herbert Read. Berkeley and Los Angeles: University of California Press, 1963, pp.46-50.

果，谈到了塞尚的"情感教育"与福楼拜一部小说的标题之间的联系。①

以上已有交代，塞尚的作品中要求有两个完全不同的"视点"，而且它们之间是不通约、不连续的；毕加索和布拉克的早期立体主义作品也强调组成画面的笔触、线条和平面，也就是说强调孤立的因素。然而立体主义的下一个阶段的作品则逐渐发展为更多的整体感，有了一个主旋律。因此夏皮罗指出，这个进化提高了所有的表现手段和技巧，也就是表现方式的精炼程度。②我们所理解的塞尚作品中这种结构上的特殊的不连续性和立体主义作品中的整体感，在文字或文学领域有其对应。在巴尔扎克、德莱塞、左拉或者狄更斯的作品中，我们都可以想象到这种场景。但是有一件事情你可以在福楼拜这里实现，而在刚才提到的其他"现实主义"小说家那里则不可能，那就是把你的阅读速度降低到能够看到全然不同的可理解性的地步。可以看出，不同于19世纪相对书面的英文，斯泰因、海明威、菲兹杰拉德和庞德都一致地将更生活化的语言引入到文学和诗歌作品中。这些由各不相同的短语堆砌而成的单个句子的可理解性，加之它们以这样一种断裂的方式拼在一起，就产生了一种意想不到的形式整体、一个完整的段落。正如音乐、绘画是可以理解的一样，词汇的这些细致而微的变化是可以理解的。

而斯泰因在语法的创新当中，内容大都服务于形式。斯泰因作为作家，20世纪早期伟大艺术家的朋友，波西米亚人，前卫思想家和女同性恋者而闻名于世；同时，她也是一位心理学家和科学家，一位文学巨匠和社会名流。其实最为重要的，她因其独特的形式文学的实验而闻名于世，她在开拓美国文学，尤其是语言形式的现代风格方面，功不可没。开创美国现代风格的小说家舍伍德·安德森说："斯泰因把一个一个字叠上去，一个一个声音连起来，体味每个字的味道、香气和韵律。"③她是想为我们的英语

---

① 罗杰·弗莱:《塞尚及其画风的发展》,沈语冰译,南宁:广西美术出版社,2016年,第191页。

② Meyer Schapiro, The Unity of Picasso's Art. New York, 2000, p.23.

③ 参见格特鲁德·斯泰因《论毕加索》一书中的"译者序",王咪译,南京:东南大学出版社,2016年,第3页。

作出奉献，这种奉献要过一段时间才能被人所理解，可她不着急。这就是我们要达到的"艺术领域的伸延"。可以这样说，斯泰因可能是20世纪最重要的形式实验作家，这首先要得益于她在哈佛时学会的"无意识写作"。

斯泰因曾主修心理学，在威廉·詹姆斯主导下的哈佛心理实验室开始她的学术生涯。导师詹姆斯的有关"意识流"的见解对斯泰因后来的创作有相当的裨益；同时，斯泰因接受了成为心理学家和动物学家的相关培训，这对她所有后来的文学实验是至关重要的，她性格养成的科学偏好对她的文学作品有直接的影响。"无意识写作"是斯泰因探讨"写作如何写成"的最初尝试，她和合作伙伴所罗门斯（Solomons）曾这样描述他们的"无意识写作"：句子之间表现出一定的语法关系，单词和短语很好地结合在了一起，但彼此间没有多少思想的联系。进而，斯泰因的"无意识写作"表现为一种新的激进观点，即将写作视为一种人工产品，而不是一个过程；词语仅是词语，它们之间无须相互联系，写作只是一种纯粹的行为。[1]斯泰因对"无意识写作"的关注始于1896年，而且她作为詹姆斯和雨果·缪斯特伯格（Hugo Münsterberg）的学生，和所罗门斯一起在学术前沿杂志《哈佛心理学评论》（Psychological Review）上发表了一篇名为《正常的原动无意识行为》的论文，认为人可以通过自身行为注意力的转移来达到某种游离状态，所以歇斯底里是"一种注意力方面的疾病"。

此段在哈佛的生活和学术经历在《艾丽斯自传》中通过艾丽斯之口做了以下描述：

> 她是有哈佛男生和拉德克利夫女生的一组的成员，大家相处很是亲切也很有意思。其中有个搞哲学和数学的年轻人进行心理学方面的研究，对她的生活确有影响。她和他同在蒙斯特伯格的指导下进行一系列无意识写作方面的实验。她写出了自己的实验结果，并在《哈佛心理学评论》上刊载，成了她的第一篇文章。读此文颇发人思考，因

---

① Tim Armstrong, Modernism, Technology and the Body: A Cultural Study. Cambridge: Cambridge University Press, 1998, p.199.

为日后发展为《三个女人》和《美国人的成长》中的那种写作方法在此文中已见端倪。①

《美国人的形成》完成于1911年，这意味着它的写作远早于乔伊斯的《都柏林人》、伍尔芙的《远航》和艾略特的《普鲁弗洛克的情歌》，也比这几位作家的现代主义里程碑作品《尤利西斯》《雅各的房间》和《荒原》早了十多年，尽管它晚于它们三年才出版。

《美国人的形成》是斯泰因整个写作生涯的一个转折点，使她获得了一个重要的认识：作家开始将自己的作品视为与感觉相脱钩的人工制品，随着时间的流逝，它将不再属于作者个人。这都与"无意识写作"的概念有着相当紧密的联系，也说明了写作是一种纯粹的行为。《美国人的形成》最初采用一种极其传统的现实主义小说中常用的叙述手法，但很快演变为对正在发生的写作过程的探索，最后成了"一桩既无开端也无结局的事件"。如小说的结尾一段所示：

Any one can begin again doing anything, any one can begin again not doing something. Any one can go on not doing something. Any one can begin not doing something. Any one can have heard everything. Any one can hear everything. Any one can not like anything. Any one can know anything. Any one can go on hearing everything. Any one can go on having been hearing everything. Any one can hear anything. Any one can hear everything.②

任何人都可以重新开始做任何事，任何人都可以重新开始不做任何事。任何人都可以继续不做某事。任何人都可以开始不做某事。任何人都可能听到一切。任何人都能听到一切。任何人都不会喜欢任何东西。任何人都可以知道任何事情。任何人都可以继续听下去一切。任何人都可能已继续

---

① 格特鲁德·斯泰因：《艾丽斯自传》，张禹九译，北京：作家出版社，1997年，第113—114页。

② Gertrude Stein, Gertrude Stein: Writings 1903–1932. New York: The Library of America, 1998, p.925.

听下去一切。任何人都能听见。任何人都能听到一切。

这是一种既无进展，也体会不到任何顿悟的写作形式，作者只是陷入在一次又一次没完没了的开始中。在此过程中，重要的好像不是语言的内容，而仅是一个机械过程，一种引发催眠的声音背景。于是，这种写作风格体现为仅是指出了它自身不断变化的重复过程的节奏，一种实验性的形式写作，它以深刻的方式回应了1896年前后所做的心理学实验。斯泰因和所罗门斯认为，通常被称为带有智能特征的大量行为如阅读，写作等，可以在普通人身上自动进行。可以说，《美国人的形成》正是带有这样的特点。如同索绪尔，斯泰因当时也已意识到语言符号的随机性，即作为能指的词语的意义的游移会为它们相互之间带来新的关系。

文字肖像画《苏希·阿萨多》（Susie Asado）是较为有名的在形式上对传统诗歌进行变革的一首诗。1912年夏季斯泰因与艾丽斯一起到西班牙旅行，在西班牙最具代表性的民族舞蹈弗拉明戈舞（flemenco）的感染之下，斯泰因为舞蹈家苏希绘就了她的文字画。诗的全文只有20行，斯泰因把对苏希的描写同那次愉快的茶会联系到一起，其上半段是这样的：

> Sweet sweet sweet sweet sweet tea.
>
> Susie Asado.
>
> Sweet sweet sweet sweet sweet tea.
>
> Susie Asado.
>
> Susie Asado which is a told tray sure.
>
> A lean on the shoe this means slips slips hers.
>
> When the ancient light grey is clean it is yellow, it is a silver seller.
>
> This is a please this is a please there are the saids to jelly.[1]

甜甜甜甜甜茶。/苏希·阿萨多。/甜甜甜甜甜茶。/苏希·阿萨多。/苏希·阿萨多当然是个被说起过的茶盘。/鞋上的瘦肉这意思是瘦子瘦子她

---

[1] Gertrude Stein, Gertrude Stein: Writings 1903–1932. New York: The Library of America, 1998, p.362.

的。/当擦净了那盏灰色老灯它是黄颜色，它是个银物件。/这是个请求这是个请求有许多果冻被提过。

在诗的第一、三句中，sweet在两行诗中各一连五次重复，首先明确和突出了在诗人的印象中，甜美是苏希的性格特征，就像甜茶（sweet tea）一样令人喜爱。经过一至四句的回旋反复，斯泰因进一步地说出苏希何止是甜蜜，简直就是个宝贝。文中的比喻牵涉到谐音的问题，tray sure其实是treasure的谐音。那么为什么斯泰因说苏希是个宝贝（treasure）呢？下面一行中通过slip的重复以及lean等单词，苏希娴熟、优雅的舞姿跃然纸上。接着，light和颜色词grey，yellow，silver等展示了舞台上的灯光变幻，而a silver seller又道出了苏希的身份与地位。诗的内容与茶会有关，最后一句诗通过please的重复，说明大家彼此客气地请求邻座为自己传递果冻，从而描绘了茶会的热闹场景。通过重复、谐音等文字手段，斯泰因把这首诗变成了语言上的西班牙弗拉明戈舞，对诗歌在形式上的实验与变革可见一斑。

斯泰因与所罗门斯所做的心理学工作以及詹姆斯对他们的影响并不是什么秘密，这在《艾丽斯自传》中也有类似的描述。斯泰因凭借她的心理学和神经学知识背景，成为一个关于写作和大脑运作关系的强有力的思想家和理论家，而且她的"实验性"形式写作——也许是20世纪的作家所产生的最具形式特点的实验性作品——是建立在对写作运作过程的方方面面的认识之上的。在仔细地研究了斯泰因科学事业与文学创作的关系后，史蒂芬·迈耶认为，斯泰因不仅将科学概念吸收到她的写作中，不仅以科学探索精神写作，也不仅将科学用作比喻，还将她的创作本身变成了一种形式的实验科学。[1]R.S.米勒也认为，斯泰因在哈佛的研究工作改变了她看待语言的方式，从而影响了她后来的写作，她的"无意识写作"实验有可能

---

① Steven Meyer, Irresistible Dictation: Gertrude Stein and the Correlations of Writing and Science. Stanford: Stanford UP, 2001, p.xvii.

为这种特殊的写作风格种下了种子，并融入后来的作品中。①

《软纽扣》中的一段文字写道："Any space is not quiet it is so likely to be shiny. Darkness very dark darkness is sectional. There is a way to see in onion and surely very surely rhubarb and a tomato, surely very surely there is that seeding. A little thing in is a little thing".②任何空间都不安静，因此很可能会变得闪亮。黑暗非常黑暗黑暗是分段的。有一种方法可以看到洋葱，当然可以肯定地有大黄和西红柿，当然也可以有种子。一件小事里是一件小事。比较一下1896年斯泰因和所罗门斯所实验的"无意识写作"中的一段文字："This long time when he did this best time, and he could thus have been bound, and in this long time, when he could be this to first use of this long time⋯".③这么长时间当他在这段最好的时间里，他本可以这样受约束，在这段长时间里，当他可以这样第一次利用这段长时间的时候⋯⋯可以看出，两段中的重复和不连贯特点有明显的相似之处。

斯泰因在哈佛的经历，包括她的"无意识写作"实验，使她成为一个给世界留下持久印象的人，她总是蔑视传统，并在文学的形式实验方面做得非常成功。《美国讲演录》中，她谈到："物体必须被剥夺其意义，并在一种当下和纯粹的形式中获得体验。"当被问及她对现代艺术的感受时，斯泰因以一种看似简单的方式回答说："我喜欢看它⋯⋯其他部分则很少让我感兴趣。"④从结构和方法论上看，斯泰因在哈佛所实验的无意识的形式写作与塞尚、毕加索所探索的现代派绘画是共通的。

1934年，埃德蒙·威尔逊写道，尽管"她的影响总是能在文学和艺术的源头上找到踪迹⋯⋯但是现代书籍的读者和现代绘画收藏家都没有认识

① Rosalind S.Miller, Gertrude Stein: Form and Intelligibility. New York: The Exposition Press, 1949, p.146.

② Stein, Tender Buttons, from Gertrude Stein: Writings 1903~1932. New York: The Library of America, 1998, p.321.

③ L.M. Solomons & Gertrude Stein. "Studies from the psychological laboratory of Harvard University. II. Normal motor automatism", Psychological Review 3, 1896, p.506.

④ Gertrude Stein, Lectures in America. New York: Random House, 1935, p.82.

到这些应该在多大程度上归功于她"。[1]斯泰因本人也可能意识到她的文学语言实验过于超前，不会被当时的人们所接受，所以早在《美国人的形成》中，她就用"我为自己和陌生人写作"这句格言为自己开解，这也从另一方面解释了自己写作的真实原因。时至今日，情况已发生了根本性的变化。

通过引入绘画中的手段和技法，斯泰因坚持不懈地向我们展示语言及其意义可以如何被消解；在自由使用语言的过程中，她颠覆了语言与世界的关系，并给读者带来独特的愉悦。在其四十余年的文学创作实验中，斯泰因始终以现代派绘画为导向，强调语言的抽象、非再现的形象观念，把重心放在语言的形式和结构等空间批评的范式上，费尽心机要用另一套语言来代替原先的、也比较清楚的那一套，正如斯坦纳所说的那样："那难以理解的表面是……因为句式、时间—地点的所知以及思考的明显断裂、字词的用韵与语义关系的脱节、连环的否定，以及时有所见而指意不明的委婉表达和用典等因素所造成的。"[2]毋庸置疑的是，斯泰因对文学语言与现代派绘画关系问题的思考与实践对20世纪西方文学的成形，产生过"先驱性"的影响，起到了极其重要的作用。就如同威廉·鲁宾就毕加索的《画室和石膏头像》（Studio with Plaster Head，1925）一画所做的评论："它是毕加索艺术生涯的分界线。它的基础仍是立体主义，但它在表达手法和色彩方面，以及最重要的它想象中的形象都趋向于超现实和表现主义的角度，在以后的20多年中他的艺术将日益呈现出这种角度。"[3]

---

① Edmund Wilson, The Shores of Light. New York, 1952, p.579.

② Wendy Steiner, Exact Resemblance to Exact Resemblance: The Literary Portraiture of Gertrude Stein. New Haven, Conn.: Yale University Press, 1978, p.101.

③ William Rubin, Picasso in the Collection of the Museum of Modern Art. New York, 1972, pp.120–122.

第五章 斯泰因对"斯泰因之后"
文学生态的影响

第一节 斯泰因的图像叙事与结构主义的内在同构性

  结构主义，英文为 structuralism，是发端于 20 世纪初的一种重要的当代西方哲学思潮。至 20 世纪 60 年代，结构主义和许多其他重要学科之间均已发展出一种密切的交互关系，甚至在很多领域处于一种引领的地位，至此也宣告了结构主义的真正到来。一般认为瑞士的著名语言学家索绪尔为"结构主义之父"。索绪尔的著名理论在他去世后由他的学生整理出来，并以《普通语言学教程》为名于 1916 年首次出版，对结构主义思潮产生了深远的影响。索绪尔在书中提出了一个革命性的范式转换，即不存在一种历时的语言学，语言总是共时的，只能把语言看作一个共时的系统，其内部的所有要素和规则对使用这种语言的人同时存在。语言是一种形式，不是一种实体，语言研究的不是词语与事物之间的联系，而是声音与思想之间的联系。因此，"语言符号连结的不是事物和名称，而是概念和音响形象"。[①]进一步地，索绪尔建议保留用符号这个词表示整体，用所指和能指分别代替概念和音响形象。

  除索绪尔之外，许多重要的哲学家和思想家都为结构主义的创建和发展做出了重要贡献，代表性的有维特根斯坦、列维-斯特劳斯、拉康、福

---

① 费尔迪南·德·索绪尔:《普通语言学教程》,高名凯译,北京:商务印书馆,1980年,第101页。

柯、让·皮亚杰、罗兰·巴特、乔姆斯基、德里达等。1921年，维特根斯坦发表了《逻辑哲学论》一书，他试图从逻辑上完美的语言的条件出发来界定哲学的范畴，蕴含一种原初的结构主义观点。1945年，列维–斯特劳斯的重要论著《语言学的结构分析与人类学》发表，第一次将索绪尔的结构语言学研究纳入自身的神话研究之中，其一系列研究主要集中于原始人类思维本质、古代神话和人类亲属关系，在运用结构主义理论研究人类学方面开创了先河。1968年，皮亚杰发表《结构主义》一书，这是他的"发生认识论"的一个组成部分，至此结构主义真正地迈进其巅峰时代。

上文已交代结构主义是一种哲学思潮或哲学学说，其实更为确切的理解，结构主义乃是一种方法论。众所周知，随着自然科学在20世纪的蓬勃发展，其科学化的、精确化的水平越来越高，那么人文社会科学的研究是否也能遵循一条科学发展的道路呢？结构主义应运而生。结构主义的要义是企图通过一种结构来探讨和表达被考察、被审视对象中的一种文化内涵或文化意义，而结构是指对象各要素之间的一种相互关系。用罗兰巴特的话说，"结构主义诗学或文学科学不会告诉我们某部作品必定具有什么样的意义，也不会提供或发现一种意义，但它会描述意义生产的逻辑。"[①]作为一种方法论，结构主义有两个最为显著的基本特征。

首先，结构主义强调一种整体性。它认为，任何一种事物均由部分和整体构成，它们共同组成一个网络。部分离不开整体，部分也只有放在整体中被考察才能被人理解，所以任何的部分都不能处于一种孤立的状态中。这样，整体性的原则就成为结构主义中的一种优先原则。如索绪尔就认为："语言既是一个系统，它的各项要素都有连带关系，而且其中每项要素的价值都只是因为有其他各项要素同时存在的结果。"[②]基于对索绪尔的理解，我们不应该将字词放在一种孤立的状态下去考察，而应置于一种

---

① 乔纳森·卡勒：《论解构结构主义之后的理论与批评》，陆扬译，北京：中国社会科学出版社，1998年，第32页。

② 费尔迪南·德·索绪尔：《普通语言学教程纪念版》，高名凯译，北京：商务印书馆，2017年，第155页。

特定的符号系统中整体地对待它们。列维-斯特劳斯以考察人类学为主，他认为我们置身于其中的日常社会生活同样也需要从整体性的角度去理解，否则便得不出任何的结论。社会生活极其复杂，其中有经济、政治、文化层面的，也有宗教、法律、伦理层面的，这诸多的因素便构成一个复杂的整体和网络，其中任何的单一层面只有放在整体中才能被解释和理解。至此可以看出，对整体性的考察才是结构主义的核心原则，这样做不是要忽略部分，没有部分当然不存在所谓的整体。整体性原则是在强调在考察任何对象时，首要的原则是要坚持从整体性出发，而不是相反从局部出发。

结构主义第二个最为显著的特征是强调共时性。索绪尔指出："共时'现象'和历时'现象'毫无共同之处：一个是同时要素间的关系，一个是一个要素在时间上代替了另一个要素，是一种事件。"[1]索绪尔认为，人们一直在研究语言的历时性，其实语言既是历史的，也是当下的，而人总是生活在现实和当下的情境里，所以我们还应该更多地研究语言的共时性。语言是即时的，也是鲜活的，我们当下的语言更多地表征为一种言语，而言语总是共存于一种语言的符号系统中。所以考察言语时，应将它们置于一个相互联系的网络系统中，并采用共时性的研究方法来诠释它们。索绪尔的语言共时性原则与他所秉持的语言整体性原则是一脉相承的，并将后者推向一种深入和发展。皮亚杰也指出："对于另一些人来说，如像在连续几代的语言学家中，结构主义主要地是要把加在孤立现象之上的历时性研究抛在脑后，用共时性的理论去找出语言的整体系统来；……"[2]

皮亚杰在《结构主义》一书中对作为一种方法论的结构主义做出了如下总结：第一是结构主义认为一个研究领域里要找出能够不向外面寻求解释说明的规律，能够建立起自己说明自己的结构来；第二是实际找出来的结构要能够形式化，作为公式而作演绎法的应用。结构主义有三个特性，

---

[1] 费尔迪南·德·索绪尔：《普通语言学教程纪念版》，高名凯译，北京：商务印书馆，2017年，第124页。

[2] 皮亚杰：《结构主义》，倪连生、王琳译，北京：商务印书馆，2009年，第1—2页。

即整体性、具有转换规律或法则、自身调整性。所以结构就是由具有整体性的若干转换规律组成的一个有自身调整性质的图式体系。①

至此已非常清晰的是，结构主义作为一种方法论确实存在它的独到之处，可被广泛地运用到很多领域。结构主义的主要功能是把被考察对象看作一个网络状的结构，并通过对其结构的深层分析和解释得出其中的文化意义。当然结构中所包罗的元素也是极其广泛的，如社会文化中存在的各种实践活动、各种文化现象，等等。这样的说法还是比较宏观，因为结构主义者审视的对象有时会非常地微观，比如，一个简单的游戏、一个细小的文学文本，甚至是晚餐中的仪式感等。比如上文提及的早期著名的结构主义实践者列维－斯特劳斯，作为一位人类学学者和民族志学家，他考察的对象有时看似非常的琐碎，比如宗族文化现象，食物准备仪式中的文化内涵，等等。与列维－斯特劳斯不同，学者罗兰·巴特和雅克·德里达也因结构主义的研究而被人津津乐道，但文学才是他们考察的重点，两者最终转变为结构主义的代表人物。目前，人类已迈入21世纪，在语言哲学、社会文化等领域，人们还是经常运用结构主义作为考察的一种常用的手段和方法。

作为一种方法论的结构主义始终秉持一种开放的态度，倾向于整合一切基于学科之间相互作用和互反性的科学研究。皮亚杰就认为："结构主义真的是一种方法而不是一种学说，……作为方法论，结构主义是开放性的，就是说，在这些接触交换过程中，也许它接受的没有它给与的那么多，因为结构主义是最新的产物，还充满着丰富的预见不到的东西，不过它要整合大量的资料，并且有种种新的问题要解决。"②

"现代绘画之父"塞尚1906年就已去世，当然不能说他参与创立了结构主义。但也不妨这样说，作为先知先觉的现代派绘画大师，塞尚用他的现代绘画预示着结构主义的即将到来，塞尚的绘画原则与结构主义所秉持的基本原则形成了一定程度上的契合。1905年塞尚在给伯纳尔的信中写

---

① 皮亚杰：《结构主义》，倪连生、王琳译，北京：商务印书馆，2009年，译者前言，第2—3页。

② 皮亚杰：《结构主义》，倪连生、王琳译，北京：商务印书馆，2009年，第123页。

道："摹仿自然作画不是去复制一个对象,而是去再现对它的感觉。"①如何再现对一个对象的感觉呢?塞尚取消了传统绘画技法中的描摹,不再刻意追求对对象的客观、细节描画,而是使用简化了的物象来组建画面的结构,从而"使自然感到永存不朽,他几乎是不自觉地为此目的而耕耘,使对象几何化;他说,自然可以分解为圆柱体、球体和锥体"。②根据里德的理解,塞尚是要把知觉和结构相融合,以提供解决问题之道,其意图"是要创造一种艺术秩序即'形式',一来以与自然秩序互为关照,二来是为了规整自己混乱的感觉。因为自然总是拥有一种秩序感,以及自身的生命和逻辑,渐渐地,艺术秩序也会与其相得益彰⋯⋯"③这里的秩序无疑指的是一种结构。

毕加索的一生都始终在和他的所画之物之间进行着一种斗争,他力求寻得新的方式来接近、观察和描画他的作品。除毕加索外,其他现代派画家如布拉克、格里斯等也深受塞尚画风的直接影响。斯泰因与他们都有很好的私交,一道参与了那场轰轰烈烈的现代主义运动。第一次世界大战即1914年前夕,这些先锋派画家接受了塞尚有关运用几何形体塑造自然的理念,认为应将把握事物的内在结构作为绘画的第一要义。他们将塞尚的"绘画乃创造一种与自然秩序相平行的艺术秩序"的实践往前又进了一步:"作画时,通过对所描绘对象的立体把握,其中包括肉眼看不到的体和面,在心里形成一个被表现的物象也即结构;然后将这一个个体和面置于同一平面即画布上,观者就此可对它们随意地加以组合,以形成自身的观感和形象。"④对立体主义画家如毕加索而言,"立体主义是一种内在秩序,这

---

① 赫谢尔·B.奇普:《艺术家通信——塞尚、梵·高、高更通信录》,吕澎译,北京:中国人民大学出版社,2003年版,第24页。

② 赫伯特·里德:《现代艺术哲学》,朱伯雄、曹剑译,天津:百花文艺出版社,1999年,第153页。

③ Herbert Read, Concise History of Modern Painting. New York and Washington: Frederick A. Praeger, 1959, pp.11-20.

④ 参见《中国百科大词典》,北京:中国大百科全书出版社,2005年,第616页。

一点至关重要。外观不再是至高无上的了"。①

塞尚被称为"现代艺术之父",他率先在绘画领域探索了客观世界的内在结构。毕加索追随塞尚开创的现代绘画艺术手法,但他比塞尚走得更远。与塞尚和毕加索等立体派画家的交往使斯泰因意识到各种艺术表现形式在根本理念上其实是相通的。立体主义绘画突破了传统的透视法,不再以描摹为手段、以再现现实为目的,而是超越物质世界的表象,以几何塑形得以重新把握世界,这深深地激发了斯泰因:作家在创作中能否做出类似的尝试,找到一条不同于现实主义的创作途径,直觉地把握世界的内在秩序,"表现可视世界的节奏"。②斯泰因和毕加索的共同观点成就了斯泰因1938年所写的《毕加索》一书的主题。书中,她一遍又一遍地强调她与毕加索在他们的艺术中体现的那种面对现实时所采用的新视角,那是斯泰因运用大量的理论来解释和挑战的20世纪的现实或"现代结构"。正是通过共同的观点而不是共同的技巧,斯泰因和塞尚、毕加索才建立了最为深刻的联系。

到此,我们不妨说,斯泰因的图像叙事方法与作为方法论的结构主义具有一定程度上的内在同构性。除对整体性或一种结构的一致要求外,在叙事学意义上,立体主义绘画用来表示共时观的策略解构了现实主义绘画中的时间和空间叙事,是对传统线性叙事模式的一种不可避免的批评和破坏。而在此点上,斯泰因的文学创作与现代派绘画是密不可分的。比如,她将肖像画这一古老的形式予以再造并赋予它独特的含义。通过她的文字画,斯泰因试图在她的作品中捕捉"在时间中不停流动的空间"。斯泰因针对立体主义绘画中的"共时观"的写作主要是通过"持续现在时"完成的。斯泰因在文章《美国演讲》(Lectures In America)中曾试图以"持续现在时"(Continuous Present)这一概念阐释她在创作中与众不同的文体。她认为"绝对现实的现在"(Complete Actual Present)是任何艺术存在的根

① 弗莱德里克·R.卡尔:《现代与现代主义:艺术家的主权1885—1925》,陈永国、傅景川译,长春:吉林教育出版社,1995年,第491页。
② 格特鲁德·斯泰因:《艾丽斯自传》,张禹九译,北京:作家出版社,1997年,第165页。

本，而这种"持续现在时"的表现方式是尽可能地摒弃标点的使用、强调非线性的印象以及大量使用重复的语句和段落。"持续现在时"是斯泰因的重要文学观念之一，与结构主义所倡导的对共时性的强调不谋而合。

斯泰因是一位严肃的形式实验者，她在开拓美国文学尤其是语言形式的现代风格方面功不可没。可以这样说，斯泰因可能是20世纪最重要的形式实验作家。斯泰因的经历，包括她的"无意识写作"实验，使她成为一个给世界留下持久印象的人，她总是蔑视传统，并在文学的形式实验方面做得非常成功。《美国讲演录》中，她谈到："物体必须被剥夺其意义，并在一种当下和纯粹的形式中获得体验。"[1]而形式就是一种结构，一种模式，也是一个整体，它与结构主义一样，同时具有共时性特征。

第二节　斯泰因对"迷惘的一代"的影响

斯泰因代表了整个20世纪西方文学发展的轨迹，可以说，阅读斯泰因，是感性而具体地认识现当代西方文艺的一条途径。斯泰因为推动西方现代主义文学的发展作出了积极的贡献，她与同时代作家特别是美国作家安德森、菲茨杰拉德和海明威等人交往密切，其文学创作实践对他们的文学创作产生了深远的影响。当然，作为"作家中的作家"，是斯泰因对这些年轻的现代派作家产生了深远的影响，诸如此类情况在《艾丽斯自传》中有比较详细的记载。安德森对斯泰因的特质素有研究，曾经写下过如此欣赏她的话：

在我的想象世界的大厨房中，我看见斯泰因女士站着，带着最甜美与最亲切的气质。墙上挂满许多闪亮亮的罐子与平底锅，瓶瓶瓮瓮里装满水果、果冻及腌渍物。大房间内正在发生一些事情，斯泰因女士是一个文字的工人，强壮的指头有着爱的触觉，犹如我小时候在砖

---

① Gertrude Stein, Lectures in America. New York: Random House, 1935, p.82.

造的厨房里所看见的女人手指一样。她是旧式的美国女人，关心食品是否是自家制作的，鄙弃工厂大量生产的货色。在她的大厨房里，她永远在炮制一些材料，味道甜美，芳香四溢。①

庞德和斯泰因在巴黎居住了很长时间，给同行扮演导师和精神支柱的角色，最知名的有艾略特和海明威。《太阳照样升起》是海明威的第一部重要长篇小说，在其扉页上有一句斯泰因的题词"你们都是迷惘的一代"，发表此小说的海明威当年仅23岁。尽管斯泰因在很大程度上被公众忽视，经常被人嘲讽又很少为人欣赏，但她可能是被其他作家阅读最多的人，仍然影响过许多受欢迎的作家。以下以海明威为例具体阐释斯泰因对"迷惘的一代"的影响。

一、海明威与斯泰因的交往

海明威是"迷惘一代"的代表。1920年的秋天，海明威甚至还不知道什么是现代主义，他所崇拜的对象还都是在19世纪的产物，但这种情况即将发生根本性的改变。1921年，当他带着安德森的介绍信到巴黎前来拜访斯泰因时，海明威真正需要的是一个能影响他阅读的人，一个能告诉他文学生活是如何进行的人，一个知道出版陷阱、合同和翻译权的人，以及一个与文学前沿有联系的人。

海明威坐在斯泰因面前听着看着，他和斯泰因仔细翻阅了他到当时为止所写的所有作品。她很喜欢他写的诗，认为它们直来直去，有吉卜林风格，但觉得小说很差，描述得太多，却不是特别好的描述。并说海明威如果继续搞新闻工作就只会见字不见物，因而建议海明威，如果他立志当作家的话，就得辞去报馆工作。而海明威当时的感受是："我最初认识她时，……她刚发表了三篇谁都能看懂的小说。其中的一篇《梅兰克莎》写得非常棒，是她实验性作品的优秀范例，已经出了单行本，受到认识她或是听

---

① 埃德蒙·威尔逊：《阿克瑟尔的城堡：1870年至1930年的想象文学研究》，黄念欣译，南京：江苏教育出版社，2006年，第179页。

说过她的批评家的好评。"①他同时在《斯泰因小姐诲人不倦》一章中进一步写道："……不过有时我开始一个新的短篇却不知从何写起，我便往火焰边缘挤捏橘子皮，观察汁水怎样使火焰毕剥作响，蹿出蓝幽幽的焰花。我会站起来越过巴黎的屋顶往远处眺望，并且想到：'不用发愁。你以前一直都在写，你现在也是写得出的。你需要做的仅仅是写出一个真正的句子。就把你所知道的纯然真正的句子写下来好了。'于是，我终于会写下一个真正的句子，由此开始，接着往下写。到此时，事情就好办了，因为我总是心里存有一个真正的句子的，读到过的或是听什么人说过的。"②由此看出，斯泰因对海明威在写作上的最初的具体指导是从能够写出"一个真正的句子"开始的。

斯泰因常说，她对海明威确实有些偏爱，他毕竟是第一个前来敲斯泰因的门的年轻人，而且海明威也确实说服不知情的福特·马多克斯·福特首先促成了《美国人的形成》开头的50页在《大西洋月刊》得以连载。期待已久的《美国人的形成》的出版，也是因为海明威的斡旋而得以实现，他的朋友罗伯特·麦科奥尔蒙终于于1925年在自己的"交往"出版社出版了《美国人的形成》。在《流动的盛宴》中，海明威这样写道："她告诉我，她希望能在《大西洋月刊》上发表她自己的作品，也一定能做到的。"③小说开头的一部分，其实也是现代文学的开端，它的发表让斯泰因十分兴奋。工作全是由海明威承担的，抄稿子改清样。改清样就像掸尘土，海明威从中受益匪浅，并欣赏他学到的一切。

但海明威后来与斯泰因交了恶，书中描述的口吻就发生了变化："此书开篇精彩，接下来很长部分也着实不错，有大段大段能算得上文采飞扬，可是再往下去就是没完没了的自我重复了，换了个多点自知之明和不那么偷懒的作家，是必定会将它们扔到字纸篓里去的。我是在说服——也许用逼迫这个词更为合适——福特·马克多斯·福特在《大西洋月刊》发表此

①　欧内斯特·海明威：《流动的盛宴》，李文俊译，上海：上海文艺出版社，2019年，第13页。

②　欧内斯特·海明威：《流动的盛宴》，李文俊译，上海：上海文艺出版社，2019年，第8页。

③　同上，第11页。

稿时才开始明白这一点的，虽然明知即使连载到该刊停办，这部长篇也仍然是登不完的。为了能在该刊上登出，我不得不替斯泰因小姐通读全部校样，因为这桩工作并不能带给她任何快乐。"①

巴黎是海明威一生怀有特殊情感的一座城市，并将它喻为一场"流动的盛宴"。他晚年与A.E.霍契纳结为至交，有一次对他敞开心扉说："如果你年轻时有幸在巴黎生活过，那么，在以后的生活中，不管你去什么地方，巴黎一直会留在你的心里，因为巴黎是一个流动的盛宴。"②

为什么海明威称巴黎为流动的盛宴呢？初到巴黎时他仍是一名记者，文学创作对他而言可能还是个不太内行的领域，更谈不上拥有自身的创作风格。但在接下来的几年内，凭着自己在写作上锲而不舍的磨练，斯泰因等文学前辈对他加以悉心的指导，本人对文学的悟性又极佳，还有巴黎作为现代主义发源地、艺术之都的影响，海明威终成大器，形成了自己的"冰山式"创作风格。在他所结识的朋友中，对他影响最大，也是他成名之后最反感的是斯泰因。斯泰因在文学语言的实验上总是孜孜以求，"那些普通的词一旦经她加以简单的排列，却创造出一种新异的感受"，③达到一种惊人甚至震惊的效果。在公开场合或他的一些访谈录里，海明威承认在创作上受到过斯泰因的影响，但影响不大，"词与词之间都存在着一种关系，比如一种抽象的联系，这是我从她那学到的东西"，④但有一点众所周知：他曾无数次地就文学创作的技巧和方法与斯泰因进行过探讨，是名副其实的师徒关系。事实上，斯泰因曾建议海明威放弃记者工作，这样才能专注于文学创作。关键是斯泰因认为新闻报道与文学创作是两码事，海明威的记者生涯对他的文学创作并无多大益处，所以斯泰因极有可能对海明威面授机宜，向他指出了文学创作与新闻报道之间的巨大差异，以及向他展示她是如何用简单句进行文学创作的。实际上，海明威不但认真地听

① 欧内斯特·海明威:《流动的盛宴》,李文俊译,上海:上海文艺出版社,2019年,第14页。

② A.E.霍契纳:《海明威与海》,蒋虹丁等译,桂林:漓江出版社,1993年,第64页。

③ Elliott Emary, ed., Columbia Literary History of the United States. New York: Columbia University Press, 1988, p.879.

④ 卡罗斯·贝克:《海明威传》,林海基译,长沙:湖南文艺出版社,1994年,第208页。

她讲，仔细地看她收藏的画，吃她亲手做的饭，而且"甚至于他的文风被形容为'海明斯泰因'体，足见斯泰因对海明威异乎强大的影响力。"[①]

玛丽安·德科文的《格特鲁德·斯泰因与现代绘画：超越文学立体主义》一文对海明威与斯泰因在巴黎期间的交往关系进行了一番考察：1911年至1932年这二十一年的时间里，除一战期间有些颠沛流离外，斯泰因主要在巴黎从事她的文学立体主义实验，而海明威在巴黎生活的时间段大约为1921年至1932年。[②]由此可以推断，海明威和斯泰因可能共同在巴黎这座名城生活了将近十一年之久，而在这段时间里，斯泰因业已有了"作家中的作家"这一名声，想成为一名作家而又处于困惑期的海明威没有理由不去拜访斯泰因。事实是，斯泰因告诉海明威"议论不是文学"，等等。这种献身于观察的精神是由阿诺德、罗斯金和许多20世纪早期的作家共同建立起来的。

斯泰因在《桌子上放着的物件》（Objects Lie on a Table）一文中描述了她与海明威之间的师徒关系，而海明威从来都不避讳谈起斯泰因如何帮助他形成了自己的风格。所谓海明威风格的形成，一方面是由于斯泰因在文学和个人生活上的忠告，另一方面是因为他模仿斯泰因的作品，例如海明威的《艾略特夫妇》和斯泰因的《福尔小姐与斯金小姐》十分相似；而他较长篇的小说如《太阳照常升起》及《永别了，武器》中缓慢的时间节奏，与人在精神绷紧的状态中所显示的不祥的平庸，都与斯泰因的手法有相似之处。还有一方面是因为斯泰因让海明威大开眼界，观察到波西米亚人生活方式的方方面面，这一点在他的短篇小说《巨变》里最明显，小说里年轻的男主人公突然遭遇女同性恋，不由怒火中烧。1923年，斯泰因为海明威写了一篇文字画像，题为《他与他们，海明威》（He and They, Hemingway）。1923年海明威第一个孩子出生，斯泰因和艾丽斯做了孩子的教母。

---

① Jeffery Meyers, Hemingway: A Biography. New York: Haper and Row, 1985, p.85.

② Marianne Dekoren, "Gertrude Stein and Modern Painting: Beyond Literary Cubism". Contemporary Literature, Vol. 22, No. 1 (Winter, 1981), p.83.

上文已作了交代，两人也有交恶的时候。"在我遇见你之前，一切都很容易。我过去当然很坏，天啊，我现在也很坏，但那是一种不同的坏。"①在冷酷的、掩饰的方式中，海明威既是斯泰因的学徒，也是对作为作家的斯泰因的批判者。他承认她对节奏的使用和重复在写作中的价值，但同时他告诉艾伦·泰特（Allan Tate），作为作家的斯泰因既懒惰又虚荣，她为自己发明了一个私人的风格，因为没有评判的标准，不好与她的竞争对手相比较。

他们共同的朋友哈钦斯·哈普古德（Hutchins Hapgood）认为，斯泰因在《艾丽斯自传》里诟病海明威，是因为他在《太阳照常升起》里，以反犹的笔触刻画书中人物罗伯特·科恩。另外一个原因是，海明威在《春潮》里恶意挖苦舍伍德·安德森，斯泰因肯定认为他这是忘恩负义，对朋友不忠诚。海明威进行了各种形式的反击，这恰恰说明他深受伤害。首先，他送给斯泰因一本《死在午后》，题词："恶女人就是恶女人就是恶女人就是恶女人。她的老友海明威赠"；②其后，他写了《艾丽斯·B. 海明威自传》，一部未发表的讽刺模仿作品；多年之后，在《流动的盛宴》里，他再次对她进行攻击。他写道："……顺路时不免会上她的工作室去待上一阵，她总会给我倒上天然蒸馏的白兰地，而且坚持要给我续杯，我呢，则观赏那些画，跟她交谈。那些画都很激动人心，谈话也很能启发人。主要是她谈，她向我介绍现代绘画和画家——主要是他们的为人而不是他们的艺术——她还谈到她的作品。她拿给我看她的一个个稿本，那是她写的，由她的同伴每天帮她打成打字稿。每天都写作使她感到快乐，不过在我对她更为了解之后我发现，对她来说，这些由投入精力之多少而决定的每天稳定生产的作品能够出版并且得到承认，这才是使她能保持好心情的必要条件。"③"……倘若你两次提到乔伊斯，那就不会再受邀来做客了。……

---

① James R. Mellow, "Gertrude Stein". Dictionary of Literary Biography, 4 (1980): pp.361-373.

② Janet Hobhouse, Everybody Who Was Anybody: A Biography of Gertrude Stein. New York: Anchor Books, 1975, p.167.

③ 欧内斯特·海明威：《流动的盛宴》，李文俊译，上海文艺出版社，2019年，第13页。

最后安德森写了一本叫《黑色笑声》的长篇，实在太次，既愚蠢又做作，使我忍不住写了本戏仿之作《春潮》，加以讥评，不料却惹来了斯泰因小姐的满腔怒火，因为我这样做是在攻击她集团里的一个成员了。……至于她表述自己不喜欢埃兹拉（庞德的名）的理由，言辞极具技巧却充满恶意，那都是多年之后才编造出来的。"①

除此之外，海明威还在作品和书信中，以及在与共同的朋友和熟人聊天时，对斯泰因恶意攻击。两人交恶之后，相互间的人身攻击倒也显示出某种无情的协调一致。即便如此，在1933年写给埃兹拉·庞德的信中，海明威依然感谢斯泰因曾经给他的建议。斯泰因与海明威似乎在20世纪30年代后期重归于好了。然而，多年之后两人重逢的时候，据说海明威说道："我老了，也有钱了。咱们别干仗了。"斯泰因反唇相讥道："我不老，也没钱。咱们接着打吧。"②

二、海明威文风的形成与现代派绘画

美国评论家们也在问他们自己这样的一个问题，其中欧文·豪（Irving Howe）概括得最好：

> 既然他已经去世，留下的无非是几本书和如何选择对待死亡的问题，或许我们应该问一个最简单为、也最为激进的问题：海明威的作品中有什么东西使他赢得了一代人的忠诚？即使我们这些不喜欢他的某些作品和大部分立场的人，也不得不承认他声音所带来的力量和产生的共鸣呢？③

在他未完成的长篇小说《伊甸园》中，借由主人公大卫的自白，海明

---

① 同上，第22页。

② Donald Sutherland，The Pleasures of Gertrude Stein. The New York Review of Books，xxi/9，1974，pp. 28-29.

③ Irving Howe，New Republic 145，July 24，1961，pp.430-33.

威较为集中地探讨了他的创作美学，比如："就写作来说当然是越简单越好，但是光是简单就能达到一种理想的写作状态吗？还得要多思考，这样才能写出简单的句子。"①毫无疑问的是，海明威的作品都有一个宏大的架构，句式表达上以简单句为主，被誉为"冰山式"风格，但容量极大，而这与现代派绘画之间的关系不可分割。

美国著名的海明威学者杰弗里·迈耶斯在《海明威传》一书中指出：斯泰因不但收藏塞尚的绘画，更为重要的是，她从塞尚的绘画中看到了变革传统文学写作的方法。在此方面，斯泰因也引领了海明威，使得他不但乐于欣赏塞尚的现代派画作，将他所领悟到的绘画技法用于文学的创作，而且无论在广度上还是深度上都更进了一步。②斯泰因既是一位颇有名望的现代作家，又是一位艺术批评家，虽身为哈佛著名心理学家詹姆斯的弟子，她却非常了解塞尚，一生与大师毕加索的密切交往更是让人心生妒意。斯泰因引领海明威进入到现代派绘画领域，使他从中学会了运用日常、普通语言进行现代语言的造型功能。其中最为典型的是海明威通过观察塞尚及其他后印象派画家的画作，得以深谙他们的造型艺术，最终海明威也像斯泰因那样，在用语言造型方面驾轻就熟，最终形成了自己独特的现代文学语言风格。

埃米莉·斯特佩斯·瓦茨（Emily Stipes Watts）从深层次上探讨了"海明威与艺术的关系，特别是塞尚对他的影响"。③海明威本人在《流动的盛宴》中，当他回忆起他在巴黎的学徒生涯时，也承认自己受到了这种影响，就像他在许多场合所重述的那样：

> 我几乎每天都上那儿去，为了塞尚的以及马奈、莫奈以及其他印象派画家的作品，我最初还是在芝加哥美术学院知道这些作品的。我

---

① 莫里斯·迪克斯坦：《伊甸园之门——六十年代美国文化》，方晓光译，上海：上海外语教育出版社，1985年，第234页。

② 杰弗里·迈耶斯：《海明威传》，萧耀先等译，北京：中国卓越出版公司，1990年，第134页。

③ Emily Stipes Watts, Ernest Hemingway and the Arts. Urbana: University of Illinois Press, 1971, pp.32-43.

正从塞尚的画中受到一些启发，使我知道，光能写出简单、真正的句子还远远不足以使故事具有我所想达到的广度与深度，我正从塞尚那里学到不少东西，但因不善表达，无法向别人解释清楚。再说，这还是个秘密。①

在《海明威肖像》一书中，莉莲·罗斯（Lillian Ross）描述了1949年11月她与海明威和他的儿子帕特里克一起参观大都会艺术博物馆的经历。在塞尚的油画《岩石——枫丹白露的森林》前看了几分钟后，海明威说道："这就是我们在写作中尽力尝试的，这和这，还有我们必须爬过的树林和岩石。除了那些早期的画家外，塞尚是我最喜欢的画家。一位很棒很棒的画家。"②海明威和罗斯都没有解释过"这个，这个，还有树林，还有我们要爬过的岩石"是什么意思。为什么塞尚的作品能让海明威指着画布说"这就是我努力写作的方式"？有可能像画家一样写作吗？这一想法并非难以置信。岩石—枫丹白露森林仅仅是一道风景，但从那里海明威学会了如何构建自己的语言景观，海明威对文字的处理和塞尚对风景的处理之间有着众多的联系。

海明威在20年代写给斯泰因的信中，曾谈到他写《大二心河》（Big Two-Hearted River）时试图用塞尚的创作方法来描写自然景色，以增加"画面"上的层次。我们在这篇故事里的描述中，可以清楚地看出，海明威当时已经掌握，并且又能够娴熟地使用塞尚的绘画技巧进行严肃的文学创作：

> 他坐在圆木上，抽着烟，在阳光里晒干裤腿，太阳晒得他背脊很暖和，前面的河边浅滩钻进树林，弯弯曲曲地进入树林，望着这些浅滩，闪闪发光的阳光，被水冲得很光滑的大石块，河边的雪松和白桦树，被阳光晒暖的圆木，光滑可坐，没有树皮，摸上去很古老；失望

---

① 欧内斯特·海明威：《流动的盛宴》，李文俊译，上海：上海文艺出版社，2019年，第9页。

② Ernest Hemingway, A Moveable Feast. Arrow Books Ltd, 1994, p.69.

的感觉慢慢地消失了。①

海明威是惯用短句的，但他在这儿却只用一个句号把这个长得有些奇异的句子固定在一起，形成一个可视的画面。在这个画面里所有的短语之间没有任何线形描述，也没有距离和逻辑关系，只有各自不同的特征。这些光与色的突出点打破了语言艺术的表现规则，直接呈现出印象派绘画艺术般的强烈感染力。

塞尚对海明威的影响是深远的，它不像模仿一种风格那么简单。在他所描述的塞尚的画作中，有些东西是海明威自己也无法完全理解的。《饥饿是一种良好的自律》（Hunger Was Good Discipline）中，海明威通过观看画作治愈了自己身体上的饥饿感：

> 从那里你任何时候都可以拐进卢森堡博物馆，你肚子饿得前胸贴后背咕咕直响时，所有的画都会变得更加清晰、更加鲜明，也更加美丽。我就是在饥肠辘辘时学会更好地理解塞尚，真正弄清楚他是怎样描绘自然风景的。我时常猜想他是不是也是饿着肚子在作画的；不过我寻思他只不过是忘了吃饭罢了。那是你在缺觉或是挨饿时才会产生的一种病态却很发人深省的想法。后来我琢磨，说不定塞尚在别的一个方面有饥饿感吧。②

海明威曾多次在不同场合说过这样的事，他经常到位于巴黎的卢森堡美术馆去欣赏那儿的名画，就是从观看那些画作中他学会了如何写作："我能象保罗·塞尚先生那样描绘风景。我饿着肚子在卢森堡博物馆参观了无数次，终于从保罗·塞尚先生那里学会了描绘风景。我深信，如果塞尚复活，他一定很喜欢我写景的方法，而且也会很高兴，因为我是从他那

---

① 欧内斯特·海明威：《海明威短篇小说全集》，陈良廷等译，上海：上海译文出版社，1999年，第191页。

② 欧内斯特·海明威：《流动的盛宴》，李文俊译，上海：上海文艺出版社，2019年，第53—54页。

儿学来的。"①

海明威的短篇小说也很有名，《在我们的时代里》（In Our Time）就是其中之一，其中塞尚对海明威的影响可见一斑，这里举例第6章里的一小段：

> 清晨6点半，紧靠一家医院的墙根，6位内阁部长被枪决。院里有好些水坑。柏油路上覆盖着湿淋淋的落叶。雨下得很大。医院里所有的窗板都用钉子钉死。有一位部长得了伤寒。两个士兵把他抬下楼，放在院子里的雨地里……当士兵开第一枪时，他就应声倒在泥水里，头垂在他的双膝上。②

这里描写的是一个杀人的场景，几乎全用简单句写成。这种言简意赅，看似平铺直叙式的描写方式很好地渲染了当时杀人场景中的肃杀氛围，被杀者的胆战心惊，观看者的内心的极度恐惧感，等等。正是由于惊恐，以上的描述只有是站在观望者的角度才能得到的效果。这类似于现代派画作的风格，在同一场景中出现了多维的视点，共同形成一幅充满张力的立体画面。这就是海明威的"冰山式"文体风格，张力效果的八分之七隐藏在冰山下面。

作家无疑抛弃了客观的写实主义写作手法，不再关注对观察对象的写实性描摹，而是用笔来直接刻画人物的内心世界及其对生活的感悟，这正是现代文学和现代派绘画这两种艺术的结合点。作为一个作家，不是要记录所发生的事情，而是要吸收所有的感觉，这些感觉会在他的想象中通过综合的经验得以过滤，直至出现一个清晰的结构，这种对创作中作品整体结构的追求也正是塞尚与结构主义的共同诉求。

---

① 库尔特·辛格:《海明威传》,周国珍译,杭州:浙江文艺出版社,1983年,第200页。

② 欧内斯特·海明威:《在我们的时代里》,马彦祥译,上海:晨光出版公司,1949年,第50页。

第三节　斯泰因对"垮掉的一代"的影响

　　发生于20世纪中期的美国"垮掉"运动是美国历史上的一次思想解放和文化复兴运动，在此期间，美国社会的方方面面都产生了根本性的改变，比如阶层的极度分化，种族制度上日益突出的矛盾，政府内外政策的巨大波动，等等，人们的日常生活因此发生了巨大的变革。虽然这种变革主要表现在人们的情感、意识、态度等方面，而不是社会制度的变化，但"垮掉"运动有可能成为20世纪60年代美国的正式历史，因为它把人们熟知的内容组织成一种坚持不懈的批评观念，而这种观念在它所考察的一切事物中都能发现重复出现的模式。"垮掉"运动从根本上改变了美国人的道德观，这当然不是一蹴而就的一种结果，而是历史发展和人们的情感发生变动的产物。这种情况在保罗·古德曼的《荒谬的成长》（1960）一书中得以较为详尽的描述，这是他的社会批评杰作，是一本在很大程度上活跃了60年代知识分子的整个思想方法的书：

　　　　《荒诞的成长》的直接主题是青年，主要是那些逃避现世、堕入"垮掉"亚文化群的人和其他因犯罪而落入法网者。它的真正主题则是艾森豪威尔时代的美国，这是一个古德曼认为不给青年一代成长余地的社会。世界显得"荒诞"而毫无意义；它未能提供令人满意的任务和楷模。因此，青年人不是单纯地逃避现世；毋宁说，"他们是在以实际行动对一个有组织的体制进行批判，而这种批判在某种意义上得到所有人的支持。"①

　　此时，人们的思想、社会文化等各方面都处于一种激烈的交锋当中，

---

　　① 迪克斯坦：《伊甸园之门——六十年代美国文化》，方晓光译，上海：上海外语教育出版社，1985年，第77页。

文学该采用怎样的一种形式则成为其中的焦点。就如同约翰·霍兰德所说的那样："开拓新域远比循规蹈矩更为艰难：随着夜幕象死亡般降临，殷红的鲜血化作珠宝灿烂。"①而"垮掉派"运动恰是这一变革的始作俑者和新精神的先驱。现在"垮掉派"文学已成为美国文学的重要组成部分，其代表性著作《在路上》《嚎叫》以及《赤裸的午餐》成为现代文学经典，经久不衰。

著名历史学家克里斯托弗·拉希在评论莫里斯·迪克斯坦的著作《伊甸园之门》时说："总的来说，迪克斯坦把六十年代视为一个解放和文化复兴的时期，但又不试图掩饰其失败之处。事实上，恰恰由于其谨慎的同情态度，他对这些失败的分析超过了那些不分青红皂白地谴责六十年代的评论著作，向我们深刻揭示了六十年代……"②60年代的美国文化将莎士比亚和金斯伯格，文学和电影，贝多芬和摇滚乐全部包罗在内，尤其是1955年出版的《嚎叫》发出了振聋发聩的新时代的呼喊，对当时的美国主流文化发出了强有力的挑战。海伦·文德莱（Helen Vendler）是哈佛大学教授，美国当今最有影响力的诗评家之一。他针对金斯伯格的诗歌进行了广泛的研究，并认为他的诗歌是"对美国的透视"。③这一看法已普遍得到公认。

对"垮掉派"作家的界定并无统一的标准，一般认为，纽约作家杰克·克鲁亚克、艾伦·金斯伯格和威廉·巴勒斯开创了这一流派的先河，早在20世纪40年代他们就在美国的文化中心之一纽约开启了这一运动。然后是另一个代表人物格雷戈里·柯尔索加入了进来，这已是50年代的事了。随后50年代中期在美国西部城市旧金山发生了闻名于世的美国文艺复兴运动，其代表人物有肯尼斯·雷克斯罗斯、卢·韦尔奇和菲利普·沃伦等，随着杰克·克鲁亚克、艾伦·金斯伯格、威廉·巴勒斯、盖瑞·施奈

①迪克斯坦：《伊甸园之门——六十年代美国文化》，方晓光译，上海：上海外语教育出版社，1985年，第7页。

②同上，"译者序言"第 i 页。

③文楚安：《"垮掉一代"及其他》，南昌：江西教育出版社，2010年，第344页。

德等的加入，形成了最终的"垮掉派"作家流派。刊载在《哈佛神学评论》上的《在圣洁的路上：作为宗教反抗的垮掉一代运动》（On the Holy Road：The Beat Movement as Spiritual Protest）一文认为："1944年凯鲁亚克、金斯伯格和巴罗斯三人会合于纽约，标志着垮掉派运动的开始，此后在50年代旧金山诗歌复兴运动中得到蓬勃发展……"[1]这样在旧金山形成的"垮掉派"运动最终席卷到了全美，对美国的主流文化、人们的生活方式、艺术家的艺术风格等诸多方面都产生了极其深刻的影响。

金斯伯格等为代表的纽约"垮掉派"作家先前主要居住在纽约，但50年代以后，他们逐渐地与居住在旧金山的文艺复兴运动作家之间有了更为密切的交流，而且金斯伯格、克鲁亚克和卡萨蒂等都曾在旧金山暂居过。旧金山地区以"波西米亚"文化著称于世，文化发达且多元，书店、沙龙众多，比如劳伦斯·费尔林希提开办的名为"城市之光"的书店后来金斯伯格就经常光顾，再如，文艺复兴运动著名诗人雷克斯罗斯将"周末夜晚文学沙龙"开办在自家的公寓里，费尔林希提和雷克斯罗斯均是此运动的核心人物。1955年，金斯伯格的代表性诗作《嚎叫》就在雷克斯罗斯主持的著名的"六画廊读书会"上第一次亮相。《嚎叫》堪为20世纪美国诗歌中的典范之作，完全可以与艾略特的《荒原》、惠特曼的《自我之歌》和庞德的《诗章》相比肩。如果说克鲁亚克的长篇小说《在路上》是"垮掉的一代"的圣经，《嚎叫》则是"垮掉的一代"的宣言书。"垮掉的一代"留给诗坛的财富是他们心灵的坦率和正直。就艺术风格而言，垮掉诗人从梭罗和惠特曼那儿继承了文学的伟大传统——心地坦然，宽大为怀，豪放不羁，寻求新奇，勇于冒险，以及像哈克贝里·芬那样并不循规蹈矩，也喜好"在路上"奔走游历，热衷于超灵感受。安·查特斯主编《垮掉派作品选》一书，在他为此书所作的序言中极力推崇垮掉派文学：

> "垮掉的一代"有其自己之领袖和代言人——其早期成员，如克鲁

---

[1] Stephen Prothero. "On the Holy Road：The Beat Movement as Spiritual Protest"，The Harvard Theological Review，84.2(1991)：p208.

亚克、金斯伯格、威廉·巴勒斯、劳伦斯·费林格蒂和加里·斯奈德等，他们示范了马尔科姆·考利所说的"品行之新标准，一种很快被其他成员吸纳的明显的生活方式"。当他们把"在其出生前后的人"吸引到自己之圈子里时，同时代其他作家很难与之抗衡。①

我们可以这样去理解，在很多方面，金斯伯格改变了我们对诗歌的传统的认识。诗歌不一定非要故弄玄虚，充斥着各种的玄学与技巧，它可以更为口语化，更接近普通大众的生活，而且诗歌也可以为对抗政治运动而服务。因而，金斯伯格的诗歌在一定程度上起了某种纽带的功能，它既连结了惠特曼，又与大众吟游诗人相仿。这样他的诗歌从20世纪60年代起就变得愈发地流行。金斯伯格改变了美国诗人的地位，使诗歌成为人人生活中的一部分，而诗歌朗诵成了全世界范围内的一种新的艺术形式，它已不再像以前那样与人的生活相距甚远。这不仅归功于他的诗作，而且要归功于他真诚而有启迪意义的生活方式。1955年10月7日，金斯伯格在旧金山六画廊表演朗诵了《嚎叫》一文，开启了他的诗歌表演生涯。就诗艺而言，《嚎叫》是金斯伯格继承惠特曼用散文化的长句写作诗歌并加以革新以形成自己独特的自由诗体的典范。针对此次活动，美国作家比尔·摩根（Bill Morgan）发表了如下看法：

> 这次在六画廊举行的诗歌朗诵表演在旧金山文学界立刻产生了轰动效应。这并不是那个年代的第一次诗歌表演活动，但众多新生代诗人聚集在一起展开活动，并对人们的政治和社会意识产生革命性的影响，这却是第一次。它吹响了美国东海岸和西海岸诗歌汇聚的号角，这次活动将永远改变美国诗歌的发展进程。②

① Ann Charters, ed., The Portable Beat Reader. New York: Penguin Books, 1992, p.xvii.

② Bill Morgan, I Celebrate Myself: The Somewhat Private Life of Allen Ginsberg. New York: Penguin, 2006, p.209.

在西方文学史上，"垮掉的一代"曾深受很多作家的影响。比如，布莱克，惠特曼，兰波，甚至是威廉斯，这些诗人无疑不属于学院派，而且都曾在四五十年代遭受过冷遇，但他们的诗歌都对金斯伯格的诗歌创作产生了深刻的影响。虽然金斯伯格的诗歌带有"新"文化的特征，但它也具有明显的传承性，布莱克等人的烙印在他身上是抹不去的。布莱克为金斯伯格指明了道路，一条通向旧金山之路，通向金刚大师喀巴和佛教之路。金斯伯格坚信雪莱的训喻——诗人是人类"未被承认的立法者"，心系一切有知觉力的生物，从他的《嚎叫》到他的《冥府颂》，他的诗正反映了这一点。

威廉·威廉斯为金斯伯格的《嚎叫》撰写前言，打一开始就一直鼓励"垮掉派"作家们的文学创作。威廉斯写道："这个不算太年轻的犹太小伙子已经意识到在现代社会中许多已被忘却的东西……他也明白，往昔诗歌的韵律像一块荒芜的土地未被开拓，弃而无用……这些诗歌隐含着美妙的气息，假以时日，将会持久如新，有一天会使沉睡的世界苏醒。"[1]在金斯伯格抒发年轻时精神困扰的诗集《空洞之镜：愤怒之门》中，看到他对威廉斯所主张的意象诗"无须理念，理念寓于事物"（No ideas but in things）这一诗歌艺术理念的探索：我曾试图要把太阳的/全部光辉投射在/每一首诗中犹如一面明镜/而这样壮丽的景观/并没有能使诗篇栩栩如生。[2]简·克雷默引用金斯伯格的话说："在我遇见威廉斯之前，我只知道怀亚特（Sir Thomas Wyatt）、萨里（Earl of Surrey）和多恩（John Donne）之类的家伙。我常读他们的作品，然后抄下自以为近似他们作品的诗。后来我把其中的几首寄给威廉斯，他却认为它们糟透了……他对我说，'注意听听你自己声音中的节奏。用耳朵的直觉写作'。"[3]

当然，许多作家或是文学流派曾对"垮掉派"作家产生过影响，这里

---

①《金斯伯格诗选1947—1980》附录，企鹅出版社，1984年英文版，第809—810页。

② 文楚安：《"垮掉一代"及其他》，南昌：江西教育出版社，2009年，第10页。

③ 莫里斯·迪克斯坦：《伊甸园之门——六十年代美国文化》，方晓光译，上海：上海外语教育出版社，1985年，第10页。

仅做一个例举。布莱克的小说《必败无疑》对威廉·博罗斯的影响非常显著；克鲁亚克的《在路上》带有明显的自传性质，其创作灵感极有可能来自伟大的代表性意识流作家普鲁斯特；庞德可能因为其对中国文化尤其是古典诗歌的熟知而深刻地影响了盖瑞·施奈德，使得后者对东方文化特别是东方佛学产生了浓厚的兴趣，并将其广泛地贯穿于自身的诗歌创作之中。其他著名诗人如亨利·梭罗，著名作家如亨利·米勒等，也极大地影响了"垮掉派"作家的文学创作。而所有这些派别都像大部分此类实验一样，有一个丰富多彩但被人忽视的文学渊源。甚至"垮掉的一代"与当时的惰性和反抗紧密相连的社会行径也发源于达达派和超现实主义者的种种惊世骇俗之举。

从以上可以看出，实验性和反叛性是20世纪50年代美国文艺的两大最为突出的特点，而"垮掉的一代"文学是其中的杰出代表。除"垮掉的一代"文学之外，融合在这股潮流中的还有：文学领域中的黑山派，绘画领域里的抽象表现主义，甚至实验派导演艺术，像罗伯特·弗兰克、肯尼斯·安戈等杰出导演的实验性作品。能够将这些身在异质领域的艺术家联系在一起的除以上已提及的实验性和反叛性是他们共同的诉求之外，还有就是他们共同拥有一种独特的审美思想，追求对事物的一种主观、率性的表达，从而不拘于表达的形式。

从另一方面看，斯泰因"是垮掉的一代诗人心目中的英雄。我们可以拿卢·韦尔奇作例子，他看过斯坦因的作品之后，开始转向写作，并在《我如何阅读格特鲁德》中表达了感激之情。作为加利福尼亚人，斯坦因以同性恋文化倡导者与先锋写作倡导者的身份，成为旧金山文艺复兴的特别偶像"。①

一、垮掉一代的"自发性写作"与斯泰因的"自动化写作"

法国大作家巴尔扎克第一次将波西米亚同艺术家、作家联系在了一起，按照他的观点，某一类型的作家或艺术家可以用"波西米亚"一词来指

---

① 露西·丹妮尔：《格特鲁德·斯泰因评传》，王虹、马竞松译，桂林：漓江出版社，2015年，第230页。

代。旧金山是位于美国西海岸的一座文化名城，有着悠久的波西米亚文化传统，还伴有东方的佛教、无政府主义、神秘主义等的盛行，这一切产生了极具典型性的旧金山先锋文化。①19世纪八九十年代始，一个初具规模的波西米亚社区就业已在旧金山形成，先后有大约两千多位知名的艺术家和作家曾经生活在这里，包括杰克·伦敦、玛格丽特·安德森等。波西米亚文化在文化上强调反传统，在伦理道德上主张反物质主义，在精神上倾向于浪漫、自我。同波西米亚一样，"垮掉派"清醒地体会到社会的控制和压抑，感受到人类文明的腐朽和贫乏，他们相信艺术有力量去拯救、改变这一切。

特别是第二次世界大战之后，各种如火如荼的运动均起源或发生在旧金山这座文化名城。"垮掉派"运动、"嬉皮士文化"运动、"同性恋解放"运动、"反战大游行"，等等，各种运动此起彼伏，一浪高过一浪，旧金山成了"反文化"运动的中心，美国的主流文化由此受到极大的冲击。《嚎叫集》一版接一版地重印，成为美国战后最畅销的诗集。惠特曼的"把锁从门上卸下来！/把门及门框一起拆下来！"成为《嚎叫》遵从的格言。可以这样说，"垮掉派"是起源于纽约，却最终形成于旧金山。特别是60年代以后，旧金山更是成为了美国新文化的中心，金斯伯格在其中发挥了推波助澜和决定性的作用，《嚎叫》的流行深刻地影响了整整一代人。在创作方法上，金斯伯格一改过去美国传统的诗歌创作模式，在内容和形式两方面对其进行深度改革。在内容上，他倡导"一切皆可入诗"的理念，小到日常生活中发生的琐事，大到社会事件，不拘一格，都可拿来作为创作的题材。形式上更是打破一切禁忌，追求诗歌创作形式中的一种"平面化"和"表演性"，甚至使用录音设备直接进行诗歌的即兴创作。《在社交场合》一诗中，金斯伯格写道：

> 我步入举行鸡尾酒会的房间 / 发现三四个古怪的家伙 / 凑在一起

---

① William Everson. "Shaker and Maker", Geoffrey Garder, ed. For Rexroth: The Ark 14, New York: The Ark, 1980, p.25.

交谈行为诡秘。

我试图温文儒雅可却听到 / 我自己同一个人聊起来。

"很高兴见到你"，他说 / 转过头去。"嗯"，我寻思，这房间 / 很小而且居然里面还有另一间双层床 / 以及其他诸多炊具：

冰箱，柜，烤面包器，煤气炉；

住在这间房屋里的人似乎 / 只满足在这儿吃饭和睡觉。①

在"自发性写作"（spontaneous writing）方面，凯鲁亚克首当其冲：他仅用三个晚上就创作出小说《地下人》（The Subterraneans，1953）。说到文学创作，凯鲁亚克说："我不知别人如何写作，《萨托利在巴黎》是我出版的首本书，却是在一种醉酒状态下完成的，酒瓶当时就在我的身边。至于《梦之书》的创作，记得是用铅笔写的，写得飞快，人还坐在床上，处于一种似醒非醒的情境。"②他又说："《在路上》采用的完全是一种卡萨迪式的自发性文体，那是在看过他写给我的信后激发出来的灵感。那封信写得绝对的疯狂，满是第一人称和素描式的描述，人物都是来自真实的生活，被刻画得细致、形象……"③马尔科姆·布拉德伯利在《美国现代小说论》中说，《在路上》从主题上看表达了一种反抗和狂欢色彩，也是一部心路历程之旅。塞林格作品中总是充斥着一种神秘主义，而《在路上》更多的表征为一种出世之道：挣脱一切城市带来的束缚，抛开所有的现代技术手段，仅是不停地向西前行，走向内在的一种心灵之旅。在文体上，《在路上》类似于一种散文体，读者仿佛置身于爵士乐带来的自然节奏中。④谈到《在路上》出版后所造成的影响时，库克如此说："无数的年轻人仿佛在一夜之间走满街头，群情亢奋，小说中书写的就如同他们的生活

---

① 艾伦·金斯伯格：《金斯伯格诗选》，文楚安译，成都：四川文艺出版社，2000年，第45页。

② 泰德·贝里根：《杰克·克鲁亚克访谈录》，杨向荣译，载《青年文学》，2007年第8期，第122—128页。

③ Barry Miles，Jack Kerouac，King of the Beats：A Portrait. Henry Holt and Company，1998，p.147.

④ 马尔科姆·布拉德伯利：《美国现代小说论》，王晋华译，太原：北岳文艺出版社，1992年，第185页。

和故事那般的真实，受到大家的热捧。"①《在路上》既是"自发性写作"之典范，也是一种行为艺术。《孤独天使》是凯鲁亚克著名小说之一，文中主人公杜鲁阿兹正在告诉他的诗人朋友们如何进行有效的诗歌创作："倾听发自你内心的呼唤，就只管写下去，一直写下去，永远不要停下来去思考。"②实际上这也是凯鲁亚克在诗歌上的创作心得。"自发性写作"是凯鲁亚克文学创作理念与写作技巧的集中体现，他在《现代散文理念与技巧》一文中较为详细地阐述其原则和方式：身处一种开放、包容的心态之下，倾听一切；官能感受一切，倾泻在笔端、纸上；感觉自会找到书写的形式，顺其自然；写下内心中的一切，本能的、直觉的、无意识等方面的一切所感。巴勒斯也将这种"自发性写作"发展成他自己的创作原则："作家只能写一个东西：写作时感官所面临的东西。"③

凯鲁亚克在自发性写作上的实践最终形成他的"自发性散文写作原则"（Essentials of Spontaneous Prose），在此基础上，他又创作了《梦之书》（Book of Dreams）。这都给金斯伯格以启发，使他决定尝试类似凯鲁亚克的"自发性"写作手法。金斯伯格后来回忆说："我能够展开我想象的翅膀，让心灵自由地翱翔。我写下了诗作了吗？不，我想我仅是写下了我内心的感悟，写下了我内心的隐秘世界，以及我的整个人生。我只知快速地写就，不存在任何的犹豫以及恐惧，心无旁骛……"④在读完《在路上》原稿后，金斯伯格说："这是一种一泻千里式的关于主角迪安·莫里亚蒂的素描式写法，是一种在文体上勇敢的尝试与创新，作者思想敏捷、活跃，直至创造了一个显露莫里亚蒂内心隐秘世界的'自白的结构'。"⑤谈及其创作过程，金斯伯格在《〈嚎叫〉注释》中这样说：第一部分记得花了我一整下午的时间，当时整个人绝对处于一种亢奋的状态，任由手指在打字机上乱舞，那些凌乱的、抽象的词句奔腾而来，一泻千里，而又相互连结成

---

① Bruce Cook，The Beat Generation. New York：Charles Scribner's Sons，1971，p.7.

② Jack Kerouac，Desolation Angels. Bantam，1965，p.128.

③ 李斯：《垮掉的一代》，海口：海南出版社，1996年，第20页。

④ Ann Charter，ed.，The Portable Beat Reader. Ann Penguin Book，1992，p.61.

⑤ 李斯：《垮掉的一代》，海口：海南出版社，1996年，第177—178页。

无尽的、无意义的意象。①同样重要的是，金斯伯格从凯鲁亚克在诗歌和散文写作时运用声音的方法中获益匪浅，凯鲁亚克的这一技巧部分来自于他那令人兴奋的广泛兴趣：威廉·莎士比亚和托马斯·沃尔夫，他听见和使用的美国日常方言，莱斯特·扬和查理·帕克的美国音乐语汇，还有他视为楷模的弗兰克·史纳拉特（Frank Sinatra）带有个人特色的语汇语音表达方式。我们读金斯伯格的《"嚎叫"录音札记》（Notes Written on Finally Recording Howl），知道诗歌是为我们自己的灵魂的耳朵和少数其他美妙的耳朵而写的，我们明白，其中最美妙的耳朵就是凯鲁亚克的。

"金斯伯格承认，凯鲁亚克的散文对他的影响超过了克里斯托夫·斯马特、莱斯特·扬、威廉·布莱克、路易·费蒂兰德·塞利纳等，他信奉的'最初的思想，最好的思想'，是对自发式写作思想的绝佳注脚。"②从渊源上来考察，凯鲁亚克的"自发性写作"实际上来源于一种绘画技法"速写"（sketch）。作为素描一种形式的"速写"，着重于创作过程中的连贯性和形式感，而效率和速度是其尤为看重的。在创作技法上，"自发性写作"与"速写"有着异曲同工之妙。在《孤独天使》中，凯鲁亚克这样写道："我只想听到你那发自内心的召唤，所以不要有任何的思考，只管不停地写，永远不要停下来。"③凯鲁亚克的"不要停顿去做思考，不要刻意去遣词"意即要达到一种忘我的状态，以此来对抗写作中常有的那种自我意识，是用无意识的手段来抗衡理性，以达到金斯伯格后来所说的"普通心智"（ordinary mind）的一种境界。《嚎叫》可被看作是金斯伯格运用"自发性写作"这一技巧尝试进行诗歌创作的成功典范，他在《艾伦·金斯伯格诗选：1947—1997》的前言中这样说道："最初的思绪，最好的思绪。自发的洞见——延绵不断的思绪在头脑中自然流淌——这是这些作品一直以来的主题和方法。"④"最初的思绪，最好的思绪"，这几个字也可作为对金

① 艾伦·金斯伯格：《金斯伯格诗选》，文楚安译，成都：四川文艺出版社，2000年，第25—26页。

② 陈杰：《本真之路：凯鲁亚克的"在路上"小说研究》，成都：四川大学出版社，2010年，第252页。

③ Jack Kerouac, Desolation Angels. New York : Coward-McCann, 1965, p.128.

④ Allen Ginsberg, Collected Poems, 1947-1997. New York : HarperCollins Publishers, 2006, p.6.

斯伯格诗学观的简要概括。

"自发式写作"是对传统以语言、语义为载体，韵律、格律为要求的传统诗歌创作方式的反叛。就诗艺而言，《卡迪什》是金斯伯格继承惠特曼用散文化的长句写作诗歌并加以革新以形成自己独特的自由诗体的典范。如此一来，在现代诗歌中引入了生动活泼的美国日常口语，排比句（如"With your eyes"）以及某一单词的重复（如"Lord，Lord…"），诗人即兴而作，如泣如诉，结果诗句似有一种因击鼓而起的音乐感，抑或一种铿锵有力的雕塑之美，整首诗散发出一种肃穆而庄严的气氛。雪莱的"死去吧/要是你能够同你所追求的东西在一起"也是《卡迪什》一诗的铭文。可能正基于这样的原因，以金斯伯格为代表的"垮掉派"诗歌与之前的传统诗歌如 T. S. 艾略特的诗歌在许多方面存在着很大的不同："垮掉派"诗歌从题材来源来说没有多少的讲究，几乎一切的素材都可以入诗，比如日常的口语也可以进入诗句中，而且在诸如韵律、节奏、诗句的长短等方面也几乎没有什么限制。前文已有一些交代，如果追根溯源的话，金斯伯格的诗歌受到多方面的影响。例如，济慈曾主张诗歌创作中所谓的"反面感受力"（negative capability）原则，认为写作时"无须摆弄什么事实，讲清什么道理"，一切皆顺应自然，而写诗就"犹如风吹过树叶发出声响"那般自然。他也极有可能受到奥尔森所倡导的"一个接一个的一连串的顿悟才是我们的灵感之源"的影响，也显然受到惠特曼的自由诗体、威廉斯"把诗歌当做一个客体"，以及凯鲁亚克主张的"写作时不要有任何的思考，只管不停地写，永远不要停下来"等观点的影响。

金斯伯格的诗歌还有另外一个显著的特色，那就是几乎他的每一首诗都能谱成曲调以供人吟唱，这也与他所提倡的"以口语入诗"诗歌创作原则相吻合，打破了对于文字的种种压制与禁忌，所以，在他的诗中幻觉与声音相关毫不为奇。他在《留心生动的事物》中这样写道："在美国，自从艾略特派新评论家的压制开始，诗的口头表达形式受挫了许多年，美国口语丰富有力的表达也受到阻碍。但当诗用蓝调音乐、民歌、伍迪·格斯里或滚石音乐表达出来时，诗成为了美国意识的一个重要因素，并作为一场大型的政治革命的一部分在世界上广为流传。"①在《自传摘要》中，金斯伯格写道："1948 年结识威廉·卡洛斯·威廉斯，研究其音步相近的美式口语语体诗歌，并由此创作早期诗集《空洞之镜》，威廉斯为该书作序，后来他还向读者推荐了《嚎叫》。"②1972 年，金斯伯格拜钟咯巴及仁波切为师，开始了他系统的有关 Kagyu 藏传佛教的研究，并亲自参与隐修诵经等的实践；同时，他把诗歌创作拓展到公开即兴创作的境界，以布鲁斯弦乐为调，以政治性的达摩为主题。

惠特曼是比较早地、原汁原味地在诗歌创作中自觉地融入日常生活语言，这样诗歌变得更加鲜活而生动，也更加地朗朗上口，但金斯伯格在此方面实践得更为到位和彻底。他认为，诗是有声的雕塑或"凝固的建筑"，而且不论你怎样割切，它本质上还是一个结构，一种人造的形式。金斯伯格之为诗人的主要原因就是他总是给你展示诗形成的过程、构架的方式，他的诗总是从普通语言中创造出来，但因高亢的情绪通常超越了普通言语。让我们更仔细地看看金斯伯格的一些口语化结构。就 R.H. 布莱斯的四卷本《俳句史》，用金斯伯格的话来说，就是在俳句里的最重要发现以及俳句中的省略……在《嚎叫》中成为句式的基本构架；或者正如他在日记中所写的那样："研究省略语的基本形式，俳句的简略明晰，对于精炼西方语言比喻极为有用——'氢化自动点唱机'（hydrogen jukebox）"③。《向日葵箴言》（Sunflower Sutra）就是以普通语言开始的：

I walked on the banks of the tincan banana dock and sat down under the huge shade of a Southern Pacific locomotive to look at the sunset over the box house hills and cry. /Jack Kerouac sat beside me on a busted rusty iron pole, companion, we thought the same thoughts of the soul, bleak and blue and

① 比尔·摩根编：《金斯伯格文选——深思熟虑的散文》，文楚安等译，成都：四川文艺出版社，2005年，第182页。

② 同上，第193页。

③ 文楚安：《"垮掉一代"及其他》，南昌：江西教育出版社，2009年，第354页。

sad-eyed, surrounded by the gnarled steel roots of trees of machinery.[①]

我漫步在随处可见香蕉罐头般的船坞，坐在一辆南太平洋机车那偌大的阴影里凝望落日余晖染透盒子式的房屋山丘不由呜咽。/杰克·凯鲁亚克在我身旁坐在一根破旧生锈的铁杆上与我做伴，我们的灵魂怀着同样的心绪，悲凉忧郁目光沮丧四周是森林般的机器那盘根错节的钢铁基脚。[②]

有关斯泰因的"自动化写作"，在上文已有专门的章节做了概述与阐释，可以看出，垮掉一代的"自发性写作"与其有着诸多的相似之处。这里要补充说明的是，斯泰因作品的口语化程度，远在其他现代主义作家之上，也许这与她的"女性"交谈艺术有关。在她的作品里，口语化文字被赋予权威性。的确，交谈被视为"斯泰因的拿手技艺之一"。[③]她写给读者看的时候，也把读者当作倾听者："我的听筒"——就像电话听筒。脱离了书本，她的作品往往更加易懂，比如改编成歌剧或芭蕾舞剧，做讲演或者作品朗读。例如，直到最近，纽约每年都举行《美国人的形成》新年马拉松朗诵会。斯泰因坚持她的剧本要先演出，后出版。她的作品总是重视灵光乍现的谈话所蕴含的价值，朗读起来效果往往更好，因为其节奏是说话的节奏。19世纪的关于交谈是一种艺术形式的主张，在斯泰因的作品中得到新生。斯泰因的沙龙里人们往往用几种不同的语言交谈，这对斯泰因的写作是有利条件。交谈促生了她的文字，而沙龙则为她的人物画像和小说提供了取之不尽的素材。《艾丽斯自传》既是关于沙龙的书，同时也受到沙龙观点的影响，在题材和表现风格上都复制了沙龙世界。

而且，斯泰因在写作时，基本上都直接地从她的日常生活中取材，经常涉及日常生活的事件与感受，写出来的东西也是直接与之相关。从《软纽扣》开始，她将自己的日常生活细节作为创作的主线；至于《美国人的

---

① Allen Ginsberg, Selected Poems (1947-1997). Sichuan Literature and Art Publishing House, 2000, p.83.

② 艾伦·金斯伯格：《金斯伯格诗选》，文楚安译，成都：四川文艺出版社，2000年，第79页。

③ Robert Bartlett Hass ed., A Primer for the Gradual Understanding of Gertrude Stein. Los Angeles, CA, 1971, p.13.

形成》，则是一边创作，一边探讨正在进行的创作。因此，《艾丽斯自传》中的言论，不是漫不经心的轻率之作，而是斯泰因运用上述技巧的结果。《布鲁斯与威利》是对士兵聊天的精彩模仿。书中士兵与护士之间谈论美国的未来，是真实对话的再创造，再次显示了斯泰因模仿各种方言的技巧。从《梅兰克莎》开始，斯泰因一直在创作中运用对话与交谈，作为保持非确定性、探索自相矛盾的一种手法，这也体现在垮掉一代所推行的"一切皆可入诗"等诗歌创作原则中。

二、"垮掉的一代"与现代派绘画

从某种程度上说，"垮掉派"文学在审美上做到了高雅与通俗的有机结合和统一。上文已作交代，实验性和先锋性是这类文学的至高原则和追求，同时，它秉持一种开放的态度，从众多大众文化载体中汲取营养以求不断地丰富自身的广度与深度，比如现代绘画，电影，爵士乐等，不一而足。斯泰因"以同性恋文化倡导者与先锋写作倡导者的身份，成为旧金山文艺复兴的特别偶像"。[①]斯泰因的先锋写作主要表现在她所创作的文风与现代派绘画尤其是立体派绘画之间的关系，在这方面她直接或间接地、有意或无意地影响了"垮掉的一代"。

斯泰因出生并成长于加利福尼亚，直到1903年她离开美国到巴黎，而旧金山就是美国文艺复兴的发源地。旧金山发生大地震后的第二年，斯泰因、利奥、迈克尔及其妻萨拉其子艾伦住在巴黎。萨拉很喜欢欧洲的沙龙生活，并在斯泰因的住所花园街27号附近租了公寓。受斯泰因的影响，萨拉也爱收藏，在其子艾伦三岁时，她在旧金山又去上了大学，主修艺术和比较文学等课程，在旧金山时就买过东方画作、中国青铜艺术品和日本版画。到了巴黎又收藏波斯地毯，而且走斯泰因和利奥的路子，买些塞尚、雷诺阿、毕加索的画作，特别是马蒂斯的绘画。身为斯泰因的长嫂，她曾在巴黎拜马蒂斯为师，并喜爱上了这位大师的画作，这当然都是经由斯泰因以及利奥引荐的结果。1906年，萨拉与其夫迈克尔由巴黎返程美国，并

---

① 露西·丹妮尔：《格特鲁德·斯泰因评传》，王虹、马竞松译，桂林：漓江出版社，2015年，第230页。

随身带回一批马蒂斯的作品。在当时的情况下，美国本土还没有展览和收藏过其他现代派画家的作品，就更谈不上"野兽派"的画作了，所以立即在美国产生了轰动。

以上情形在《艾丽斯自传》里有具体的描述：

> 我是在加利福尼亚的旧金山出生的。……说到这里，我要转而谈谈旧金山的那次大火。斯泰因的哥哥与嫂嫂因这次大火才从巴黎回到旧金山，……斯泰因太太带来三幅马蒂斯的小画，是头一批横渡大西洋来到美国的现代玩艺。我就是在这个心情紊乱之时认识她的，她把画拿给我看，还告诉了我许多她生活在巴黎的事情。……①

与斯泰因一样，金斯伯格也很欣赏塞尚的画作及其艺术观点，他这样解释他对塞尚的欣赏：

> 塞尚并不运用透视法来创造空间，而是通过一种颜色与另一种颜色诸如此类的并列来达到同样的目的……所以，我就产生了将一个词和另一个词并置起来的想法，这样两个词之间就产生了空间——就像画布上的空间感——两个词之间存在的空间就会为思维找到一种存在的感觉。②

金斯伯格说过："我所追求的完美是一种毫无掩饰的直率，写出我自己所注意到的一切……包括错误的东西在内也像图画似的再现出来。或许我是一个傻瓜，一个并不像我自己认为的那种能预示一切的十足的傻瓜。有时候，我的不顾忌一切的愤怒痛骂的言语也的确妨碍我对事物做出明晰的

---

① 格特鲁德·斯泰因：《艾丽斯自传》，张禹九译，北京：作家出版社，1997年，第21—23页。

② Allen Ginsberg, Spontaneous Mind: Selected Interviews 1958-1996. New York: HarperCollins, 2001, p.30.

判断。"①在《我的创作方法》（What Way I Write，1960）中，金斯伯格写道："塞尚曾提到过他在观察自然时所产生的'小小的感动'（petti sensation），在生命历程即将走到尽头时，他在写给别人的信中再度提到这种感情时，只把它说成是'对万能上帝的一种虔诚'。而他的艺术就似乎成为一种尝试：在帆布画布上重画（通过几何平面、立方体等图形）一幅以时空信息为素材的抽象画，这幅画的背景就是圣·维可托瓦尔山。"②同时，金斯伯格对省略的研究或者说如同他后来称之为的简化，或许也源于他对塞尚的悉心学习。他曾经这样说过："我像塞尚一样运用素描式的手法。"金斯伯格后来声称《嚎叫》就是"塞尚方法的体现"。金斯伯格也谈到佛教及印象主义研究有助于他在写作时使用省略。"砌砖工人的午餐时间"（The Bricklayer's Lunch Hour）即是金斯伯格运用素描式的手法而创作的视觉印象的文字记录：

Two brick layers are setting the walls / of a cellar in a new dug out patch / of dirt behind an old house of wood / with brown gables grown over with ivy / on a shady street in Denver. It is noon.③ 两层砖砌的墙壁/酒窖新开挖的地块/旧木头房子后面的灰尘/常春藤长成的棕色山墙/在丹佛的阴暗街道上。现在是中午。

《嚎叫》第一部分的第70—78行讲述的是"垮掉的一代"的诗学理论。看第70行：and who therefore ran through the icy streets obsessed with a sudden flash of the alchemy of the use of the ellipse the catalog the meter & the vibrating plane.④这一段列举了"垮掉派"诗歌自发性写作中常用到的几种与绘画有

---

① David Remnick，Allen Ginsberg & the World，Washington Post，3，17. 1985.

② 比尔·摩根编:《金斯伯格文选——深思熟虑的散文》，文楚安等译，成都:四川文艺出版社，2005年，第269页。

③ Allen Ginsberg，Collected Poems：1947–1080. New York：Harper，1984，p.4.

④ Allen Ginsberg，Selected Poems（1947–1997）. Sichuan Literature and Art Publishing House，2000，p.65.

关的手法，比如"省略"（ellipse）、"罗列"（catalogue）、"韵律"（meter）和"平面"（plane），而且都有各自的出处。首先，"省略"和"罗列"很明显借用了现代派绘画中的创作技法，省略类似于"留白"，而罗列其实是对形式的一种强调。再说"韵律"和"平面"，金斯伯格显然对美国诗人威廉斯早前提出的所谓"相对韵律"（relative measure）这一概念有深入的了解，他在上述句子中提出的"韵律"这一现象，实则是对威廉斯"相对韵律"的一种呼应或暗示；但vibrating plane则和现代派绘画有着紧密的关系，"平面"是类似于形状或形式的另外一种表述。在同一平面中，不同的块状结构相互交错、叠加，观者自然地从一个块面滑向另外一个，从而产生一种特别的、持续的动感，各种元素综合在一起从而营造了可以称之为一种"跳到的画面"。

金斯伯格在"留心生动的事物"（Noticing What is Vivid，1993）一文中认为："'好的诗'给人以视觉享受，旋律优美，或语言丰富有趣，加上一些理性的严肃和情感——这种情感通常是通过作品的视觉、声音或智能来表现的——最后还要反映作者想要减轻人民大众苦痛的意愿。"①在"诗学：思绪美好，艺术亦应美好"（Poetics：Mind Is Shapely，Art is Shapely，1959）中，金斯伯格表达了类似的观点："要写的主旨通常是我以前思考过的，因此，写作实际上不过是在视觉意义上将我的头脑里已经呈现的那些思绪用文字符号速记下来而已，还伴随着自发性的即兴创作和冲动，当我意识到我突然在谈论我以前从未涉及过的事儿时。"②以上金斯伯格这种对塞尚的研究，回报他的是另一种影响，即他在1948年的那次布莱克幻念，他试图用文字传达这种幻念境界中存在着他和布莱克之间的一种超越时空感。"我在哥伦比亚大学的最后一年，也就是1948年左右，我沉迷于塞尚研究，师从迈耶·夏皮罗……我想大概是在同一时间我看到了布莱克的幻

---

① 比尔·摩根编：《金斯伯格文选——深思熟虑的散文》，文楚安等译，成都：四川文艺出版社，2005年，第182—183页。

② 同上，第267页。

象。"①

1948 年，金斯伯格完成了他在哥伦比亚大学文学专业的最后一年学业。他当时还是一位受到适度称赞的年轻十四行诗作家，对授课教师夏皮罗有关塞尚的感知实验的评论特别感兴趣，尤其是塞尚在对透视、形式和色彩的运用方面改变了他本人和其欣赏者对现象世界的看法。同时夏皮罗指示金斯伯格去现代艺术博物馆，直接研究塞尚的一些画作。自然地，博物馆里塞尚的画作在平面上舒展开来，无一例外地表征为球体、圆柱体和圆锥体等几何形状的简单叠加，那是画家从自然中获得的一种秩序感，一种与自然秩序相平行的艺术秩序，具有直觉印象，但那里边确确实实具有一种真真切切的"细微之感"。对细微感的捕捉，是大师塞尚的独门绝技，他曾说："我可能已经步入了老年，但我不觉得这样，我依然非常的敏锐，尤其在作画中。我不像其他的老年画家，感觉功能已经退化，我依旧能捕捉到那种'细微之感'，因为我的激情犹在。"②像斯泰因一样，金斯伯格也曾仔细研究过塞尚的作品，塞尚所秉持的绘画中的"细微之感"的技法使他深受启发，并被时常运用到他的具体的诗歌创作之中。金斯伯格后来声称《嚎叫》就是"塞尚方法的体现"，因为《嚎叫》在其最后一部分的创作中就借鉴了塞尚的"细微之感"这一绘画技法，按照金斯伯格本人的说法，这是作为给塞尚献礼的最佳方式。以下是具体地运用这种"细微感觉"手法的另一首名为《塞尚的港口》（Cezanne's Port）的小诗：

In the foreground we see time and life/swept in a race/toward the left hand side of the picture/where shore meets shore. /But that meeting place/isn't represented; /it doesn't occur on the canvas./For the other side of the bay/is Heaven and Eternity, /with a bleak white haze over its mountains./And the immense

① Allen Ginsberg. "The Art of Poetry", The Paris Review, 10, No. 37（Spring 1966）, p. 24.

② Erle Loran, Ceznne's Composition. Berleley and LosAngeles: University of California Press, 1994, p.27.

water of L'Estaque is a go-between/for minute rowboats.[1]

在前景中，我们看到时间和生命/在比赛中经过/朝着画面的左侧/在岸与岸相遇的地方。/但是那个相遇的地方/没有出现；/它没有出现在画布上。/在海湾的另一边/是天堂和永恒，/山顶上笼罩着凄凉的白色雾气。/而广阔的拉斯塔（L'Estaque）水域则在中间/划着一艘小划艇。

在这里，金斯伯格显然对塞尚在1886年的风景画《来自埃斯塔克的海湾》（The Bay from L'Estaque）中出色的整体构图技巧还感到困惑。在哥伦比亚大学时，夏皮罗就曾建议他研究埃尔勒·罗兰（Erle Loran）的《塞尚的构图》（Cezanne's Composition），这是一位年轻画家对塞尚富有创造力的构图技巧的精彩描述，他本人就曾在埃克斯－普罗旺斯（Aix-en-Provence）的塞尚画室生活和工作过。这让金斯伯格对塞尚的另一幅画作《拉鲁奇富扬的风景》（The Landscape at La Rouche Fuyon）充满了好奇感，因为它是对二维和三维平面操作的实验。画中平面与平面之间相互作用，给观者一种独特的三维感觉——这是塞尚开创的一种了不起的绘画手法，对金斯伯格的诗歌创作产生了积极的影响，也与作为方法论的结构主义具有一定程度上的同构性。

庞德曾尝试过将汉语方块字直接当作其创作诗歌的一种媒介。上文已有交代，在中国，文学与图像的关系自古就非常密切，而书法本身就具有象形性，其内在的关联更加密不可分，呈现出更加复杂多变的态势，这也是汉字的特殊构型以及汉语思维和汉语文化的特殊性使然的结果。那庞德到底是如何做的呢？他首先将汉字加以拆解，然后将它们被拆解的部分一个个整体地平摊在一个平面上，这样就形成了无数个大大小小的图案和形状，类似于"图形诗"的效果；因为汉字的象形功能，读者任凭以上图案之间的随意联系而产生种种意象，最终达到对这种类型诗歌的理解。庞德曾潜心研究过汉字，所以他创作的某些诗歌会以文字为其直接的基本形式，这自然会显露出其实际的一些优势。基于这些优势，我们就不应该再

---

[1] Collected in Empty Mirror, New York: Totem Press in association with Corinth Books, 1961, p.10.

用一些刻板的标准去干预诗歌的创作。在威廉·威廉斯以及后来美国派俳句诗人的作品中，意象本身就表明作者的匠心独运，形式完美的意象本身就是衡量诗作的真正标准。

众所周知，"垮掉派"文学在20世纪50年代美国文学中独树一帜，具有强烈的反叛精神，实验色彩浓厚。除"垮掉的一代"文学之外，融合在这股潮流中的还有：文学领域中的黑山派，绘画领域里的抽象表现主义，甚至实验派导演艺术，像罗伯特·弗兰克、肯尼斯·安戈等杰出导演的实验性作品。能够将这些身在异质领域的艺术家联系在一起的除以上已提及的实验性和反叛性是他们共同的诉求之外，还有就是他们共同拥有一种独特的审美思想，追求对事物的一种主观、率性的表达，从而不拘于表达的形式。必须强调的是，有人认为"垮掉的一代"诗歌中时常充满着一种懊恼和忏悔的基调，这是对它的一种严重的误解。其实"垮掉派"诗歌在形式上类似于新小说，它也在努力探究一种辩证关系，诸如幻想与现实、文学与政治等之间的关系。其诗歌形式不拘一格，呈一种开放的态势，极具包容性；比喻大胆而新奇，甚至于稀奇古怪，一切皆可入诗；风格平实，但时而也有惠特曼式的奔放。这无疑表征了一种新的文体的形成，其表现形式大胆而另类，甚至具有一种异端的品质。至此我们看到，一种新的超现实主义诞生了，而且几乎都与现代派绘画关系密切。

克鲁亚克的代表作《在路上》于1972年以《柯迪印象》为书名出版，也是它的最后一个版本，小说中大量的场景描述均经由素描式手法得以完成。克鲁亚克的"素描"式创作手法也不是他的个人发明，而是深受他在哥伦比亚大学的朋友艾德·怀特的影响。怀特认为，素描虽是一种常见的绘画技法，却完全可以移植到诗歌创作中，从而形成具有立体感的素描文字。克鲁亚克有随身携带他的"随手涂写的秘密笔记本"的习惯，第一次的文字素描竟长达十五分钟之久。那完全是克鲁亚克在《孤独天使》所表达的一种感受，只想听到那发自自己内心的召唤，所以不要有任何的思考，只管不停地写，永远不要停下来。不要停顿去做思考，不要刻意去遣词，而要达到一种忘我的状态，以此来对抗写作中常有的那种自我意识，是用无意识的手段来抗衡理性，以达到类似于金斯伯格后来所说的"普通心智"的一种境界。最初的思绪，最好的思绪，自发的洞见——延绵不断的思绪在头脑中自然流淌——这就是克鲁亚克式"素描"文字一直以来的主题和方法，这种极具实验性和现代性的文学表现革新方法及其实践使得克鲁亚克可以在某种程度上与乔伊斯、福克纳等先锋作家相提并论。在小说《萨克斯医生》中，克鲁亚克运用素描文字的途径则更为多元，从质料上来看，有剪贴的报纸、被剪辑的电影脚本等；从语言上看，间有法语、市井俗语等；从移植的写作手法看，有哥特式写法、滑稽剧写法等，不一而足。另外，克鲁亚克的文字素描手法有时甚至是同爵士乐的即席性灵感相结合的一种产物。

巴勒斯的"剪辑"法在"垮掉的一代"文学与现代派绘画的关系中很具有代表性，他的代表性作品《赤裸的午餐》就是运用"剪辑"法写作完成的，巴勒斯常常以此引以为豪，在他看来，"剪辑"法体现了一种至今最佳的文学表现形式。《赤裸的午餐》事先没有任何的写作计划，开始写作后作者甚至都不知该如何结束，故事没有谋篇布局，没有完整的故事情节，基本只是一些联想与梦境的堆积，现实与梦幻混杂，没有全知全能的描写，也没有评判。巴勒斯发现"剪辑"法也极具偶然性，1959年他来到了艺术之都巴黎，在那里与画家布里昂·基辛成为好友，并发现基辛当时正在如火如荼地试验和运用一种"剪辑"法进行绘画创作。巴勒斯很快就被这种新奇的绘画创作手法吸引住了，进一步地，他发现这种方法与他在《赤裸的午餐》中已运用的并置法颇为相似。如同基辛一样，巴勒斯不久就将"剪辑"法应用到他具体的文学写作中，创作了多篇脍炙人口的作品。"剪辑"法的具体的操作方法为，随意地剪下自己的或别的任何作家的文本后，再将它们任意地拼贴在一起，这样就形成了新的文本，这种方法颇像综合立体主义绘画中的拼贴法。更为极端的是，巴勒斯有时对磁带、电影甚至电视里的镜头进行剪辑，然后将它们粘贴在一起，形成自己的作品，这也类似于现代电影中的蒙太奇手法。于是小说《赤裸的午餐》便由一个个互不衔接的片段随意堆积而成，现实图景与超现实幻象交织，变成了一幅随意剪辑和拼贴的现代派绘画。作者取消传统写作中必要的过渡，消解转换叙述者时的变化，任意拼贴一个个片段，片段打破了文字和句法的逻辑及整个符号体系。《赤裸的午餐》中，巴勒斯运用"剪辑"法，使得作家在写作过程中不再受任何固定的写作手法的限制和约束，任由自己的思想从潜意识中奔泻，从而活化了一个长期遭受毒品和淫乱的困扰，身处在社会的最低端，为了生活不得不苦苦挣扎的中年主人公的内心世界。

在巴勒斯看来，许多伟大的作品都是运用"剪辑"法的结果，比如，多斯·帕索斯的《美国》三部曲就是如此，甚至伟大作家艾略特的《荒原》中也不乏被剪辑了的其他作家的文本。作为一种新的文学表现手法，"剪辑"法通过打破语言传统、常规的排序，成功实践了符号是任意性的以及能指和所指之间的联系也是任意的现代语言法则。历经多年的文学创作实践和艰苦探索，巴勒斯最终形成了一整套关于"剪辑"法的理论体系。巴勒斯的"剪辑"法力图超越语言牢笼，提倡空间性、非线形和具体化的语言实践，其目的是将人类无时不在发生的心理—感觉过程明晰化。这种剪辑的创作手法是要打乱文本原有次序，使之成为新的组合，报纸、广告、剧本、诗歌、小说，自己或他人的作品皆可剪切并置。文本在不断剪辑和拼贴过程中重组，形成漫无边际的语符网络，其意义在能指中滑动、延宕。这些符号并不指涉任何的意义，也不像索绪尔所说的那样指的是一种音响形象，也不受任何人意志的操纵，仅是飘浮在真空里的一串串字符，无限地延宕下去。

巴勒斯进一步地反问道："什么样的作品不是通过剪辑法得以完成的呢？"[1]他认为，没有人能够否认诸如巴赫金、德里达、克里斯蒂娃等这些理论家的伟大功绩，但他们的作品同样是通过剪辑的方式得以实现和完成的。自文明产生以来，人类的精神财富大多以文本的形式得以保存下来，形成了一个巨大的语言网络或系统。每个作家所做的只不过是从这一语言系统中采集一定量的文本，再通过拼贴、并置、黏结等手段重新排列和组

---

① William S. Burroughs, The Third Mind. With Brion Gysin. Viking Press, 1978, p.8.

合这些文本，以便形成新的文本。当然在形成新的文本的过程中，作家们要讲究文本创新的方法和手段，要遵循语言系统和文学创作中的规律，力求避免因不得法而造成新的创作文本的扭曲。在巴勒斯看来，如果"剪辑"法运用得当，作家们赖以生存的文学创作语言网络体系将会变得更为清晰，也更具有实用性。由此可以看出，作为一种新的文学理论，巴勒斯文学创作中的"剪辑"法完全可以与结构主义、解构主义等先锋性文学理论相比肩。

结　语

　　在所有研究斯泰因的学者中，只有斯科特·泰勒（Scott Taylor）注意到斯泰因有可能影响了毕加索，并引领了立体派的发展。泰勒说："尽管评论家们很快就认为斯泰因受到了立体派的影响，但他们从未怀疑过相反的情况。"[①]斯泰因声称自己只和毕加索在一起过，并且显然尊重他的"天才"。她可能影响了毕加索，但她只是说："西班牙发现了美洲，而美洲又发现了西班牙。"[②]正如斯泰因描述的那样，毕加索与人为友是因为他们是他所需要的：

> 　　他生活在巴黎。他在巴黎的朋友都是作家而不是画家，当他能创作出他所希望的画作时，为什么要画家做朋友呢？像每个人一样，他需要想法，但不是有关绘画的想法，他必须认识对想法感兴趣的人，因为他一出生就知道如何绘画。[③]

　　斯泰因在创作《梅兰克莎》期间，曾坐着让毕加索为她画像。根据布里奇曼（Bridgman）的说法，她在1906年创作《三个女人》的最后两个月和开始《美国人的形成》一书的最终通稿之时让毕加索为她画像。在他们两人的谈话中，很有可能探讨了立体派将要秉承的主要信条。由于这些思

[①] F. Scott Taylor, Automatic Stein：The Literature of Dissociation. University of Toronto, 1976, p.77.

[②] Gertrude Stein, Picasso. New York：Dover Publications, 1984, p.24.

[③] Ibid., p.5.

想是从塞尚的作品和美学中发展而来的，而斯泰因对塞尚的作品有着深刻的理解，并体现在《三个女人》的创作中，所以斯泰因极有可能在其中发挥了引领作用。由于斯泰因把她的创作日期搞混了，所以当她说《三个女人》和《美国人的形成》创作于1907年和1908年的时候，我们必须小心谨慎地对待她所说的话。①既然《美国人的形成》一开始就是《三个女人》的一种逻辑上的延伸，那么说"它们在艺术最重要的问题上的取向是一致的"就不过分了（as quoted previously，from Leon Katz）。当艾丽斯在为《美国人的形成》一书打稿时，毕加索才创作完成了第一批立体派画作。即便如此，大多数艺术评论家依然认为立体派创始于1907年，而毕加索的《亚威农少女》（Demoiselles d'Avignon）就是在那一年诞生的。

在写作《三个女人》和《美国人的形成》的过程中，斯泰因形成了自己的美学基础。虽然她的美学思想在她的创作生涯中经历了成长和变化，她的哲学的主要前提却或多或少保持不变。这也是斯泰因美学的基本原则——表达生活——通过艺术家的生活传达描述对象的生活，从而创造出具有永久价值的作品。

尽管说得有些间接，本·里德（Ben Reid）还是在称赞斯泰因拥有美学家的才能：

> 我说过，桑顿·怀尔德（Thornton Wilder）看到了格特鲁德·斯泰因的真相；事实上，他看到了两个基本的事实：她首先是一个哲学家和美学家；作为一名艺术家，她有极大的局限性。他给了我们这样的观点：我认为可以这样说，斯泰因小姐生命中最基本的职业不是艺术工作，而是知识理论、时间理论和激情理论的形成。②

---

① Gertrude Stein，Picasso. New York：Dover Publications，1984，p.8–12；The Autobiography of Alice B. Toklas. New York，1933，p.89.

② Ben Reid，Art by Subtraction：A Dissenting Opinion of Gertrude Stein. Norman，Oklahoma：University of Oklahoma Press，1958，pp.21–22.

尽管人们可以通过她自己的思考来追溯她在思想上的成熟，斯泰因的思想体系并不总是"连贯的"，但同样的思想也在当时的哲学氛围中得到了表达。斯图尔德（Steward）和霍夫曼（Hoffman）在他们对斯泰因的研究中指出，她对当时整个欧洲正在形成的学术氛围和其中所发生的所有主要活动都了如指掌。

不管比较不同的学科是多么的困难或不可能，参与现代主义运动的艺术家、音乐家和作家都有一套新的、共同的目标；正如斯泰因在《法国巴黎》（Paris France）一书中所指出的那样，20世纪初，空气中弥漫着一种不同的精神。维尔纳·哈夫特曼（Werner Haftmann）说："立体派对应于那种新的、现代的现实概念，而这种概念一直是20世纪整个绘画界努力的目标，就是要用视觉表现出来。"威利·西弗（Wylie Sypher）等人认为立体主义运动涉及两门学科——艺术和文学。法国诗人阿波利奈尔、马克斯·雅各布和皮埃尔·里维尔迪（Pierre Reverdy）都自称是立体派。在《当代音乐概论》（Introduction to Contemporary Music）中，约瑟夫·马科利斯（Joseph Machlis）写道：

> 这种对艺术结构方面的强调并不局限于音乐。在绘画和雕塑中，在对纯粹形式（pure form）的崇拜中，也可以看到类似的痕迹，建构主义者和立体主义者开始崭露头角……音乐家放弃了浮夸的主题——新的实事求是要求更冷静的主题和更安静的色彩——在音乐表达的每个部分中，都需要克制和安静的姿态。①

大多数艺术评论家认为，现代艺术运动起源于塞尚或高更的理论。谈到野兽派和立体派，哈夫特曼说："先驱性的工作是在过去的十年里完成

---

① Joseph Machlis. "Objectivism in Music", Introduction to Contemporary Music, New York：W. W. Norton and Co. Inc., 1961, pp.154−55.

的，新风格的基础是早期风格倾向的持续运作。"①也许有人会说，毕加索为自己的目的从塞尚的作品中提取出来的东西，也正是斯泰因发现满足她需要的东西。

艺术和哲学在20世纪携手合作。正如克罗齐（Croce）所说："我们这个时代的艺术是当代哲学的代表。"②赫伯特·里德（Herbert Read）详细阐述道：

> 从毕加索和布拉克的第一次立体主义实验开始的艺术上的"现代"运动，现在已经有40年了。它的古怪、暴力、突然的转变和频繁的分裂表明，它的发展是随意的，没有预谋的，并日复一日地、务实地为自己辩护。但是，只要简单地梳理一下历史事实，就会发现，在任何造型形式表现出现之前，现代运动的哲学基础就已经在逻辑上完整地建立起来了……我相信，艺术和哲学的有意识的整合已在此时发生。从谢林经过克尔凯郭尔、尼采、胡塞尔到海德格尔和雅斯贝尔斯的哲学发展在造型艺术中是无与伦比的，直到我们到达毕加索，康丁斯基和克利，蒙德里安和加博。③

当然，斯泰因的审美反映了当时欧洲知识分子的思想。在斯泰因的著作中，我们可以清楚地看到一些与哲学家们所提出的观点的相似之处。例如，黑格尔的思想在当时是很流行的，而在《三个女人》和《美国人的形成》其中人物关系的研究中，可以看到对黑格尔思想的某种回应。他对关系或对立矛盾的"辩证法"，几乎可以从梅兰克莎和杰夫关系的两极化以及好斗与抗拒的个性中得到例证。有些与当时哲学家相吻合的思想，虽然在斯泰因的作品中并没有那么明显，却在她的美学中表现得很清晰。叔本

---

① Werner Haftmann, Painting in the Twentieth Century. 2 vols. 1965; rpt. New York: Praeger Pub. Inc., 1972, p.7.

② Benedetto Croce, Guide to Aesthetics, trans. by Patrick Romanell, 1913; rpt. Indianapolis: Bobbs-Merrill Co., Inc., 1965, p.64.

③ Herbert Read, The Philosophy of Modern Art. London: Faber and Faber Ltd., 1952, pp. 100–101.

华的思想在当时也受到了广泛的关注，而斯泰因的一些美学信条则让人想起了叔本华的思想。布兰谢德（Blanshard）认为叔本华在很大程度上是抽象美学的代表，他写道：

　　叔本华是一位很少有人注意到的抽象理论的哲学家。未能认识到这一点，可能就是因为抽象理论的间接性及其深度。叔本华的思想信条是通过象征主义诗人、柏格森和立体派传下来的。此外，他的观点虽被广泛接受，似乎并没有这样的一位传播者。作家们不自觉地重复他的话；他们只是觉得他们在谈论良好的美感。"审美体验提供了对现实的直接洞察；在这种体验中，艺术作品的影响是直接的；观察者和对象是一体的。一幅画就是一个有自身生命的实体，它的生命力来自艺术家的视觉品质。"[①]

叔本华的后一句话听起来很像斯泰因对杰作的定义："杰作之所以存在，是因为它们成为了某种本身就是目的的东西。"[②]这类似于斯泰因所说的创造杰作的"实体"，她说："一个人在做事时是没有身份的。"[③]布兰谢德也指出："叔本华曾说过，艺术中没有'伟大的主题'。只要艺术家能看到它独特的本质，任何原创作品都是有用的。艺术家视觉的特征和品质至关重要。"[④]斯泰因平凡的中产阶级日常生活，她对主题本质的探索，甚至她的评论"……新文艺运动的影响持续存在，并正在形成新的文艺运动；为了抓住机会，需要一种非常强大的创造力"，[⑤]所有这些都呼应着叔本

---

① Frances B. Blanshard, Retreat from Likeness in the Theory of Painting, 2nd ed. 1945; rpt. New York: Columbia U. Press, 1949, p.124.

② Gertrude Stein, Look at Me Now and Here I Am: Gertrude Stein: Writings and Lectures. 1909–1945. Ed. P. Meyerowitz. Harmondsworth: Penguin Books Ltd., 1967, p. 151.

③ Ibid., p.148.

④ Frances Bradshaw, Retreat from Likeness in the Theory of Painting. 2nd ed. 1945; rpt. New York: Columbia U. Press, 1949, p.71.

⑤ Gertrude Stein, The Autobiography of Alice B. Toklas. New York, 1933, p.227.

华。斯泰因甚至可能已经决定给毕加索和她自己贴上"天才"的标签，因为叔本华对天才的定义是"无意志知识的最高形式"或"简单地说，是完全的客观"。①叔本华因赋予艺术新的权威和直觉的合法性而获得斯泰因的尊敬。

柏格森对艺术的定义是"对准确性的强烈渴望"，他将艺术在观众中所激起的审美情感定义为"直接交流所产生的兴奋"。②他说："重要的当然不是视觉表现的事实，而是与现实的实际接触的交流。"③斯泰因对艺术及其目的的定义与柏格森在本质上是相同的。柏格森还说："普通语言无法传达事物的个性和新鲜感。"斯泰因接受了这个挑战，并尝试使用普通的语言，使用改变了样式的简单词语来传达这种"印象的新鲜感"。柏格森关于时空和新的第四维度的思想无疑对现代艺术产生了巨大的影响，并一直得到了充分的印证。在这里需要注意的是，斯泰因也使用了柏格森关于持续时间的概念。

斯泰因和毕加索都赞同克罗齐对艺术家的定义："只要他是艺术家，他就不是一个行为主义者，凡事也不推理，而是诗意、绘画、歌唱；简而言之，他是在表达自己。"④克罗齐还坚持艺术是自主的，它"不依赖于道德、快乐或哲学"。⑤斯泰因则说："杰作与人类的思想和实体有关，它与事物本身无关。"⑥赫伯特·里德（Herbert Read）说得更清楚："任何艺术的美德，都完全存在于它对感官和'非散漫'或'富于想象力'的理性的诉求中，而所有其他标准，无论是道德的还是社会学的，在审美上都是无

---

① Will Durant, The Story of Philosophy: The Lives and Opinions of the Greater Philosophers. 1926; rpt. Garden City, New York: Cardinal, 1953, p.334.

② T. E. Hulme, Speculations: Essays on Humanism and the Philosophy of Art, ed. Herbert Read, 1924; rpt. London: Routledge and Kegan Paul, 1965, p. 159.

③ Ibid., p.167.

④ Benedetto Croce, Guide to Aesthetics. Trans. Patrick Romanell. 1965; rpt. Indianapolis: Bobbs-Merrill Co. Inc., 1965, pp.57-58.

⑤ Ibid., p.48.

⑥ Gertrude Stein, Look at Me Now and Here I Am: Gertrude Stein: Writings and Lectures. 1909-1945. Ed. P. Meyerowitz. Harmondsworth: Penguin Books Ltd., 1967, p. 151.

关紧要的。"①里德还注意到：马蒂斯、毕加索、布拉克和他们同时代的画家所开创的绘画革命的总体效果在本质上是主观主义的，对其他艺术也可以做同样的概括。

主观主义是一个多世纪前由克尔凯郭尔（Kierkegaard）和黑格尔所提倡的一种精神气候。莫奥利-纳吉（Moholy-Nagy）在解释立体派的时候说了同样的话：

　　摄影用乳剂精确地在曝光时出现的地点渲染光影，但是立体派画家在没有考虑到这种偶然情况的情况下完成了渲染任务，表现了对象的本真性和整体性。这样，他就把自己从自然主义的渲染中解放了出来，并完成了艺术家从传统、重复、模仿，到日益增长的自主诠释能力的过渡。②

艺术史家将强调形式的立体派定义为几乎是从混乱和动荡的生活中回归到几何形式的一种永恒，它"吸引感官"是因为它提供了整齐的结构。这在威廉·沃林格（Wilhelm Worringer）关于《抽象和移情》（Abstraction and Empathy）的论述中得到了解释，它定义了所有艺术的两种冲动和意图：一种是对共鸣反应的渴望，这是由现实主义艺术产生的；另一种是对秩序感的反应的渴望，通过几何或抽象艺术产生的装置和结构来唤起的满足感。在文中沃林格认为现代美学"已经踏出了从美学客观主义到美学主观主义的关键一步"。"艺术品的价值，也就是我们所说的美"，沃林格写道，"总的说来在于它带来快乐的能力"③。

虽然斯泰因的很多作品尤其其早期作品大都带有现实主义的色彩，但如果我们考虑到其中简化了的人物描写以及使用简单的词汇、重复和节奏等技巧，我们可能会把它看作是一种走向抽象和形式的尝试。《美国人的

---

① Herbert Read, The Philosophy of Modert Art. London: Faber and Faber Ltd., 1952, p.157.

② L. Moholy-Nagy, Vision in Motion. Chicago: Wisconsin Cuneo Press, 1947, p.116.

③ Wilhelm Worringer, Abstraction and Empathy(1908), trans. Michael Bullock, 3rd, ed. 1910, p.13.

形成》之后，斯泰因的作品是否发展成了"表现主义""抽象表现主义""综合立体主义"，或是"建构主义"（"constructivism"），还有待进一步的研究。当然，斯泰因的创作历程和作品证明了她无疑是一位极具原创精神的作家。

现代主义背景下的艺术与文学创作呈现出前所未有的交融状态，图像叙事方法是斯泰因极具创新价值的文学写作活动的核心推动力量。斯泰因的文学创作是轰轰烈烈的"现代主义"运动的一部分，她的创作方法与审美反映契合了当时欧洲的哲学与美学思潮。

参考文献

1 英文参考文献

Apollinaire, Guillaume. The Cubist Painters—Aesthetic Meditations. Trans. Lionel Abel. New York: G. Wittenborn, 1949.

Armstrong, Tim. Modernism, Technology and the Body: A Cultural Study. Cambridge: Cambridge University Press, 1998.

Barker, Lewellys F. The Nervous System and Its Constituent Neurones. New York, 1899.

— Times and Doctors. New York, 1942.

Bartlett, Robert, ed. A Primer for the Gradual Understanding of Gertrude Stein. Los Angeles, CA, 1971.

Becker, George. "Introduction: Modernism as a Literary Movement", George J. Becker, ed., Documents of Modern Literary Realism, Princeton University Press, 1963.

Becker, Laurel. "Pitting 'Matisse' Against 'Picasso': Gertrude Stein's Companion Portraits", Arizona Quarterly Volume 72, Number 4, Winter 2016.

Benstock, Shari. Women of the Left Bank: Paris 1900—1940. London, 1987.

Berry, Ellen E. Curved Thought and Textual Wandering: Gertrude Stein's Postmodernism. Ann Arbor: The University of Michigan Press, 1992.

Blanshard, Frances Bradshaw. Retreat from Likeness in the Theory of Painting.

2nd ed. 1945, rpt. New York: Columbia U. Press, 1949.

Blau, Amy. "The artist in word and image in Gertrude Stein's Dix portraits", Mosaic; Winnipeg Vol. 36, Iss. 2, 2003.

Bloom, Harold, ed. Modern Critical Views: Gertrude Stein. New York: Chelsea House Publishers, 1986.

Bowers, Jane Palatini. "Gertrude Stein's Writing." Gertrude Stein and Women Writers. New York: St. Martin's, 1993.

Bowles, Paul. Without Stopping: An Autobiography, London, 1972.

Brassi, Picasso and Co.. Trans. Francis Price. Garden City, NY, 1996.

Bridgman, Richard. Gertrude Stein in Pieces. New York: Oxford University Press, 1970.

Brinnin, John Malcolm. The Third Rose: Gertrude Stein and Her World. Boston: Little, Brown and Co., 1959.

Burns, Edward, ed. The Letters of Gertrude Stein and Carl Van Vechten: 1913-1934. New York: Columbia University Press, 1986.

Butler, Christopher. Early Modernism. Oxford: Clarendon, 1994.

Champa, Kermit Swiler. "Monet to Frederic Bazille", Studies in Early Impressionism, 1973.

Cheng, S. B. Famous unknowns: The dramas of Djuna Barnes and Gertrude Stein, D. Krasner ed. A Companion to Twentieth Century American Drama. Oxford: Blackwell Publishing, 2007.

Chessman, Harriet Scott. The Public Is Invited to Dance: Representation, the Body, and Dialogue in Gertrude Stein. Stanford: Stanford University Press, 1989.

Chipp, Herschel B.. Theories of Modern Art. Berkeley: University of California Press, 1968.

Clements, Elicia. "How to Remediate; or, Gertrude Stein and Virgil Thomson's Four Saints in Three Acts", Modern Drama, Volume 62, University of Toronto Press, Number Spring 2019.

Cowley, Malcolm. "Gertrude Stein, Writer or Word Scientist?" in The New York Herald Tribune Weekly Book Review, 24 November 1946: 1.

Croce, Benedetto. Guide to Aesthetics, trans. by Patrick Romanell, 1913; rpt. Indianapolis: Bobbs-Merrill Co., Inc., 1965.

Curnutt, Kirk, ed. The Critical Response to Gertrude Stein. Westport: Greenwood Press, 2000.

DeKoven, Marianne. A Different Language: Gertrude Stein's Experimental Writing. Madson: University of Wisconsin Press, 1983.

— "Gertrude Stein and the Modernist Canon", Gertrude Stein and the Making of Literature, ed. by Shirley Neuman and Ira B. Nadel, Macmillan, 1988.

— "Gertrude Stein and Modern Painting: Beyond Literary Cubism". Contemporary Literature, Vol. 22, No. 1, Winter 1981.

— "Melody", Modern Critical Views: Gertrude Stein, edited by Harold Bloom, Chelsea House, 1986.

— "Gertrude Stein's Landscape Writing", Women's Studies, 1982.

Dodge, Mabel. "Speculation, or Post-Impressionism in Prose", Arts and Decoration, 3. 1913.

Doran, Michael. Conversation with Cezanne. Los Angeles: University of California Press, 2001.

Doren, Carl Van. The American Novel 1789 — 1939. New York: Macmillan, 1940.

Dubnick, Randa. The Structure of Obscurity: Gertrude Stein, Language, and Cubism. Urbana: U of Illinois P, 1984.

Durant, Will. The Story of Philosophy: The Lives and Opinions of the Greater Philosophers. 1926; rpt. Garden City, New York: Cardinal, 1953.

Dydo, Ulla E, ed. A Stein Reader. Evanston: Northwestern University Press, 2003.

Emary, Elliott, ed. Columbia Literary History of the United States. New York:

Columbia University Press, 1988.

Everson, William. "Shaker and Maker", Geoffrey Garder, ed. For Rexroth: The Ark 14, New York: The Ark, 1980.

Fenton, Charles A. The Apprenticeship of Ernest Hemingway: The Early Years. New York: Farrar, Straus and Young, 1954.

Fichtel, Jason D. "When This You See Remember Me—The Postmodern Aesthetic of Gertrude Stein's Drama." Time-Sense: 1-10. 27 Jan. 2007.

Fitz, Earl E. Rediscovering the New World. Iowa: University of Iowa Press, 1991.

Fitz, L. T. "Gertrude Stein and Picasso: The Language of Surfaces", American Literature, 45, 1973.

Flaubert, Gustave. "Letter to Louise Colet, 16 January 1852", Correspondence II, Paris, 1980.

Ford, Sara J. Gertrude Stein and Wallace Stevens. New York and London: Routledge, 2002.

Foucault, Michel. Les Mots et les choses, translated as The Order of Things: An Archaeology of the Human Sciences. New York: Random House, 1973.

Fry, Roger. Cezanne: A Study of His Development, 1927; rpt. New York: Noonday Press (Farrar, Strauss, and Giroux), 1960.

Gallup, Donald. The Flowers of Friendship: Letters Written to Gertrude Stein. New York, 1953.

Galvin, Mary E. Five Modernist Women Writers. Westport, Connecticut: Greenwood Press, 2000.

Garvin, Harry R. "Sound and Sense in Four Saints in Three Acts", The Bucknell Review, 1954.

Gasquet, Joachin. "Cezanne", Michael Doran, ed., Conversation with Cezanne. Los Angeles: University of California Press, 2001.

Gass, W. H. "Gertrude Stein: Her Escape from Protective Language". Accent,

XVIII, Aug., 1958.

Gasset, Jose Ortega. The Dehumanization of Art. Princeton: Princeton UP, 1968.

Gilbert, Sandra M. & Gubar, Susan. The Norton Anthology of Literature by Women: The Tradition in English, Part Two. New York: W. W. Norton Company, 1985.

Gilo, Francoiset & Lake, Carlton. Life with Picasso. New York: McGraw-Hill, 1964.

Ginsberg, Allen. Collected Poems, 1947-1997. New York: Harper Collins Publishers, 2006.

— Spontaneous Mind: Selected Interviews 1958-1996. New York: HarperCollins, 2001.

— Collected Poems: 1947-1080. New York: Harper, 1984.

— "The Art of Poetry", The Paris Review, 10, No. 37, Spring 1966.

Giroud, Vincent. Picasso and Gertrude Stein. New Haven, CT, 2006.

Goody, Alex. Modernist Articulations: A Cultural Study of Djuna Barnes, Mina Loy and Gertrude Stein. New York: Palgrave Macmillan, 2007.

Green, Chrisopher. "Cubism", The Dictionary of Art. Ed. Jane Turner. Vol. 8. New York: Macmillan, 1996.

Greenfeld, Howard. Gertrude Stein: A Biography . New York: Crown, 1973.

Guichard-Meili, Jean, etc. Henri Matisse: Catalogue raisonné de l' oeuvre gravé. Review by: Richard S. Field. The Print Collector's Newsletter. Vol. 16, No. 2 May-June 1985.

Gutkowski, E. "Gertrude Stein and Jules Lanforgue: A Comparative Approach", European Jurnal of American Culture, 2003(22).

Gygax, Franziska. Gender and Genre in Gertrude Stein. Wesport: Greenwood Press, 1988.

Haftmann, Werner. Painting in the Twentieth Century, 2 vols. 1965; rpt. New

York: Praeger Pub. Inc., 1972, Vol. II.

Hardy, Thomas. "The Science of Fiction," New Review, April 1891.

Haselstein, Ulla. "Gertrude Stein's Portraits of Matisse and Picasso", New Literary History, Vol. 34, No. 4, 2003.

Hass, Robert, ed. A Transatlantic Interview 1946. Los Angeles, CA, 1971.

— A Primer for the Gradual Understanding of Gertrude Stein. Los Angeles, CA, 1971.

Hassan, Ihab & Hassan, Sari, eds. The Postmodern Turn: Essays in Postmodern Theory and Culture. Ohio State University, 1987.

Heldrich, Philip. "Connecting Surfaces: Gertrude Stein's Three Lives, Cubism, and the Metonymy of the Short Story Cycle", Studies in Short Fiction, Fall 1997.

Hemingway, Ernest. A Moveable Feast. Arrow Books Ltd, 1994.

Hobhouse, Janet. Everybody Who Was Anybody: A Biography of Gertrude Stein. New York: Anchor Books, 1975.

Hoffman, Michael. "Gertrude Stein's 'Portraits'", Twentieth-Century Literature, XI, 1965.

— The Development of Abstractionism in the Writings of Gertrude Stein. Philadelphia: University of Pennsylvania, 1965.

Holbrook, Susan & Dilworth, Thomas, eds. The Letters of Gertrude Stein and Virgil Thomson: Composition as Conversation. Oxford UP, 2010.

Howe, Irving. New Republic 145, July 24, 1961.

Hulme, T. E. Further Speculation. Ed. Sam Hynes. Minneapolis: University of Minnesota Press, 1955.

— Speculations: Essays on Humanism and the Philosophy of Art, ed. Herbert Read, 1924; rpt. London: Routledge and Kegan Paul, 1965.

Innes, Christopher. Edward Gordon Craig. Cambridge: Cambridge University Press, 1983.

Isaak, Jo Anna. "The Ruin of Representation in Modernist Art and Texts". Studies in the Fine Arts: Arts Theory, No. 13. Ann Arbor: UMI Research P, 1986.

Jackson, Brian. "Modernist Looking: Surreal Impressions in the Poetry of Allen Ginsberg", Texas Studies in Literature and Language, Fall 2010.

James, William. Principles of Psychology. New York: Dover, 1950.

Johnston, Georgia. "Reading Anna Backwards: Gertrude Stein Writing Modernism Out of the Nineteenth Century", Studies in the Literary Imagination 25.2.1992.

Kahnweiler, Daniel. Introduction to Painted Lace and Other Pieces (1914–1937), 1955; rpt. Freeport, New York: Books for Libraries Press, 1969.

Kandinsky, Wassily. Concerning the Spiritual in Art. Trans. M. T. H. Sadler. New York: Dover, 1977.

Katz, Leon. "Matisse, Picasso and Gertrude Stein," Four Americans in Paris: The Collections of Gertrude Stein and Her Family, New York: The Museum of Modern Art, 1970.

Kaufmann, Michael Edward. "Gertrude Stein's Re-Vision of Language and Print in Tender Buttons", Journal of Modern Literature, 15.4.1989.

Kerouac, Jack. Desolation Angels. New York: Coward-McCann, 1965.

Knapp, Bettina L. Gertrude Stein. New York: Continuum, 1990.

Knight, Christopher J. "Gertrude Stein and Tender Buttons", Poetry Criticism. Ed. Carol T. Gaffke. Vol. 18. Detroit, ML: Gale, 1997.

Levenson, Michael ed. Modernism. Cambridge University Press, 1999, reprinted by Shanghai Foreign Language Education Press, 2000.

Lewis, Wyndham. Time and Western Man, 1927; rpt. Boston: Beacon Press, 1957.

Lindholm, Howard Martin. "Shapes to Fill the Lack and Lacks to Fill the Shape: Framing the

Unframed in Modernist Narratives", ProQuest Information and Learning Company, 2002.

Lodge, David. The Modes of Modern Writing: Metaphor, Metonymy, and the Typology of Modern Literature. London: Arnold, 1979.

Loran, Erle. Ceznne's Composition. Berleley and LosAngeles: University of California Press, 1994.

Lubar, Robert S. "Unmasking Pablo's Gertrude: Queer Desire and the Subject of Portraiture". The Art Bulletin 79.1.1997.

Machlis Joseph. "Objectivism in Music", Introduction to Contemporary Music, New York: W. W. Norton and Co. Inc., 1961.

Mack, Gerstle. Paul Cezanne. New York: Alfred A. Knopf, 1935.

Mallett, Sandra-Lynne Janzen. "Gertrude Stein, Cezanne and Picasso: the Fourteenth of July", Edmonton, Alberta, 1979.

McAlmon, Robert & Boyle, Kay. Being Geniuses Together, 1934; rpt. Garden City, New York: Doubleday and Co., Inc., 1968.

McLuhan, Marshall. "Gertrude Stein, Automatic Writing and the Mechanics of Genius", Forum for Modern Language Studies, 2001.

McMillan, Samuel H. "Gertrude Stein, the Cubists, and the Futurists", University of Texas, 1964.

Mellow, James R. "Gertrude Stein". Dictionary of Literary Biography, 4, 1980.

— Charmed Circle: Gertrude Stein and Company. New York, 1974.

Meyer, Steven. Irresistible Dictation: Gertrude Stein and the Correlations of Writing and Science. Stanford: CA, 2001.

Meyers, Jeffery. Hemingway: A Biography. New York: Haper and Row, 1985.

Miller, Rosalind S. Gertrude Stein: Form and Intelligibility. New York: The Exposition Press, 1949.

Mitrano, G. F. Gertrude Stein: Woman Without Qualities. Alder: Ashgate Publishing Limited, 2006.

Moholy-Nagy, L. Vision in Motion. Chicago: Wisconsin Cuneo Press, 1947.

Morgan, Bill. I Celebrate Myself: The Somewhat Private Life of Allen Ginsberg. New York : Penguin, 2006.

Neuman, Shirley, and Ira B. Nadel, eds. Gertrude Stein and the Making of Literature. Boston : Northeastern UP, 1988.

Olson, Liesl M. "Gertrude Stein, William James, and Habit in the Shadow of War." Twentieth Literature 49.3.2003.

Owen, Gerald. "The Art of Repetition." National Post 23 Feb. 2007.

Penrose, Roland. Picasso. London, 1971.

Perelman, Bob. The Trouble of Genius : Reading Pound, Joyce, Stein, and Zukofsky. Berkeley : University of California Press, 1994.

Perloff, Marjorie. The Poetics of Indeterminacy. Evanson : Northwestern University Press, 1983.

— "Poetry as Word System : The Art of Gertrude Stein", American Poetry Review, 8, No. 5, 1979.

Portugds, Paul. "Allen Ginsberg's Paul Cezanne and the Pater Omnipotens Aeterna Deus", Contemporary Literature, Vol. 21, No. 3, Art and Literature, Summer, 1980.

Prothero, Stephen. "On the Holy Road : The Beat Movement as Spiritual Protest", The Harvard Theological Review, 84.2. 1991.

Read, Herbert. The Philosophy of Modern Art. London : Faber and Faber Ltd., 1952.

— Concise History of Modern Painting. New York and Washington : Frederick A. Praeger, 1959.

Reid, B. L. Art by Subtraction : A Dissenting Opinion of Gertrude Stein. Norman : Univ. of Oklahoma Press, 1958.

Ronnebeck, Arnold. Critical Responses in Arts and Letters. Westport, CT : Greenwood, 2000.

Rose, Marilyn Gaddis. "Gertrude Stein and Cubist Narrative." Modern Fiction Studies 22, 1976.

Ruddick, Lisa. Reading Stein: Body, Text, Gnosis. New York: Cornell University, 1990.

Ryan, Betsy Alayne. Gertrude Stein's Theatre of the Absolute. Michigan: UMI Research Press, 1984.

Scherr, Rebecca. "Tactile Erotics: Gertrude Stein and the Aesthetics of Touch", Literature Interpretation Theory, 18, 2007.

Schmitz, Neil. Of Huck and Alice. Minneapolis: University of Minnesota Press, 1983.

Sirrine, Nicole K. & McCarthy, Shauna K. "Studies in Historical Replication in Psychology IV: An Inquiry into the Psychological Research and Life of Gertrude Stein", Sci & Educ, 2008.

Smith, David. in a symposium on "The New Sculpture" (1952), quoted in David Smith, ed. Garrett McCoy, 1973.

— "The Artist and Nature" (1955), quoted in David Smith, ed. Garrett McCoy, 1973.

Solomons, L.M. & Stein, Gertrude. "Studies from the psychological laboratory of Harvard University. II. Normal motor automatism", Psychological Review 3, 1896.

Sprigge, Elizabeth. Gertrude Stein: Her Life and Work. New York: Harper and Bros. Pub., 1967.

Steiner, Wendy. In Exact Resemblance to Exact Resemblance: The Literary Portraiture of Gertrude Stein. New Haven: Yale UP, 1978.

Stendhal, Renate, ed. Gertrude Stein: In Words and Pictures. Algonquin Books of Chapel Hill, 1994.

Stimpson, Catharine R. "The Mind, the Body and Gertrude Stein". Critical Inquiry. 1977, 3(3).

Sutherland, Donald. Gertrude Stein: A Biography of Her Work, 1951; rpt. Westport, Conn: Greenwood Press, 1971.

— The Pleasures of Gertrude Stein. The New York Review of Books, xxi/9, 1974.

Symons, Arthur. "Introduction", The Symbolist Movement in Literature, 1899.

Sypher, Wylie. Rococo to Cubism in Art and Literature. New York: Random House, 1963.

Taylor, F. Scott. Automatic Stein: The Literature of Dissociation. University of Toronto, 1976.

Toll, Seymour I. "Gertrude Stein Comes Home", in Sewanne Review, Vol. 110, Issue 2, Spring 2002.

Vechten, Carl Van. "How to Read Gertrude Stein", Gertrude Stein Remembered, Lincoln: University of Nebraska, 1914.

Voris, Linda. "Shutters Shut and Open: Making Sense of Gertrude Stein's Second Portrait of Picasso", Studies in American Fiction, Baltimore Vol. 39, Iss. 2, 2012.

Wagner-Martin ed. Gertrude Stein: Three Lives. Boston: Bedfords/St. Martin's, 2000.

Walker, Jayne L. The Making of a Modernist: Gertrude Stein from Three Lives to Tender Buttons. Amherst: U of Massachusetts P, 1984.

Wasserstrom, William. "The Sursymamericubealism of Gertrude Stein." Twentieth Century Literature 21.1.1975.

Watts, Emily Stipes. Ernest Hemingway and the Arts. Urbana: University of Illinois Press, 1971.

Williams, Stanley T. Washington Irving: Selected Prose. New York: Rinehart, 1950.

Williams, William Carlos. Selected Essays. New York: Random House, 1954.

Wilson, Edmund. The Shores of Light. New York, 1952.

— Axel's Castle: The Study of the Imaginative Literature of 1870-1930. New York: Charles Scribner's Sons, 1969.

— The Critical Response to Gertrude Stein. Westport, CT, 2000.

Winterson, Jeanette. Arts Objects. Vintage Books, London, 1996.

Wittgenstein, Ludwig. Philosophical Investigations, translated by G.E.M. Anscombe. New York: Macmillan, 1953.

Woolf, Virginia. Collected Essays, vol. I. New York: Harcourt Brace and World, 1967.

— "Modern Novels." The Times Literary Supplement, 1919: 1-4.

Yeats, William Butler. W. B. Yeats Selected Poetry, ed. A. Norman Jeffares. London: MacMillan Co., Ltd., 1963.

2 中文参考文献

亚里士多德:《诗学》,罗念生译,北京:人民文学出版社,1997年。

亚里士多德、贺拉斯:《诗学·诗艺》,罗念生译,北京:人民文学出版社,1962年。

M.H.艾布拉姆斯:《镜与灯:浪漫主义文论及批评传统》,郦稚牛等译,北京:北京大学出版社,2004年。

卡罗斯·贝克:《海明威传》,林海基译,长沙:湖南文艺出版社,1994年。

陈杰:《本真之路:凯鲁亚克的"在路上"小说研究》,成都:四川大学出版社,2010年。

董衡巽:《一位早期现代派的语言实验——评葛屈露德·斯泰因》,《外国文学评论》,1991年第2期。

大卫·达姆罗什、陈永国、尹星主编:《新方向:比较文学与世界文学读本》,北京:北京大学出版社,2010年。

露西·丹妮尔:《格特鲁德·斯坦因评传》,王虹、马竞松译,桂林:漓江出版社,2015年。

玛丽安·德柯万:《现代主义与性别》,转引自迈克尔·莱文森编《现代主义》,田智译,沈阳:辽宁教育出版社,2000年。

莫里斯·迪克斯坦:《伊甸园之门——六十年代美国文化》,方晓光译,上海：上海外语教育出版社，1985年。

范革新：《海明威·斯泰因·塞尚——论海明威语言艺术风格的形成》，《外国文学》，1997年第3期。

罗杰·弗莱：《塞尚及其画风的发展》，沈语冰译，南宁：广西美术出版社，2016年。

费林格蒂等，文楚安主编：《透视美国——金斯伯格论坛》，成都：四川文艺出版社，2002年。

迈克尔·C.菲茨杰拉德：《制造现代主义：毕加索与二十世纪艺术市场的创建》，冉凡译，桂林：广西师范大学出版社，2010年。

彼得·盖伊：《现代主义——从波德莱尔到贝克特之后》，骆守怡、杜冬译，南京：译林出版社，2017年。

关涛：《西方文坛的百年红玫瑰——论后现代主义文学之母格特鲁德·斯泰因》，《河南大学学报（社会科学版）》，2009年第1期。

A.E.霍契纳：《海明威与海》，蒋虹丁等译，桂林：漓江出版社，1993年。

罗伯特·哈斯编：《1946，一个跨越大西洋的采访》，洛杉矶，CA，1971年。

欧内斯特·海明威：《流动的盛宴》，李文俊译，上海：上海文艺出版社，2019年。

胡剑锋：《百年孤独——近二十年来国内外格特鲁德·斯泰因研究综述》，《群文天地》，2012年。

胡全生：《美国文坛上的怪杰——试论斯泰因的创作意识、技巧和历程》，《外国文学评论》，1991年第2期。

艾伦·金斯伯格：《嚎叫》，文楚安译，成都：四川文艺出版社，2001年。

弗莱德里克·R.卡尔：《现代与现代主义：艺术家的主权1885—1925》，陈永国、傅景川译，长春：吉林教育出版社，1995年。

玛丽·安·考斯：《毕加索》，孙志皓译，北京：北京大学出版社，2017年。

赫伯特·里德：《现代艺术哲学》，朱伯雄、曹剑译，天津：百花文艺出版社，1999年。

莱辛：《拉奥孔》，朱光潜译，北京：人民文学出版社，1984年。

李维屏：《"现在"的美学再现：斯泰因早期实验主义戏剧探析》，《外文研究》，2016年第3期。

李淑辉：《塞尚绘画的真实观：从表象真实到本质真实》，《吉林艺术学院学报·学术经纬》，2002年。

刘艳卉：《从"风景戏剧"到"视象戏剧"——格特鲁德·斯泰因、约翰·凯奇及罗伯特·威尔逊》，《戏剧》，2017年第4期。

刘悦笛：《视觉美学史——从前现代、现代到后现代》，济南：山东文艺出版社，2008年。

吕奇芬：《斯泰因对圣徒书写的现代主义回应》，《中外文学》，1994年第3期。

W.J.T.米歇尔：《图像学：形象、文本、意识形态》，陈永国译，北京：北京大学出版社，2012年。

比尔·摩根编：《金斯伯格文选——深思熟虑的散文》，文楚安等译，成都：四川文艺出版社，2005年。

史蒂芬·迈耶：《不可抗拒的命令：格特鲁德·斯坦因与写作、科学的相关性》，斯坦福：CA，2001年。

杰弗里·迈耶斯：《海明威传》，萧耀先等译，北京：中国卓越出版公司，1990年。

贝蒂娜·L.纳普：《格特鲁德·斯坦因》，张禹九译，纽约：Continuum出版公司，1990年。

曼弗雷德·普菲斯特：《戏剧理论与戏剧分析》，周靖波、李安定译，北京：北京广播学院出版社，2004年。

皮亚杰：《结构主义》，倪连生、王琳译，北京：商务印书馆，2009年。

赫谢尔·B.奇普：《艺术家通信——塞尚、凡·高、高更通信录》，吕澎译，北京：中国人民大学出版社，2003年。

塞尚：《塞尚艺术书简》，潘襎编译，北京：金城出版社，2011年。

格特鲁德·斯泰因：《艾丽斯自传》，张禹九译，北京：作家出版社，1997年。

——，《作为解释的作文》，王义国译，引自《软纽扣——斯泰因文集·随笔卷》,北京:作家出版社,1997年。

——,《美国人的形成》,蒲隆、王义国译,引自《软纽扣——斯泰因文集·随笔卷》,北京:作家出版社,1997年。

——,《艾丽斯自传》,张禹九译,北京:作家出版社,1997年。

——,《论毕加索》,王咪译,南京:东南大学出版社,2016年。

——,《三个女人》,曹庸、沈峪译,北京:作家出版社,1996年。

——,《软纽扣——斯泰因文集·随笔卷》,蒲隆、王义国译,北京:作家出版社,1997年。

舒笑梅:《从"人的心灵"到"杰作"——格特鲁德·斯泰因的创作思想和实验艺术研究》,北京:中国传媒大学出版社,2010年。

——,《像驾驭画笔那样驾驭文字:评斯泰因的〈毕加索〉》,《外国文学研究》,2002年第4期。

申慧辉:《现代派女杰斯泰因》,《出版广角》,1997年第3期。

——,《也谈斯泰因的语言实验》,《外国文学评论》,1991年第4期。

——,《斯泰因文集》,李登科等译,北京:作家出版社,1997年。

孙红艳:《文体学视阈下的格特鲁德·斯泰因语言艺术研究》,北京:北京理工大学出版社,2014年。

费尔迪南·德·索绪尔:《普通语言学教程》,高名凯译,北京:商务印书馆,1980年。

卡尔·凡·维奇坦:《一首斯泰因歌》,见《格特鲁德·斯泰因作品选》,纽约,1972年。

文楚安:《"垮掉一代"及其他》,南昌:江西教育出版社,2009年。

埃德蒙·威尔逊:《阿克瑟尔的城堡:1870年至1930年的想象文学研究》,黄念欣译,南京:江苏教育出版社,2006年。

汪涟:《两词玄机——斯泰因〈梅兰克莎〉解析》,《外国文学评论》,2010年第3期。

韦勒克、沃伦:《文学理论》,刘象愚等译,北京:生活·读书·新知三联书店,1984年。

沃尔夫冈·韦尔施:《重构美学》,陆扬、张岩冰译,上海:上海译文出版社,2006年。

徐远喜:《漫长的探索　艰难的移植———论金斯柏格对塞尚绘画艺术的研究和借鉴》,《湘潭大学社会科学学报》,2002年第3期。

库尔特·辛格:《海明威传》,周国珍译,杭州:浙江文艺出版社,1983年。

张禹九:《空谷足音——格特鲁德·斯泰因传》,北京:中国文联出版社,2002年。

F. R.詹姆逊:《论现代主义文学》,苏仲乐等译,北京:中国人民大学出版社,2010年。

附录 斯泰因作品

Three Lives (New York, 1909)

Tender Buttons (New York, 1914)

Geography and Plays (Boston, 1922)

The Making of Americans (Paris, 1925)

Composition as Explanation (London, 1926)

Useful Knowledge (New York, 1928)

Lucy Church Amiably (Paris, 1930)

Before the Flowers of Friendship Faded (Paris, 1931)

How to Write (Paris, 1931)

Operas and Plays (Paris, 1932)

Matisse Picasso and Gertrude Stein with Two Shorter Stories (Paris, 1933)

The Autobiography of Alice B. Toklas (New York, 1933)

Four Saints in Three Acts (New York, 1934)

Portraits and Prayers (New York, 1934)

Lectures in America (New York, 1935)

Narration (Chicago, il, 1935)

The Geographical History of America (New York, 1936)

Everybody's Autobiography (New York, 1937)

Picasso (London, 1938)

The World Is Round (New York, 1939)

Paris France (London, 1938)

What Are Masterpieces (Los Angeles, CA, 1940)

Ida a Novel (New York, 1941)

Wars I Have Seen (New York, 1945)

Brewsie and Willie (New York, 1946)

Selected Writings of Gertrude Stein, edited with an introduction and notes by Carl Van Vechten (New York, 1946)

In Savoy or Yes Is for a Very Young Man (London, 1946)

Four in America (New Haven, CT, 1947)

Blood on the Dining Room Floor (Pawlet, VT, 1948)

Last Operas and Plays (New York, 1949)

Two (Gertrude Stein and Her Brother) and Other Early Portraits (1908–1912), vol. I of Yale Edition of the Unpublished Writings of Gertrude Stein (New Haven, CT, 1951)

Mrs Reynolds and Five Earlier Novelettes (1931–1942), vol. II of Yale Edition of the Unpublished Writings of Gertrude Stein (New Haven, CT, 1952)

Bee Time Vine and Other Pieces (1913–1927), vol. III of Yale Edition of the Unpublished Writings of Gertrude Stein (New Haven, CT, 1953)

As Fine as Melanctha (1914–1930), vol. IV of Yale Edition of the Unpublished Writings of Gertrude Stein (New Haven, CT, 1954)

Painted Lace and Other Pieces (1914–1937), vol. V of Yale Edition of the Unpublished Writings of Gertrude Stein (New Haven, CT, 1955)

Stanzas in Meditation and Other Poems (1929–1933), vol. VI of Yale Edition of the Unpublished Writings of Gertrude Stein (New Haven, CT, 1956)

Alphabets and Birthdays, vol. VII of Yale Edition of the Unpublished Writings of Gertrude Stein (New Haven, CT, 1957)

A Novel of Thank You, vol. VIII of Yale Edition of the Unpublished Writings of Gertrude Stein (New Haven, CT, 1958)

Fernhurst, QED, and Other Early Writings by Gertrude Stein, ed. Leon Katz (New York, 1971)

Look At Me Now and Here I Am: Writings and Lectures 1909−45, ed. Patricia Meyerowitz (New York, 1971)

A Primer for the Gradual Understanding of Gertrude Stein, ed. Robert Bartlett Hass (Los Angeles, CA, 1971)

Reflections on the Atomic Bomb, vol. I of the Previously Uncollected Writings of Gertrude Stein (Los Angeles, CA, 1973)

How Writing is Written, vol. II of the Previously Uncollected Writings of Gertrude Stein, ed. Robert Bartlett Hass (Los Angeles, CA, 1974)

A Stein Reader, ed. Ulla E. Dydo (Evanston, IL, 1993)